Hansjörg Schneider

Das Wasserzeichen

Roman

Ammann Verlag

Mein Dank geht an die Zuger Kulturstiftung Landis und Gyr, in deren Schreibstube in London ich den Großteil des vorliegenden Romans geschrieben habe, und an den Historiker Pirmin Meier, der mich auf das Zitat von Paracelsus aufmerksam gemacht hat.

H. S.

Satz: Dörlemann Satz, Lemförde
Druck und Bindung: Clausen & Bosse, Leck
ISBN 3-250-10379-9

Ich, Moses Binswanger, zur Zeit ansässig in hiesiger Universitätsklinik Friedmatt, zuvor als Wassersänger und Hydrologe für verschiedene Auftraggeber arbeitend, straffällig geworden wegen Tötung einer Frau unter noch ungeklärten Umständen, wurde als einziges Kind einer durchaus kleinbürgerlichen Familie, die ein Häuschen am Altachenbach hatte, bei Ausbruch des Zweiten Weltkriegs in einem Städtchen des Tieflands geboren. Der Vater war ein normaler Landspießer kräftigen Zuschnitts, herstammend von einem der beiden Höfe auf dem Bottenstein oben, wo sich Fuchs und Hase gute Nacht sagen. Die Mutter kam ursprünglich aus einem Juradorf an der Aare unten, eine Tiefländerin aus altem Bauernstande, mausarm vom jahrhundertealten Zehntenabliefern. Eine Frau von hohem, schlankem Wuchs, fast eine Wasserfrau, aber eben nicht ganz.

Das Gebiet, in dem ich aufwuchs, war damals noch Bauernland. Steile Studdächer ragten über die Birnbäume, vormals strohbedeckt, jetzt mit Ziegeln aus gebranntem Ton bestückt. Vier Höfe waren es, einigermaßen zusammengerückt, aber genügend Zwischenraum lassend für Blumengarten, Miststock und kurzen Auslauf für Schwein und Kalb. Umflossen war dieser Weiler vom Altachen- und vom Mühlebach, letzterer ein Kanal, weggeleitet vom hohen Wehr, um im Wiggerfeld draußen eine Spinnerei anzutreiben.

Jenseits des Altachenbachs, verbunden durch einen Holzsteg, stand das Haus meiner Eltern. Ein Backsteinbau, ziemlich schäbig hochgezogen um die Jahrhundertwende von einem Heimwerker, mit beinahe flachem Dachstuhl, von dem der Schnee bis in den März heruntertropfte. Ein Einzelgänger scheint dieser Mann gewesen zu sein, ein Rutengänger, wie man sich berichtete, der den Bauern die versteckten, rheumatisierenden Wasseradern auszuschnuppern pflegte. Er sei, so hat die alte Marie vom Niklausenhof erzählt, im Pferdestall an einer Überdosis Holunderschnaps verreckt.

Mein Vater hat diese Kate billig erstanden, als er Anfang der dreißiger Jahre seine Stelle in der Spinnerei draußen antrat. Wir haben darin zusammengelebt, wie das der Brauch war, schlecht und recht, nicht anders als andere Kleinfamilien. Geschlagen haben sich meine Eltern nie, das weiß ich sicher, höchstens angeschrien. Mich selber hat der Vater fast nie berührt. Ich bin ihm von Anfang an fremd gewesen.

Heimisch war ich im Bach. Das scheint eine seltsame Formulierung zu sein, aber sie stimmt. Ich bin, seit ich mich erinnern kann, in regelmäßigen Abständen stundenlang in seinem Wasser gelegen, um meine Wunde zu begütigen. Das muß gleich nach meiner Geburt begonnen haben.

Meine Mutter hat mir erzählt, daß sie mich zu Hause aus sich herausgepreßt habe. Es sei eine leichte Geburt gewesen, nur die alte Marie sei zugegen gewesen. Ich sei locker herausgerutscht, die alte Marie habe mich ergriffen, angeschaut und gesagt: Ein schöner Bub. Aber er hat die Wasserwunde.

Tatsächlich hätte ich auf der linken Seite des Halses, also auf der Mutterseite, einen eigentümlichen Spalt aufgewiesen, rosa schimmernd zwar, aber keineswegs blutend. Sie, so erzählte mir Mutter, sei für einen Augenblick tief erschrocken. Die alte Marie aber habe sie beruhigt mit dem Hinweis, das sei nicht schlimm, ich müsse nur regelmäßig gewässert werden.

So hat mich also meine Mutter wenige Tage nach der Entbindung, als sich meine Wunde zu öffnen begann, zum Altachenbach getragen und, vom Schilf verdeckt, hineingelegt. Heimlich sei das geschehen, sie wollte nicht auffallen mit seltsamem Tun. Das sei Ende Oktober gewesen, das Wasser schon ziemlich kalt. Sie habe meinen Kopf mit der Hand über der Oberfläche gehalten. Aber ich hätte zu strampeln angefangen, zu schnappen, und sie habe sich ein Herz gefaßt und mich unter Wasser gleiten lassen. Ich sei sogleich weggeschwommen ins Röhricht hinein. Dort hätte ich mich stillgehalten, wie festgeklebt. Sie habe gewartet, ängstlich gespannt, was geschehen würde. Der Anblick des wässernden Kindes sei durchaus auch schön gewesen, fast märchenhaft, so hat sie erzählt. Nach nicht ganz einer Stunde sei ich wieder aufgetaucht, leicht wie ein Korken. Ich hätte kurz geschrien. Sie habe mich ergriffen und sogleich gesehen, daß sich die Wunde geschlossen hatte. Sie habe mich in eine mitgebrachte Windel gewickelt und nach Hause getragen. Dort habe sie mich geherzt und geküßt.

Sie müssen wissen, sehr geehrter Herr Seelendoktor, daß dieser Bach ein erstklassiges Laichbiotop war. Sein Bett war in nichts vergleichbar mit den heutigen Abwasserröhren, die ja wahre Mordkanäle sind. Wie soll sich in diesen ausbetonierten Entwässerungsleitungen, zu denen die Bäche des Tieflandes verkommen sind, noch Leben entwickeln, wo soll sich da unsereins noch festklammern können? Alles wird weggespült in schnellstmöglichem Tempo, hinab, hinab dem alles gleichmachenden Fluß entgegen. Mit den Flüssen geschieht paradoxerweise das genaue Gegenteil. Sie werden an allen möglichen und unmöglichen Stellen gestaut, um ein paar Meter Gefälle für die Turbinen zu gewinnen. Lächerlich inkonsequent scheint mir das zu sein. Und wie sollen die laichwilligen Fische solch perfekt abriegelnde Schwellen überwinden und das Oberwasser gewinnen? Sie schaffen es mit bestem Willen und kräftigstem Schwanzflossenschlag nicht. Die Folge ist eine verkümmernde und langsam aussterbende Ichthyo-Population.

Damals war der Altachenbach noch ein mäanderndes Wassersystem, das sich frei entwickeln und verändern konnte. Gespeist wurde es aus den uralten Wässermatten, die sich der Wigger entlang über die ganze Talbreite hinauf bis zum Napf hinzogen. Ein Hinweis ist das, der Aufschluß gibt über die Wasserqualität. Der größte Teil des tiefländischen Flußsystems wird ja aus den hochliegenden Gletscherfirnen gespeist, die langsam abtauen und ein kaltes, milchiges Naß entlassen, das ich tot nennen möchte. Darin zu baden mag ja für erhitzte Bergsteiger ein kühlendes Vergnügen sein. Für Wassertiere indessen ist es nicht zu empfehlen.

Schon die Wigger, die vom Mittelgebirge des Napfs herunterfließt, ist wesentlich lebendiger, obschon auch sie im Frühjahr Schneeschmelze mitführen kann. Aber bereits im April wird sie grünlich warm, und es sprießt und quakt an ihren Ufern.

Der Altachenbach hingegen muß als das Fruchtwasser schlechthin bezeichnet werden. Es ist Wurzelwasser, Tannenwasser, Wiesenwasser, gemütlich dahinrieselnd durch fettes Blattwerk, langsam zusammenfindend in Rinnsalen und Tümpeln, kniehoch gestaut durch morsche Wehre, plätschernd in verkrauteten Gräben, wo Krebse und Wasserratten unter der Böschung hausen, sich sammelnd zum Bächlein, wo die ersten, fingerlangen Forellen stehen. Gleich nebenan liegen die von Weidenbäumen bewachsenen Tümpel, aus denen es unkt und quakt. Der schwarze

Egel liegt auf dem Grund, der Salamander kriecht durch eine verfaulte Holzröhre. Nur der Reiher, dieser ekelhafte Stelzengänger, will nicht recht ins friedliche Bild passen. Aber vom hydrobiologischen Standpunkt aus hat auch er durchaus seine Berechtigung.

Das alles, dieses Gurgeln, Wimmeln und Fließen versammelt sich endlich im ausufernden Bett des Altachenbaches. Ein Fließgewässer der beglückenden Art, an einigen Stellen von den Bauern notdürftig kanalisiert mit Holzbohlen und allerlei Flechtwerk, worin Wasseramseln und Bachstelzen nisten, meist aber frei dahintreibend, wie es ihm gefällt. Manchmal im Hochsommer, wenn ein Gewitter in die umliegenden, von Buchen und Tannen bestandenen Hügel hineinzüngelt und tonnenweise Regen fallen läßt, schwillt der Bach in Minutenschnelle an, überschwemmt Wiesen und Äcker, reißt Erlen und Weiden mit und hinterläßt, wenn er sich nach ein, zwei Tagen beruhigt hat, weiße Schlammbänke.

Vor dem hohen Wehr gleich unterhalb unseres Hauses schwamm dann das Strandgut. Morsche Mostfässer mit weggerissenen Dauben, ertrunkene Ferkel mit bläulich geblähten Bäuchen, entwurzelte Baumstämme, die von den Bauern mit eisenbestückten Stangen geländet und als Brennholz gestapelt wurden.

An jener Stelle zweigte der Mühlebach ab. Ich habe ihn stets zutiefst verachtet. Er enthielt zwar auch das zarte Altachenwasser, in dem ich mich so wohlig aufgehoben gefühlt habe. Aber er war Menschenwerk, zentimetergenau in den Wiesengrund gehauen mit senkrechten Ufern, an denen kein Bergmolch hochklettern konnte.

Das hohe Wehr selber, obschon auch von Menschenhand gebaut, war indessen das Paradies meiner Jugend. Das Wasser stürzte dort über Eichenbalken zwei Meter tief in ein ausgewaschenes Becken von beträchtlicher Größe, einen undurchsichtigen Vorhang bildend, hinter dem man sich vor allzu aufdringlichen Komantschenblicken jederzeit verstecken konnte. Man war dort behütet, umrauscht vom tosenden Wasserfall, gischtbesprüht. Das war fast so gut wie das Wässern. Hatte man genug vom Sitzen in diesem Wasserschloß, konnte man kopfvoran durch diesen lebendigen Vorhang hindurchspringen, das kurze Grauen der Grenze überwindend, und locker ins Becken eintauchen, in dem es quirlte und schäumte. Dort standen die alten Forellen, die sich schnell an mich gewöhnt hatten und sich nicht mehr von ihren Standplätzen vertreiben ließen.

Das anschließende Stück, das sich bis unter die Eisenbrücke hinzog, habe ich Amazonas genannt. Ein Gewirr von Sandbänken und Rinnsalen, überwachsen von wasserliebendem Kraut. Eine Tafel an der Straße oben besagte, daß das Betreten verboten sei wegen der Gefahr plötzlichen Hochwassers, was mir sehr paßte. Dort war ich immer allein, nicht einmal meine Mutter hat mich hinbegleitet.

So war das damals an diesem Bach, ein urtümliches Naturparadies wie zu Babylons Zeiten, das ja aus gebranntem Schwemmsand errichtet worden war. Erzählt nicht eine altsumerische Sage, daß Tiamat, die Urmutter, ein riesiges, drachenähnliches Ungetüm, im Schlamm gelegen hatte, als Wasser und Erde noch nicht geschieden waren, und ihren Sohn Marduk gebar? Dieser Marduk muß einer der widerlichsten Emporkömmlinge und Stelzenbeiner gewesen sein, wußte er doch nichts Besseres, als mit seiner Mutter Streit anzufangen und ihr mit Hilfe der Winde, die er ihr so stark ins aufgesperrte Maul hineinjagte, daß sie die Kiefer nicht mehr zum tödlichen Bisse zusammenbrachte, den

Leib aufzuschneiden und Himmel und Erde daraus zu machen. Mir wäre so etwas nie in den Sinn gekommen, auch wenn ich Herr der Winde gewesen wäre. Ich habe nie Streit angefangen mit meiner Mutter, es gab keinen Anlaß. Hat sie mich doch immer, wenn es Zeit war dazu, ans Wasser getragen und mich ohne jede weibliche Habgier abtauchen lassen.

Meine Kindheit verlief also in durchaus geordneten Bahnen. Von mildernden Umständen kann keine Rede sein, war doch das Wasser in jener Gegend omnipräsent. Ich war in meinem Element, bachdurchflossen und muttergeliebt. Sie hat um mich gekämpft mit fraulich besorgter Hingabe, ohne Härte, mich weich umschließend wie das Altachennaß. Sie hat sich sogar einige Male ins Wasser gewagt mit mir, mit seltsam verunsichertem Gesichtsausdruck, als ob etwas Unpassendes mit ihr geschehen würde. Sie ist hineingewatet bis zu den Knien, mit der Linken ihr Kleid hochschürzend, so daß ich ihre bläulich geäderten Schenkel sah, mit der Rechten das Haar festhaltend, als ob es ihr hätte weggefressen werden können von Hecht oder Aal, unsicher dastehend im liebreichen Geriesel. Ich habe sie gelockt, bin um ihre Beine geschwommen mit behutsamen Armen, habe geplätschert und gefüsselt um ihre Zehen. Es nützte nichts, sie wagte sich nicht weiter hinein. Nie hat sie sich flach gelegt in einem Tümpel, nie sich treiben lassen dort, wo es floß, nie ihren Leib an meinen geschmiegt, schwebend über den blanken Kieseln. Ich habe das nie recht begriffen. Die Trauer darüber durchzog meine nächtlichen Träume, in denen Nymphen und Seejungfrauen auftauchten und mich schwanzflossig zum Spiel einluden. Sie war nie unter diesen Traumgestalten, sie war eben doch ein Landtier, das mich dem Wasser entreißen wollte. Das ist ihr teilweise gelungen, und dafür bin ich ihr herzlich dankbar. Denn wohin hätte es geführt, wenn ich zum reinen Wasserwesen geworden wäre? Mir graut beim heutigen Zustand der Tieflandgewässer vor dieser Vorstellung.

Meine Halswunde hat schon früh Anlaß zu einigem Aufsehen gegeben. Vor allem mein Vater wollte sie nicht akzeptieren. Sie sei abnormal, behauptete der Bottensteiner, sie sei ein Makel, ein Geburtsfehler, der zum baldigen Absterben führen müsse. Sie gehöre dringend ärztlich untersucht und zugenäht, er wolle seinen Sohn nicht einer solchen Bagatelle wegen verlieren.

Meine Mutter wußte es besser. Aber sie gab dem Drängen ihres Mannes nach, packte mich eines Morgens in ein Bastkörbchen, setzte den luftdurchlässigen Deckel darauf und trug mich zu Dr. Bertschinger, der an der Bahnschranke vorn eine Arztpraxis hatte.

Ich weiß das noch genau, es muß in meinem zweiten Lebensjahr gewesen sein. Die Erinnerung an diese frühen Vorkommnisse, die mir bis zu meiner Einlieferung hierselbst nicht mehr zugänglich war, weil tief verschüttet vom Lebensgeröll, und erst durch die Seelenarbeit mit Ihnen, sehr geehrter Herr Seelendoktor, wieder ans Tageslicht des Bewußtseins gezerrt worden ist, diese Erinnerung also steht plastisch, ja handgreiflich vor mir. Ich muß schon damals ein genauer Beobachter gewesen sein, mein Auge hellwach.

Ich lag also in diesem Korb, von Mutters Armen getragen. Ich linste durch die Lücken des geflochtenen Bastes, was mit mir geschah. Ich merkte an den schnellen Atemzügen der Mutter – wie verräterisch ist doch dieses Luftschnaufen dem geübten Wasserauge –, daß sie sich nicht wohl fühlte, daß sie folglich etwas zu unternehmen im Begriffe war, was sie lieber nicht hätte unternehmen wollen.

Und da sie für diese Unternehmung mich mitnahm, mußte sie etwas mit mir im Sinne haben. Ich gab keinen Laut von mir. Aber ich war entschlossen, bei der ersten Gelegenheit die Flucht zu ergreifen und mich in den Bach zu retten.

Meine Mutter muß meine Angst geahnt haben. Sie hielt ein, nahm ein Tuch von ihrer Schulter und legte es über den Korb. So war ich ganz auf mein Gehör angewiesen. Ich hörte das Rauschen des Baches, als wir über den Holzsteg gingen, das nahe Gebimmel der Kälber in Niklausens Baumgarten, das Fallen der Wogen über das hohe Wehr. Ich lauschte dem Plätschern des Amazonas, dem Rascheln einer Wasserratte im Schilf. Dann tappten Mutters Schritte über die Eisenbrücke und hielten an. So weit war ich noch nie vorgedrungen ins Neuland. Kein Rinnen mehr, kein Gurgeln, nichts. Es mußte hier ein gefährlicher Punkt sein.

Mich packte die Panik. Ich stemmte die Füße gegen den Deckel, um ihn aufzustoßen. Hab keine Angst, sagte Mutter, es geschieht dir nichts.

Ich hörte die Angst in ihrer Stimme. Die Frau zitterte innerlich. Was sollte also diese verlogene Begütigung?

Dann nahte ein Ungetüm heran, sehr schnell, es dröhnte und ratterte schrecklich. Das mußte der Krieg sein, von dem mein Vater geredet hatte. Panzer so groß wie Häuser, hatte er gesagt, gegen die kann kein Mensch etwas ausrichten. Die Panzer rasten vorbei im Höllentempo, ich erstickte beinahe, aber seltsamerweise geschah mir nichts. Reg dich nicht auf, sagte Mutter, das ist bloß die Eisenbahn.

Ich hörte ein helles Gebimmel, wie die Ziegenglocken bei Niklausens, aber härter. Metallene Schläge, dann wurde es ruhig. Ich wollte heimkehren, zurück ins Wasser, um jeden Preis. Das merkte Mutter, sie hätte auch umkehren wollen, aber sie sagte: Der Arzt will dich anschauen, Bub. Es geht schnell vorbei.

Wir betraten nach wenigen Schritten ein Haus, in dem es ekelhaft roch. Nach Schweiß, nach Ohrenschmalz und nach etwas Fremdem. Ich hörte Husten von Kindern, Röcheln, unterdrückte Angstlaute. Meine Mutter wiegte den Korb mit mir drin, sie summte leise, daß nur ich es hörte. Was sollte dieses Summen? Log sie nicht mehr?

Sie trug mich hinein ins Untersuchungszimmer, sie öffnete den Deckel und zeigte mich dem Arzt. Ich erinnere mich an einen großen, starken Mann mit dunklen Augen. Erst lächelte er mich an, dann drehte er meinen Kopf auf die rechte Seite, sein Blick richtete sich auf meine Halsöffnung. Ich sah genau, wie er erschrak. Er nahm einen silbernen Löffel, stieß diesen in meine Wunde, preßte ihn gegen die Luftröhre. Das war ein Stich in mein Mark, aber ich habe nicht geschrien, meine Stimme versagte. Ich sah, wie meine Mutter errötete, ich hatte das noch nie beobachtet an ihr. Und sie antwortete dem Arzt auf seine Frage, woher denn dieser Bub komme, daß er ganz normal gezeugt worden sei.

Der Arzt zögerte lange, bevor er ein Urteil abgab. Ich konnte sehen, wie es in seinem Kopf arbeitete, er schien einen Moment lang die Fassung zu verlieren. Dann sagte er, daß er in seiner vierzigjährigen Praxis noch nie so etwas gesehen habe, daß es mich eigentlich gar nicht geben dürfte, daß er keine Ahnung habe, was man gegen meine Wunde unternehmen könnte, lebensgefährlich sei sie jedenfalls nicht. Und er fügte die Frage an, ob meine Mutter sehr nahe am Altachenbach wohne. Mit dieser Frage entließ er uns.

Ich konnte damals nicht viel anfangen mit diesem Verhör, ich begriff es nicht. Was sollte zum Beispiel die Frage nach der Nähe des Baches? Das war doch normal in der Gegend, das Wasser war meine Heimat. Und was stocherte der fremde Mann in meiner Wunde herum, daß es schmerzte? Sie ging ihn doch gar nichts an, sie war meine privateste Zone. Daß sie nicht lebensgefährlich sein sollte, tönte in meinen Ohren geradezu lächerlich, ja paradox. Diese Öffnung war für mich das schiere Gegenteil, ein lebensspendender Quell der Lust. Und woher kam das Erröten meiner Mutter, warum war ihr das Blut in den Kopf gestiegen?

Ich habe damals zum erstenmal die Welt als die Fremde schlechthin erlebt, als das Elend, in das ich als Fremdling ausgesetzt worden war. Ich habe mich still verhalten auf dem Heimweg, ich fühlte mich ausgestoßen. Das Rauschen unter der Eisenbahnbrücke tröstete mich nicht, es war zu schrill, das Plätschern des Amazonas zu grell.

Das Wiegen meiner Mutter besänftigte mich halbwegs, ich merkte ihrem Atmen an, daß sie sich freute. Sie ging langsam und ruhig, selbstbewußt, stolz. Ich im Bastkörbchen drin schaukelte mit. Und plötzlich schrie ich, schmerzerfüllt zwar noch immer, aber es war ein befreiender Ton.

Sie verstand mich sofort. Siehst du, sagte sie, das war gar nicht so schlimm. Sie nahm den Deckel vom Korb, beugte das Gesicht zu mir herunter und küßte mich sorgfältig auf die Stirn. Dann stieg sie die Böschung hinunter zum Bach, es war die Stelle gleich unterhalb des hohen Wehrs, wo die Forellen standen. Sie hob mich heraus und legte mich ins Wasser. Los jetzt, sagte sie, suche die Kiesel.

Ich blieb liegen, wo sie mich hingelegt hatte, ich linste zu ihr hoch, ich wollte nicht weg von ihr. Sie aber erhob sich, sie blieb eine Weile stehen, schlank und rank, und ich sah, wie sie siegesgewiß lächelte. Das war neu an ihr, diese

Weibergewißheit, ja Überlegenheit. Erst erschrak ich darüber, denn ich kannte sie als sanfte Frau. Dann aber erhob sie die Hand zur Triumphgebärde, sie winkte mir tatsächlich zu, als wäre ich ihr Kumpan, ihr Mitrevoluzzer. Sie drehte sich um und ging weg.

Ich tauchte ab und glitt unter die unterste Schwelle des Wehrs. Ein Eichenstamm war das, in den die Eisenstützen, welche die Querbalken festhielten, eingelassen waren. Ein mannsdicker Baum, unbehauen und knorrig. Die Rinde war längst weggewaschen, aber das Kernholz hatte dem Wasser standgehalten. Darunter war eine Höhle ausgespült, die ich Lagune nannte. Ein flacher Raum, unten feiner, weißer Sand, darüber das schwarze Eichenholz. Tief verdunkelt, kaum ein zitternder Lichtstrahl fand den Weg hierher. Ruhig lag hier das Wasser, die weißen Luftblasen glitten draußen nach oben, bis sie an der Oberfläche wegplatzten. Ein Tiefwasser, Dunkelwasser, Schwarzwasser. Hier versteckte ich mich, Bauch auf dem Sand, Rücken am Holz, den Blick auf die hochsteigenden Blasen gerichtet. Das Tosen des über das Wehr fallenden Wassers, das aufprallte und weiß schimmernde Wirbel aufriß, füllte meine Ohren, wohltuend, beständig und nur in Nuancen seine Melodie abwandelnd.

Ich fing an, mich zu wässern, richtig durchzuhydrieren. Der Schmerz saß noch immer in meiner Wunde, er war mir den Nacken hochgefahren bis ins Hirn, wo er pochte. Ein tiefsitzendes Bohren war das, ein vitaler Angriff offenbar auf meine Bachexistenz. Ich sog sachte Wasser in meine Öffnung, ließ es stehen darin, spürte, wie Sauerstoff aufgenommen wurde vom feinen Geäder, gemächlich einrann in mich hinein und sich verteilte. Wohltuend war das, über die Maßen beruhigend, der Schmerz ließ nach.

Nach einer Weile sah ich, wie die große Forelle, die Patin, ihren Kopf heranschob und mich begutachtete. Wir kannten uns längst, wir mochten uns gut. Sie schien zu merken, daß etwas nicht stimmte mit mir. Sie drehte ab, mir ihre Schwanzflosse zuwendend, mit der sie sanft fächelte und mir frisches Wasser zuwedelte. Ich war ihr dankbar. Nicht so sehr über ihr Wedeln freute ich mich, das brachte mir nicht viel, das in der Lagune liegende Schwarzwasser genügte vollauf und war erst noch von extrem sanfter Qualität. Aber ihr bloßes Erscheinen, ihr Hiersein war mir hilfreich. Das war erstklassige Kameradinnenhilfe.

Es wurde Abend. Die Dunkelheit begann, das Wasser zu füllen. Die Patin war längst verschwunden, der Schmerz war weg. Ich war vollständig durchhydriert, aber ich tauchte noch immer nicht auf. Eigentlich gefiel es mir hier unten ganz gut, besser als oben jedenfalls bei den widerlichen Stelzengängern, die mich als abnormal bezeichneten und mit Silberlöffeln in mir herumbohrten. Freundinnen hatte ich hier unten genug, die Kühlung zufächelten, und zwar wortlos, ohne das dumme Geschnadder.

Ich wäre um ein Haar dort unten geblieben, für alle Zeiten vermutlich, denn in der Lagune hätte mich niemand gefunden. Wäre da nicht der Mond gewesen, das Wassergestirn. Er ging rund auf an jenem Abend, hing voll über dem Hügel am Horizont. Ich sah seinen Schimmer auf der Oberfläche tanzen, weiß glitt sein Schein in die schwarz wirbelnde Dunkelheit hinab und ließ die Kiesel auf dem Grund aufglänzen. Ein feierlicher Anblick ist das immer wieder, wenn der Wasserstern sein Licht eintaucht und die nächtliche Flut zum Aufschimmern bringt. Mondsüchtig sind sie alle, die Kiementiere, geschuppt oder eingeschalt wie die Muscheln, die sich beim ersten Mondstrahl öffnen, angezogen von der Wunde der Nacht. Dieses Nachtgestirn ist nicht nur die Fremdlingin unter den Menschen, wie mein Kollege Hölderlin, der ja ebenfalls am Wasser gewohnt hat, formuliert hat. Es ist auch eine Magierin, welche die Wasserwesen verzaubert. Man suche nur einmal das nächstliegende Moor auf bei Frühlingsmond, man nehme zur Kenntnis, was da alles anbetend flötet, schreit und quakt, dann weiß man, wovon ich hier spreche.

Ich blieb noch eine Weile liegen in der Lagune und sah dem Licht zu, wie es tanzte. Dann kroch ich hinaus und ließ mich gleiten, getragen von der Strömung, dem Licht entgegen.

Bei der ersten Sandbank tauchte ich auf, den Blick nach oben aufs wasserblasse Gestirn gerichtet. Ein wunderbarer Anblick, dieses Rund, das gleich neben dem Weidenbaum im tiefen Himmel hing. Ein Aal lag neben mir, in den Sand geschlängelt, er ließ sich durch meine Anwesenheit nicht stören. Seine schwärzliche Haut glitzerte wie Silber, die Rückenflosse flatterte leicht.

Da erschien eine Gestalt am andern Ufer, umflossen vom Mondlicht, mit langsamen Schritten wie eine Nachtwandlerin. Sie kam unter dem Gezweige des Weidenbaumes hindurch, trat ans Wasser, schürzte das Kleid und watete hinein. Es war meine Mutter. Sie schien nicht recht bei Sinnen zu sein, träumend, verzaubert von der strahlenden Nacht. Sie blieb stehen mitten im Bach, sie drehte sich zur Weide zurück, deren Laub silbrig rauschte, sie schaute in den Mond, ein Wassertier plötzlich auch sie, eine Nymphe, das wurde mir schlagartig klar. Sie beugte sich nieder zu ihren Füßen, über die es plätscherte, sie schöpfte mit hohler Hand und ließ, das Gesicht nach oben gerichtet in den durchsichtigen Himmel, die Tropfen über Hals und

Brust rinnen. Sie legte sich die Hände kreuzweise auf die eigenen Achseln, sie umarmte sich selber im Mondschein, sich wiegend hin und her mit geschlossenen Augen, als hätte ein fremder Gast sie geküßt. Endlich hielt sie ein, stand reglos und schien zu lauschen. Es waren die üblichen Nachtgeräusche zu hören, das Plätschern, das Rauschen der Weide.

Ich lag wie gebannt im Faulschlamm der Sandbank. Der Aal nebenan war verschwunden, er hatte sich verdrückt, ohne daß ich es bemerkt hätte, so fasziniert hatte ich der Frau zugeschaut. Das war eindeutig eine Liebeserklärung, ein Verführungsversuch. Sie wollte den Bach bezirzen, damit er mich entließ, und war doch selber bezirzt. Mich herausholen wollte sie aus der Lagune, von deren Existenz sie zwar keine genaue Kenntnis haben konnte, die sie aber erahnte. Sie wollte mir ihre Lufteinsamkeit zeigen, ihre lieblose Landexistenz neben dem trostlosen Bottensteiner. Ihre Verwandtschaft mit dem Wasser, ihr Eingeborensein in diesem Element, auch wenn sie ihm längst entwachsen war. Und irgend etwas hat ihr geantwortet.

Ihre Wurzeln, das hat sie mir an jenem Abend vorgeführt, waren im Bach. Sie war eine Wasserpflanze, auch wenn sie aufrecht über Land ging und keineswegs ins Naß zurückkehren wollte. Wir alle, das war ihre Lehre, die ich sogleich begriff, sind Wassertiere. Wir sind vor Urzeiten aus dem Wasser an Land gekrochen. Wir schwimmen nach unserer Zeugung neun Monate im Fruchtwasser, bis wir ans Trockene gepreßt werden. Wir sind Landgänger geworden, Luftatmer. Aber unsere ursprüngliche Heimat ist das Wasser. Wir können zu ihm zurückkehren, wir können uns ihm hingeben für kurze Zeit, zum Beispiel in einer strahlenden Vollmondnacht, uns küssen lassen vom Hauch der Schwärze, verzaubern lassen vom Wassergestirn.

Jede Frau ist ein Wasserwesen, das habe ich inzwischen gelernt. Viele wissen das nicht, geben sich wasserscheu, wissen nichts vom Quell, der in ihnen sprudelt. Andere tragen das Wassermal deutlich auf der Stirn, und vor diesen muß man sich hüten, will man von ihnen nicht ins Verderben gezogen werden, ein lustvoller Vorgang zwar, aber manchmal tödlich endend.

Ich schaute sie lange an, reglos, dann rief ich leise. Ich wollte meine Anwesenheit anzeigen, meine Muttergefolgschaft, wohin auch immer mich diese führen mochte. Sie verharrte einen Augenblick, als ob sie eine ferne Glocke gehört hätte, schreckte dann leicht zusammen. Sie kam zu sich, drehte den Kopf zu mir und sah mich liegen. Sie löste ihre eigene Umarmung. Der Bann war gebrochen, mein Rufen hatte sie erlöst. Langsam watete sie zu mir, raffte ihr Kleid hoch und wickelte mich hinein. So trug sie mich heim, ich an ihrer nassen Brust liegend, ein gerettetes Säugetier, ein Warmblüter wie sie.

Ich kann dies alles, sehr geehrter Herr Seelendoktor, nicht aufschreiben, ohne daß mir das Augennaß unter den Lidern hervordrückt. Ich habe eben, wie ein Altacher Sprichwort sagt, nahe am Wasser gebaut. Das will heißen, ich bin durch und durch sentimental. Das Gefühl drängt unentwegt aus allen meinen Poren heraus. Ich kann es nicht zurückhalten, es will sich befreien aus meinem Körper, will hinauswässern an die Luft. Beherrschung ist nicht meine Art, es sei denn, es handle sich um Hydrologie. Auf diesem Gebiet möchte ich mich allerdings als, wenn auch autodidaktischen, Meister bezeichnen, der seinen Stoff im Griff hat. Aber ich bin eben hydrophil, was soviel heißt wie wasserliebend. Ich bin dem Wasser ganz und gar hingegeben, auch dem Saft, der in mir selber steckt. Dagegen hilft auch Ihre Luft- und Landtherapie hierselbst nichts. So mögen denn meine Tränen ungehemmt auf dieses Blatt Papier tropfen.

Keineswegs bin ich der kalt berechnende, nur den eigenen Lustgewinn suchende, brutale Wassermörder, als den mich eine gewisse Journaille in breitgestreuter Auflage flächendeckend verleumdet hat. Im Gegenteil, ich bin, wie vorstehende Notizen deutlich zur Kenntnis bringen, ein Kind der Wasserliebe. Wasser tötet nicht, es gebiert. Wasser ist Ursprung und nicht Ende. Was nicht heißt, daß ich nicht durchaus im Wasser den Tod finden möchte.

Die ganze Altachen war damals eine gefühlsbetonte, ja vom Gefühl überschwemmte, ganz und gar sentimentalisierte Gegend. Selbst mein Vater, der Bottensteiner, hat ein Leben lang gegen das Augenwasser angekämpft. Ich erinnere mich, daß er einmal an einem runden Geburtstag eine Rede halten wollte. Er klingelte gegen das Weinglas, erhob sich, sprach den ersten Satz, mit dem er seiner Mutter gedenken wollte, und brach dann in Tränen aus, worauf er sich wieder setzte und vor sich hinzufluchen begann.

Ich behaupte, daß die Trauer das Grundwasser jener Gegend ist. Es fließt in mehreren hundert Metern Tiefe auf dem Felsgrund des Tals, durch Kiesel- und Schottergeschiebe, von keinem Lichtstrahl getroffen, heimlich und verborgen. Erst in moderner Zeit wurde dieser Strom, Hägeler genannt, angebohrt zwecks Speisung des städtischen Wasserreservoirs. Ein klares, anscheinend heiteres Naß kommt da aus der Tiefe, gefiltert vom Steinschutt, den die Gletscher bei ihrem Rückzug ins Gebirge hinterlassen haben, salzlos und kühl, bestens geeignet zur Labung von Mensch und Tier. Sogar Bier wurde daraus gebraut, der helle, erfrischende Gerstensaft der Klosterbrauerei, die ihr Gebäude gleich am Marktplatz stehen hatte.

Indessen scheint mir gewiß, daß es Tränen sind, die aus der Tiefe des Tals aufsteigen, sorgsam kanalisiert, gehortet und eingespeist in die öffentlichen Leitungen. So trinken denn die Altacher, wenn sie den Hahn aufdrehen, um sich zur Stillung ihres Durstes ein Glas Wasser zu gönnen – und durstig sind sie immer, sei es nach Wasser oder nach Bier –, die Trauer ihrer Vorfahren, ohne es zu wissen. Die Depression sickert aufs neue in sie hinein, neue Tränen gebärend, ein Stausee von Leid und Jammer.

Eigenlich wäre es eine liebliche Gegend, fruchtbar und gesund, mit sanften Büschen und weitläufigen Buchen- und Tannenwäldern auf den Höhen, gegen den unwirtlichen Norden abgeriegelt durch die schroffen Kalkfelsen des Juragebirges. Die Trauer indes ist allgegenwärtig. Sie steckt unausrottbar im Kiesgrund, sie drückt durch die Wässerwiesen, sie klebt wie Pech in den Seelen der Menschen, sie rinnt als Augenwasser unter jedem Lid hervor. Das Sentiment bestimmt diese Landschaft, sie ist durchhydriert von Gram. Selten spricht hier jemand mehr als drei Sätze, ohne das Taschentuch hervorzuzerren und hineinzuschnupfen. Kaum gelingt es, einen Witz zu erzählen, in dem nicht ein peinvolles Absterben die Schlußpointe setzt. Alles endet hier unglücklich, das Gebären, die Liebe, denn auf alles wartet der Tod.

Woher diese Tränen kommen, ist ungewiß. Ich jedenfalls habe noch nie ein diesbezügliches Forschungsergebnis zur Kenntnis genommen, das eine befriedigende, abschließende Antwort auf diese Frage geliefert hätte. Was kein Wunder ist, wird doch der permanente Trauerzustand daselbst keineswegs hinterfragt, sondern als naturgegeben, als Normalzustand akzeptiert. Und wo keine Frage ist, gibt es bekanntlich auch keine Antwort.

Möglicherweise liegt ein Hauptgrund in der jahrhundertealten Untertanenschaft dieses Landstrichs. Erst um die Wende vom 18. zum 19. Jahrhundert hat die Gegend dank des Einfalls französischer Heere die Autonomie erhalten. Das scheint zwar lange her zu sein, ist aber im Vergleich etwa mit dem Aufrichten der menschlichen Spezies von allen Vieren auf die Hinterbeine erst gestern geschehen. Leider ist das Geschichtsbewußtsein in der heutigen schnellebigen Zeit aus den Köpfen verschwunden. Die Leute meinen, sie seien von heute oder höchstens von gestern. Dabei sind wir alle von vorvorgestern.

In der Altachen nicht. Dort wissen die Menschen um ihre Herkunft. Jedenfalls war das noch in meiner Kindheit so. Wie es heute aussieht, weiß ich nicht, ich wage mich nicht mehr in meine Heimat zurück, ich bin zu bekannt geworden durch meine sogenannte Untat und will nicht Spießruten laufen. Vermutlich haben ja auch die Altacher inzwischen ihren uralten Wassersinn verloren und sind verblödet wie überall, plattgewalzt von der Beton- und Fernsehlawine, die blühendes Leben vorgaukelt und dürres Absterben sät.

Damals lebte man hier wie im Mittelalter, das seltsamerweise dunkel genannt wird, obschon es mir lichtdurchflutet erscheint, elend zwar bezüglich der technischen Möglichkeiten, aber hell und freundlich, was das menschliche Zusammenleben betraf. Es wurde zwar viel geklagt, geschimpft und geflucht, aber wenig bis gar nichts zerstört. Hunger mußte niemand leiden, Kartoffeln gab es genug. Zu dürsten hatte auch niemand, das Wasser lag vor der Haustür. Es wurde wacker gestorben, oft schon in jungen

Jahren. Zum Beispiel bei Niklausens, als die beiden noch nicht volljährigen Söhne innerhalb einer Woche von der Kinderlähmung geholt wurden. Dann wurde beerdigt, geweint und weitergelebt.

Es war ein Frauenland damals. Die Männer wurden als notwendige Haustiere betrachtet, die zu pflügen, zu säen und die Ernten einzufahren hatten. Sie mußten die Wehre in den Matten regulieren und so das nährende Wasser verteilen. Oder sie bestiegen, wie mein Bottensteiner, morgens das Fahrrad und fuhren in die Spinnerei, um irgendeine Maschine zu bedienen. Aber Macht hatten sie keine. Sie waren zu sehr geknechtet gewesen durch die Jahrhunderte hindurch. Sie hatten den Vögten abliefern müssen, pünktlich und nicht zu knapp. Sie hatten keine großen Städte bauen können, sie waren höchstens mit dem Pferdewagen allmonatlich einmal zum Vieh- und Warenmarkt ins Städtchen gefahren, das noch genau so aussah wie vor dreihundert Jahren, um sich in irgendeiner Pinte mit Bier und Träsch, Wein war zu teuer, einen Rausch anzutrinken und sich gegen Mitternacht von der vorgespannten Ackermähre heimkutschieren zu lassen.

Es gab kein Stadttheater in der ganzen dortigen Tieflandgegend, keine Universität. Die finanziellen Ressourcen fehlten, da abgezweigt zu den Hauptstädtern, die das Gebiet besetzt hielten.

Manchmal blähten sich die Männer zwar auf wie Knallfrösche, besonders wenn sie zuviel Branntwein intus hatten. Dann hoben sie die Fäuste gen Himmel, stießen schwarze Verwünschungen aus, aufmüpfige Rebellentiraden wider Gott und die Welt, bis sie, von Heulkrämpfen übermannt, schluchzend zusammenbrachen und von den herbeigeeilten Weibern getröstet werden mußten. Solchen Wutausbrüchen folgten dann Tage der tropfenden Augen.

Im Grunde haben mich diese Männer nie groß gestört. Selbst mein Bottensteiner hat mich nicht nachhaltig enerviert. Ihr Auftreten war zu mitleiderregend, zu lächerlich auch. Sie wußten, daß sie in der großen Welt nichts zu sagen hatten. Der Unterdrücker lacht, das war die einhellige Meinung, und der Untertan weint.

Merkwürdigerweise waren diese Männer die willigsten Milizsoldaten der ganzen helvetischen Tieflandarmee. Als merkwürdig bezeichne ich diese Tatsache deshalb, weil diese Leute nichts zu verlieren hatten als ihr Leben. Warum hätten sie also im damals viel beschworenen Ernstfall, der von Norden her unüberhörbar in unser Land hereinbrüllte, ihr Leben aufs Spiel setzen sollen?

Aber sie dachten anders. Sie wollten beweisen, daß sie ihr Schicksal akzeptiert hatten und keineswegs rebellische Gedanken hegten. Sie stellten den Karabiner, den sie aus der Rekrutenschule nach Hause nehmen durften, gut sichtbar in eine Ecke des Eßzimmers als Zeichen von alteidgenössischem Trutz und Wehr. Nicht im Traum wäre ihnen eingefallen, mitunter auf die eigenen Herrschaften zu zielen oder gar außerhalb der jährlichen obligatorischen Schießübungen einen aufrührerischen Blattschuß zu wagen. Sie schmierten jedes Frühjahr die Ordonnanzstiefel mit der vorgeschriebenen Bundeswichse ein, sie rollten den widerspenstigen Kaput mit letzter, erschöpfender Anstrengung auf das gesetzliche Ordonnanzmaß zusammen, schnürten ihn auf den prall gefüllten Tornister und rückten fluchend und grölend, Bierflaschen schwenkend, in die Kasernen ein, wenn sie aufgeboten wurden. Im Grunde trugen sie alle gern Feldgrau, denn dadurch konnten sie für einige Zeit der Macht ihrer Weiber entkommen.

Der Bottensteiner hatte das Pech gehabt, kurz nach der Jahrhundertwende geboren worden zu sein. Als er sich zur

Musterung stellen mußte, war eben der Erste Weltkrieg zu Ende gegangen, und allgemein herrschte die Meinung, dies sei der sinnloseste aller sinnlosen Kriege gewesen. Nie wieder Krieg! das war die Losung. Man rüstete ab, man brauchte selbst im helvetischen Tiefland keine Rekruten mehr. Als der Bottensteiner vor dem Aushebungsoffizier stand und dieser ihn fragte, ob er tatsächlich den Milizdienst am Vaterlande leisten wolle, antwortete er klar und deutlich: Nein. Hierauf nahm der Offizier einen Stempel, knallte ihn auf ein Blatt Papier und bestätigte somit meinem kerngesunden Bauernlümmel, daß er einen Kropf habe und dienstuntauglich sei.

Später, als aus den neuen Rundfunkgeräten die deutschen Heilrufe dröhnten und es auch hierzulande manchenorts Mode wurde, Armbinden mit dem Hakenkreuz drauf zu tragen, bedauerte der Bottensteiner sein damaliges Nein. Er ging ins Städtchen und kaufte im Waffengeschäft einen Browning. Das war eine kleine, schwarze Pistole, und mit der hätte er, wie er mir erzählte, versucht, drei der stadtbekannten, braunen Schreihälse zu erschießen, wenn die deutsche Wehrmacht einmarschiert wäre. Auf meine Frage, was er anschließend unternommen hätte, hat er geantwortet, er hätte sich im Hochwald oben versteckt.

Wie bekannt, ist die Wehrmacht nicht einmarschiert, was als großes Glück bezeichnet werden muß. Denn mein Vater hätte seinen Plan in die Tat umgesetzt, das glaube ich sicher. Er war flink, er war entschlossen, und er konnte das braune Gegröle nicht mehr hören. Auch hätte ihn sein immerwährend durchdrückendes Augenwasser bei dieser Aktion nicht behindert. Er war zwar, so weit ich mich erinnern kann, zeitlebens jammervoll, aber keineswegs ein jämmerlicher Waschlappen. Ich selber bin, und darauf lege ich allerhöchsten Wert, noch heute stolz auf diesen Browning, auch wenn dieser bei anderem Verlauf der Zeitgeschichte meine Mutter und mich in tiefstes Unglück gestoßen respektive geschossen hätte. Denn selbstverständlich hätte der eingesetzte Gauleiter uns beide zu schnappen versucht, als Geiseln für den entlaufenen Mörder. Bei meiner Mutter wäre das ein leichtes gewesen, sie vermochte nicht, schnell wegzurennen, und kannte sich auch im rettenden Gewässer nicht aus. Sie wäre in einem solchen Fall ohne Zweifel verhaftet, eingekerkert und womöglich als Terroristenbraut standrechtlich erschossen worden, eine Vorstellung, die mir noch heute absolut unerträglich ist, obschon ich weiß, daß ähnliches in den umliegenden Ländern tausendfach geschehen ist.

Ich selber hätte mich wohl, wenn ich es fertiggebracht hätte, meine Mutter allein zurückzulassen, in Sicherheit bringen können. Ich hatte verschiedene Schlupfwinkel am Amazonas und auch oberhalb des hohen Wehrs. Ich vermute sogar, daß sie mich selber ins Wasser gebracht hätte mit dem Hinweis, eine Zeitlang nicht mehr aufzutauchen und fortan zu leben wie der Molch oder die Unke. Gewiß hätte ich ihr gehorcht und wäre völlig verwässert, vermutlich in der Lagune und behütet von der Patin, dem Druck zwischen Fingern und Zehen endlich nachgebend, zarte, durchsichtige Flossen bildend. Ich wäre so den Schergen zweifelsohne entkommen. Aber was hätte ich mit meinem Wasserleben angefangen? Zeitlebens hätte ich jenes Bild der bei Vollmond im Bach stehenden Mutter in der Erinnerung getragen, und gewiß würden mich die Schuldgefühle des schnöden Abtauchens wegen noch heute verfolgen.

Zum Glück für uns alle drei – ich sage das ohne Häme, denn wir waren in vielem eine durchaus normale, manchmal im landläufigen Sinne glücklich zu nennende Familie –, zum Glück hatte der Bottensteiner nicht zum Blattschuß anzusetzen. Hingegen hat er im Landsturm oft und gern seinen Mann gestanden. Er trug dann Ledergurt und Helm und ein mausgraues Überkleid. Einmal, als die Sirene auf dem Färbereidach nicht aufhörte zu gellen, ist er mit andern Männern zur Eisenbrücke gerannt. Gemeinsam haben sie mit Holzhebeln und Seilen drei gewaltige Betonblöcke auf die Fahrbahn gerollt, um eventuell auftauchende deutsche Panzer zu stoppen. Ich bin gegen den Willen der Mutter, die mich in den Keller zerren wollte, wo sie sich sicherer fühlte, mitgerannt und habe zugeschaut, wie die Männer keuchten und schwitzten. Ich weiß das deshalb noch so genau, weil ich damals der etwas älteren Dora Schädler begegnet bin, die bei der Färberei vorn wohnte. Sie hat unbedingt, wie sie gesagt hat, meine Wunde genauer anschauen und untersuchen wollen, sie hat insistiert und gebettelt, aber ich habe abgewinkt, die kriegerische Szenerie war viel zu aufregend.

Ein andermal, als die Sirene aufheulte und von oben das tiefe Dröhnen vorbeifliegender Bomber zu hören war, rannte der Bottensteiner auf die Wiese hinaus, den Browning in der Rechten. Er hat geschrien, so laut er konnte, Sausiech! Sausiech! Das ist mir geblieben, ich habe ihn vor- und nachher nie mehr so laut fluchen gehört. Dazu hat er, zielend auf das Geräusch der Maschinen, die man der tiefliegenden Wolken wegen nur hörte und nicht sah, das ganze Magazin leergeschossen.

Als am Hauenstein unten ein amerikanischer Bomber in einen dicht über der Aare aufragenden Kalkfelsen flog und brennend zerschellte, hat er sich aufs Fahrrad geschwungen und ist losgespurtet. Ich durfte nicht mit, was mich sehr geärgert hat. Aber so was sei nichts für kleine Jungen, hat mein Vater entschieden.

Als er heimkehrte, ziemlich gewagte Kurven fahrend wegen der paar Biere, die er unterwegs genossen hatte, war er sichtlich begeistert. Das seien die wahren Helden, schrie er durch die Wohnung, diese amerikanischen Piloten. Drei hätten sich vor dem Abschrammen mittels Fallschirmen gerettet, zwei aber treu bis in den Tod im Cockpit ausgeharrt und den brennenden, kaum mehr steuerbaren Vogel über das bewohnte Gebiet gezogen direkt in die Felswand hinein, wo er kein Unheil anrichten konnte.

Es ist also, wie man diesen meinen Aufzeichnungen unschwer entnehmen kann, in meinen ersten Lebensjahren einigermaßen martialisch zugegangen. Ich will indessen nicht verschweigen, daß mir das an den Tag gelegte kriegerische Getue von heutiger Warte aus betrachtet operettenhaft vorkommen will, auch wenn bitterer Ernst dahinterstecken mochte. Obschon man in jenem durchwässerten Gebiet einhellig der Meinung war, den braunen Schreihälsen gehöre nichts anderes als eine gehörige Tracht Prügel, wenn sie denn anrücken sollten, hätte es wohl ein böses Erwachen mit jeder Menge Augenwasser und Tränen gegeben, die das Land aufs neue überschwemmt und durchhydriert hätten.

Auch will ich keineswegs verheimlichen, daß der Bottensteiner nicht nur ein Nazihasser und freiheitskämpferischer Browningheld war, sondern eben auch ein waschechter Molch- und Krötenfeind. Ein Umstand, der mir noch heute die Galle hochkommen läßt. Um sich für den Kampf Mann gegen Mann zu trimmen, wußte er nichts besseres, als an einem Tümpel oberhalb des hohen Wehrs Schießübungen abzuhalten, indem er seinen Browning auf die Mitglieder einer Erdkrötenfamilie abfeuerte. Ich war ihm wie immer nachgerannt, als er sich mit der Pistole auf den Weg machte, die Waffe hatte eine eigentümliche Faszinationskraft auf mich, ich wollte dabeisein, wenn sie losknallte. Als ich aber sah, wie die bräunlichen Krötenleiber vor ihren Erdhöhlen unter des Bottensteiners Schüssen zerspritzten, fuhr es wie Feuer durch meine Wunde direkt in meinen Hals hinein. Ich habe geschrien wie am Spieß – so nannte man das anschaulicherweise in jener Gegend –, es war, als ob die stahlgepanzerten Bleistücke in mich selbst hineingefahren wären.

Der Bottensteiner mochte mein Geschrei nicht hören, er begriff es nicht. Woher hätte er auch die Ahnung nehmen können, der Stelzengänger und Hochwaldkomantsche, daß diese Kröten meine Anverwandten waren, daß er somit meine eigene, und folglich auch seine, Familie zusammenschoß? Er hielt ein, faßte mich ins Auge, sichtlich angewidert von seinem Nachwuchs, er schien einen Augenblick lang einen schrecklichen Verdacht zu fassen. Dann tat er das, was man im Hochwald oben immer tat, wenn man nicht mehr weiter wußte. Er beugte sich zu mir nieder und knallte mir mit aller Kraft seiner besten Mannesjahre eine Ohrfeige, die mich von den Füßen hob und in den Tümpel hineinwarf. Nach dieser Aktion schoß er die restlichen Patronen, die noch im Magazin waren, in den leeren Himmel hinauf, steckte die Pistole ein und wandte sich wortlos heimwärts, ohne mich noch eines Blickes zu würdigen.

Mir war es nur recht, daß er aus meinem Gesichtsfeld verschwand. Ich hätte diesen Mann nie mehr sehen wollen. Auch mußte ich mich dringend hydrieren, das merkte ich trotz des feurigen Schmerzes. Der Bottensteiner hatte nämlich bei seiner Züchtigung genau meine Halswunde getroffen, zufälligerweise oder mit Absicht, das bleibe dahingestellt. Jedenfalls pulsierte es in der Wunde, es war mir, als würde sie gleich aufbrechen und mein Inneres freigeben.

Ich tauchte ab auf den Grund des Tümpels, der nicht sehr bevölkert war, da er allen Anzeichen nach im Hochsommer auszutrocknen pflegte, und kuschelte mich in den von den Sonnenstrahlen durchwärmten Schlamm. Der tat mir gut, er quoll weg unter meinen Bewegungen, so daß ich mich in ihn einnisten konnte. Nur der Kopf mit der Halswunde blieb frei. Durch sie sog ich Wasser ein, sachte, das wohltuende, erdige Naß. Es rieselte in mich hinein, unmerklich fast, aber doch nach und nach spürbar den Schmerz begütigend. Es war Trostwasser, Nährwasser, Lebenswasser.

Diese kleinen, bei Sommerhitze versiegenden Tümpel sind ja die wahren Oasen für unsereins, enthalten sie doch, da ohne Abfluß, sämtliche Ingredienzen, welche die Voraussetzung für eine vitale Laichkultur bilden. Fische gibt es in ihnen keine, sie würden spätestens im August jämmerlich eingehen, und der Gelbrandkäfer, dieser hinterhältige Mordgeselle, bevorzugt tiefere Gewässer. Nur den Dolchschnäbler, den Reiher, gilt es zu beachten. Aber für diesen Stelzenbeiner war ich bereits zu groß.

Einige Kaulquappen schwammen herum, mit schon deutlich ausgeformten Beinchen. Sie schwänzelten oben am flachen Ufer, sie drängten an Land, bestimmt würden sie in wenigen Tagen hinauskriechen und zum erstenmal ihre Lungen gebrauchen. Aber was wartete auf die eifrigen Gesellen? Nichts als Unverstand, ja der gesammelte Haß der menschlichen Rasse. Steinwürfe, Tritte, zermalmende Wagenräder, und jetzt noch die Schüsse aus dem Browning des Bottensteiners. Warum hatte er auf die friedliche Krötenfamilie geschossen? Er hätte ja auch Steine als Zielscheiben wählen können. Warum mußten es lebendige Wasserwesen sein? Weil er seine eigene Herkunft treffen wollte, seine ihm unausrottbar innewohnende Wassergenese?

Dort oben trieben sie, dicht unter der Oberfläche, die Gliedmaßen der zerfetzten Krötenleiber, die unter der Wucht der Schüsse in den Tümpel gespritzt waren. Zwei Hinterbeine zuckten noch immer, kopflos, rumpflos, zwei kräftige Schenkel, die einem der Muttertiere gehört haben mußten. Sinnlos paddelten sie im Kreise herum, ziellos, mit letztem Reflex die rettende Tiefe suchend, bis sie erschlafften und langsam auf den Grund hinabtrudelten. Warum hatte mein Vater das getan? Er wußte doch, daß diese Viecher, wie er sie nannte, völlig harmlos waren.

Damals ahnte ich zum erstenmal etwas von der mörderischen, zerstörenden Qualität der männlichen Spezies. Was da kriecht, zertreten sie. Was da quakt, verderben sie. Nicht, um sich zu ernähren tun sie das. Sondern sie töten, weil der Drang zum Tod in ihrem Wesen liegt.

Der erste fürchterliche Moment der Geschichte dieser Erde, sehr geehrter Herr Seelendoktor, war derjenige, als die Wirbeltiere das behütende Wasser verließen und an Land krochen. Der zweite, als der erste Primat sich aufrichtete auf die Hinterbeine und begann, sich die Erde untertan zu machen. Das ist meine feste Überzeugung, und die lasse ich mir von keinem Luftakrobaten, und sei er noch so beschlagen in Tiefenpsychologie und Traumwasser-Analyse, wegpulverisieren.

Ich harrte eine ganze Weile in jenem Tümpel aus, meine Wunde hydrierend. Aber ein Ort längeren Verweilens konnte er unmöglich sein, die herumtreibenden Leichenteile verhinderten das. Als es Abend wurde und die Dunkelheit einfiel, kroch ich hinaus. Ich ging dem Bach entlang, über dem die Mücken tanzten, unschlüssig, wohin ich mich wenden sollte. Heimkehren ins väterliche Haus wollte ich nicht, in die Lagune versinken auch nicht. Ich hatte ein tiefes Weh im Herzen – entschuldigen Sie bitte die altertümliche Formulierung, aber dieses Weh war eben auch altertümlich –, eine drängende Sehnsucht, von der ich nicht wußte, wie ich sie hätte stillen können.

Da fuhr Niklausens Pferdeknecht Fridolin vorbei, ein hagerer, alter Mann, wie stets seine erloschene Tabakspfeife im Maul. Er hielt an, fragte, was ich so spät noch draußen suche und ob ich keine Angst hätte vor dem Nachtvogel? Als ich keine Antwort gab, stieg er vom Wagen, packte mich kurzerhand am Schopf und setzte mich auf den Kutscherbock seines Einspänners. Hü Fanny! sagte er, beeil dich, wir müssen Moses heimbringen.

Ich schüttelte den Kopf, weiter nichts, aber das tat ich mit Nachdruck. Nein? fragte Fridolin, will der junge Herr ausfliegen? Ich nickte, und das hat genügt.

Fridolin war nämlich der liebste Mensch, dem ich je begegnet bin. Ein Stelzenbeiner gewiß auch er, aber einer der alten, weichen, behutsamen Art. Er grinste, schüttelte lange den Kopf und strich dann mit der Peitsche über die ausladenden Hinterbacken des Pferdes. Das setzte sich sogleich in Trab, und wir fuhren durch den Baumgarten zu Niklausens Hof. Vor dem Pferdestall hielt der Wagen an. Fridolin hob mich vom Bock, ich durfte zusehen, wie er Fanny ausschirrte, erst die Ketten von der Waage löste, welche den Zug auf die Kutsche übertrug, und dann das Tier sorgfältig aus den Deichseln führte. Das machte Fanny nie gern, sie versuchte, sich auf die Hinterbeine zu erheben und allerlei unsinnige Sprünge zu tun, aber Fridolin ließ das nicht zu. Er zog Halfter und Kummet über den Pferdekopf, hängte beides auf an der Stallwand und geleitete schließlich das Tier an die Krippe. Während es fraß, striegelte er die Hinterbacken, bürstete den Schweiß aus dem nassen Fell, trat zur Seite, als es zu urinieren begann. Das dauerte eine ganze Weile, bis es seine Harnblase entleert hatte. Wer es nicht mit eigenen Augen gesehen hat, wird es nie für möglich halten, wieviel Flüssigkeit in einem Pferdebauch drin Platz findet. Ein armdicker, gelber Strahl zischte da unter dem angehobenen Schwanz hervor und zerspritzte auf dem geplättelten Boden, scharfen Geruch verbreitend. Dann furzte das Tier ausgiebig, bis sich der Schweif senkte und es weiterfraß.

Fridolin wünschte Fanny eine gute Nacht und löschte das Licht. Gemeinsam gingen wir über die Holzbretter, welche die Jauchegrube überdeckten – welch feiner, anheimelnder Duft stieg daraus hoch! –, am Kellerloch vorbei, in dem die Runkeln für die Schweine lagen, und betraten die Küche. Eine Glühbirne in grünem Schirm hing über dem Tisch, daneben der Holzherd, in dem es glimmte, an der Wand das schwarze Telefon. Die ganze Belegschaft des Hofes saß da, sie hatten gebratene Kartoffeln gegessen. Ein rundes Dutzend Leute, die beiden Großeltern auf der Bank, daneben Bäuerin und Bauer, die zwei Jungen – das waren die, welche später von der Kinderlähmung geholt wurden –, Mägde und Knechte. Die alte Marie schöpfte Fridolin und mir, ich aß tüchtig mit. Hin und wieder fiel ein Wort, sparsam in den Raum gesetzt. Eigentlich war es eher ein Stöhnen und Ächzen, was diese Menschen von sich gaben, durchaus allgemeinverständlich indessen, obschon kaum artikuliert. Denn den Alten waren längst die Zähne ausgefallen, und den Jungen wackelten sie bedenklich. Aber wozu hätten sie gesunde Zähne gebraucht? Für Milchkaffee und Kartoffeln jedenfalls nicht.

Plötzlich fing der Großvater an, zu wiehern und heiser zu grunzen. Es schüttelte ihn eine ganze Weile, er japste nach Luft, was das eindeutige Anzeichen dafür war, daß er zu einem Witz ansetzte. Alle schauten ihm gebannt zu, mit offenen Mündern, die Zungen vorgestreckt, gierig auf humoristische Labung in dieser trostlosen Zeit. Endlich hatte sich der Alte gefaßt und krähte aus tiefer Kehle die Frage in den Raum: Was ist, hat sich unser Säulein heute wieder tüchtig gesuhlt?

Damit war ich gemeint, das war sofort klar. Denn alle wußten um meine Hydrophilie. Sie hatten mich schon oft herumbeineln sehen in Tümpeln und im Feuerweiher gleich neben dem Hof, sie hatten mir zugeschaut, wie ich abtauchte und am Grunde kleben blieb. Verwundert waren sie und erst ein bißchen erschrocken, erleichtert dann, wenn ich kerngesund wieder auftauchte. Sie hatten sich daran gewöhnt. Plantschten nicht die Gänse mit Wollust im Wasser herum, suchten nicht die Ferkel schon bei ihrem ersten Auslauf den nächsten Morast auf, um sich darin zu wälzen? Normal schien ihnen das zu sein, nicht der Rede wert. Und daß ich von ihnen als Säulein bezeichnet wurde, war durchaus ein Liebesbeweis. Denn gab es etwas Niedlicheres als die Ferkel, die mit rosigen Schwänzlein und listigen Äuglein prallarschig herumhopsten und ihre gelöcherten Stupsnasen tief ins Feuchte hineinstießen?

Es war der übliche Witz, einer der wenigen Standards des Großvaters, den wir soeben gehört hatten. An einem andern Abend hätte ich lauthals mitgekräht im nun einsetzenden, lustvollen Gewieher, wäre nicht die Ohrfeige des Bottensteiners gewesen. So aber blieb ich stumm wie ein Fisch, den Blick auf den leeren Teller vor mir gerichtet. Und nach einer Weile sah ich, wie Tränen hineintropften.

Das Gekrächze verstummte sogleich. Das Säulein weinte, das sahen alle, das machte sie traurig. Die alte Marie, die links neben mir saß, faßte mich ins Auge. Behutsam legte sie den Arm um mich, streckte die Nase dicht vor meine Wunde und sprach: Sie ist angeschwollen, die Wasserwunde. Warum?

Ich schwieg weiter, ich konnte nicht antworten. Hätte ich denn den Mann, der mein Vater war, verraten sollen, seine üble Tat, seine Krötenschüsse? Das konnte ich nicht. Bei Niklausens schoß niemand auf Kröten, denn auch diese, das wußte man hier, waren Gottes Kinder. Man erschoß nicht einmal die Schweine, wenn man sie schlachtete, sondern man erschlug sie mit einem Hieb der stumpfen Axt vor den Kopf. Das war zwar gar nicht so einfach, es brauchte dazu einen kräftigen, geübten Holzfäller. Aber diese Ehre tat man den armen Tieren an.

Die Bäuerin erhob sich, kam zu mir und musterte meinen Hals genau. Tatsächlich, sagte sie, da hat jemand draufgeschlagen. Wer war es?

Ich schwieg, ich hätte ins Tiefwasser absinken wollen. Ich rührte mich auch nicht, als die andern zu mir traten und meine Öffnung begutachteten. Ich sah, wie das Naß in ihre Augen drückte.

Wie kann man bloß ein Kind schlagen? Diese Frage stellte die dicke Annerös, die Wasser in den Beinen hatte und kaum mehr gehen konnte. Ein Kind, sprach sie, das ist doch unsere eigene Frucht. Wie kann man die eigenen Birnen schlagen, die eigenen Runkeln, das eigene Korn?

War es der Bottensteiner? fragte der Bauer, der sich mächtig vor mir aufgebaut hatte. Sag es mir, und wir werfen ihn in den Bach.

Ich schüttelte den Kopf, hilflos, es war das erste Mal, daß ich log. Ich hörte mit geschlossenen Augen, wie die Männer beratschlagten. Der Bottensteiner sei ihnen schon längst ein Dorn im Auge, vernahm ich, dieser fremde Fabrikler, der nicht einmal eigene Kühe habe und keine einzige Sau. Warum er denn nicht oben im Hochwald geblieben sei, der Tannengänger und Eichelfresser, was er denn unter Weidenbäumen und Erlen verloren habe? Ich sei doch ein Bachkind, das sehe jeder auf den ersten Blick, einer der ihren. Wo er mich überhaupt aufgefischt habe? Die Mutter sei ja schon recht, die hätte etwas Weidenrutiges, Erlenstämmiges. Aber der Alte sei eben hart am Arsch, das höre man schon, wenn er sich am Morgen früh auf das Fahrrad schwinge, der Sattel stöhne und ächze jeweils wie eine arme Seele. Aber so gehe das nicht weiter, das eigene Kind zu schlagen sei hierzulande nicht der Brauch. Es gälte, ein Auge auf den Jungen zu haben und das Schlimmste zu verhüten.

Sie hockten jetzt zusammen, die Männer, am oberen Ende des Tisches, um die Schnapsflasche herum. Einer hob die Faust gegen die Decke, es war der rotgesichtige Melker, ich sah ihn aus den Augenwinkeln gestikulieren. Alles habe ein Ende, krächzte er, jedes Unrecht. Verrecken solle, was verrecken müsse, was recht sei, sei recht. Nach diesen Worten nickten alle und kippten das erste Glas in die Kehle.

Die Wunde müsse gepflegt werden, entschied indessen die alte Marie. Sie erhob sich, schlurfte zum Buffet und schüttete aus einer Büchse Kamillenblüten in einen Topf. Sie ging zum Herd und goß heißes Wasser hinein. Sie zerrte ihr Taschentuch hervor, tunkte es in die Brühe, wrang es aus und band es mir um den Hals. Dann trat sie, gekrümmt und mit der Rechten das Kreuz abstützend, zum Telefon und wählte eine Nummer. Ich hörte, wie sie mit meiner Mutter sprach und erklärte, Moses sei hier bei Niklausens und komme erst morgen früh heim. Dann hängte sie auf.

Das heißnasse Taschentuch hatte geschmerzt, als sie es auf meine Wunde gelegt hatte. Ich hätte lieber gehabt, es wäre kühles Schwarzwasser aus der Lagune gewesen. Aber ich zuckte nicht mit der Wimper. Es gefiel mir, unter diesen Menschen zu sein, unter Bachleuten, die für mich Partei ergriffen. Die Patin hätte mir an diesem Abend nicht groß weiterhelfen können. Ich hatte Sehnsucht nach Worten, nach Sätzen, auch wenn sie zahnlos in den niederen Raum gekrächzt waren. Ich war eben doch ein Menschentier, das habe ich damals zur Kenntnis genommen. Ich brauchte dringend menschliche Anteilnahme.

Annerös hatte inzwischen in einer Blechkanne Kaffee aufgegossen, eine schwarze, aus Zichorie und gemahlenen Eicheln gebraute Brühe. Sie schenkte auch mir eine Tasse ein, und ich durfte einen ganzen Löffel voll goldgelber Maismelasse hineinrühren, die als Zuckerersatz diente. Trink, sagte sie, das bringt dir die Lebensgeister zurück.

Ich trank einen Schluck, das Gesöff war zu heiß und im Grunde widerlich bitter. Aber es war das übliche Getränk der Frauen auf dem Hof, und wenn ich dazu eingeladen wurde, fühlte ich mich ihnen zugehörig.

Die Weiber begannen nun mit ihrem Schwatz, flüsternd aus zahnlosen Mündern, überschrien zwar von den sich betrinkenden Männern, aber sie waren das gewohnt und verstanden untereinander jedes Wort. Der solle bloß nicht so tun, der Hochwälder, sagte die Bäuerin, der sei nichts Besseres als sie, obschon er mit einem neuen Rad herumfahre und nicht mit einem alten Einspänner. Der koche auch bloß mit Wasser, auch wenn er an jedem Ultimo einen Zahltag heimbringe. Im Gegenteil, fiel Annerös ein, das sei eine arme Kirchenmaus, bei dem hänge nichts im Kamin als Ruß und Spinnweben. Der müsse für alles Rationierungsmarken hinlegen, für jedes Brot, für jedes Pfund Speck, und erst noch auf den Rappen genau bezahlen. Bei dem sei Schmalhans Küchenmeister, man brauche nur einmal seinen Jungen, den dürren Klapperstorch, und seine Alte, die Bohnenstange, anzuschauen, dann wisse man, wo der Hase im Pfeffer liege, sicher nicht bei dem zu Hause.

Die Frau sei schon recht, widersprach die alte Marie, und der Junge übrigens auch. Solche Wasserwunden, wie der eine am Hals trage, habe es früher häufig gegeben in dieser Gegend. Sie erinnere nur an den schrägen Hannes, der mit so einem Loch über siebzig Jahre alt geworden sei, bis er beim Länden von Holz vom Hochwasser geholt und erst an der Aare unten an Land gespült worden sei.

Ja, der schräge Hannes, flüsterte die Großmutter, schnupfte und wischte sich mit dem Ärmel über die Augen.

Doch, die Frau des Bottensteiners sei in Ordnung, fuhr die Bäuerin weiter. Sie sei höflich und sanft wie eine Wasserpflanze und habe einen runden Gang. Sie wandle, das sei das richtige Wort. Auch sähe man sie des öftern am Bach oder an einem Tümpel stehen, lange hineinschauend, und manchmal tröpfle sie sich eine Handvoll Wasser ins Genick, als ob sie sich taufen wolle.

Jetzt nickten die Weiber langsam und mit Bedacht. Annerös schenkte eine neue Runde Kaffee nach, die Melasse tropfte in die Tassen und wurde sorgfältig umgerührt. Das war ein Ritual, das ich schon oft erlebt hatte. Gleich würden die alten Geheimnisse folgen, das heisere, kaum hörbare Unken.

Von der Männerecke war ein Stöhnen und Schnarchen zu vernehmen, die müden Köpfe lagen auf dem Tisch neben den leeren Gläsern. Nur noch die Faust des Melkers zuckte gegen die Decke. Ich hatte den Kopf an die Seite der alten Marie gelehnt, ihre Hand lag auf meinem Rükken. Der Schweißgeruch ihrer Achselhöhle füllte meine Nase, scharf wie Pferdeurin. Mir fielen beinahe die Augen zu. Aber ich wollte um keinen Preis einschlafen.

Die Frau des Bottensteiners, flüsterte Marie, soll ja vom Unterlauf der Aare herkommen. Wie man erzählt, soll es dort früher noch Undinen gegeben haben.

Was heißt hier früher? wisperte Annerös. Woher kommt denn die Fischfrau in unserem Hausgiebel oben, die mit den beiden Schwänzen? Die ist doch kein Hirngespinst, die gibt es in Fleisch und Blut. Sonst hätte sie niemand in den Giebel gesetzt.

Die im Wasser sind Nymphen, raunte die Bäuerin, die in der Luft sind Sylphen, die in der Erde sind Pygmäen, und die im Feuer sind Salamander.

Die Wasserfrauen, flüsterte Marie, hat man gesehen, so wahr ich hier sitze. Sie haben sich vermählt mit Menschenmännern und Kinder geboren.

Die Nymphen, tuschelte Annerös, kommen aus dem Wasser zu uns und sitzen am Ufer der Bäche, in denen sie wohnen. Und manchmal werden sie von unseren Männern gefangen und heimgeführt. Wenn sie aber verheiratet sind und ein Kind geboren haben, so darf sie der Mann nicht erzürnen, wenn ein Bach in der Nähe ist. Sonst fallen sie hinein, und niemand findet sie mehr.

Ich schloß die Augen, ich hatte genug gehört. Die alte Marie drückte mich fester an ihren Leib, und eine der Frauen legte ein Tuch über mich. Im Halbschlaf hörte ich sie noch eine Weile tuscheln und ächzen. Dann spürte ich, wie mich jemand aufhob und nach oben in ein Bett trug.

Jahrzehnte später, als ich mich hydrologisch kundig zu machen versuchte in Mythologie, Märchen und Religion, habe ich herausgefunden, woher diese Frauen ihre Weisheiten hatten. Von Theophrast Hohenheimensis nämlich, genannt Paracelsus. Das werden Sie mir, sehr geehrter Herr Seelendoktor, kaum glauben, wenn ich dies behaupte. Ja, Sie werden, wie ich Sie in unserer nunmehr beinahe zwei Jahre andauernden gemeinsamen Seelenarbeit kennengelernt habe, überaus skeptisch Ihre hohe, schmale Denkerstirn runzeln und einen Ihrer ironischen Sprüche klopfen, der besagt, ich hätte mir da wieder einmal etwas aus meinen vermeintlichen Wasserflossen gesogen.

Ich habe aber Beweise, die Ihre Arroganz – auch das muß einmal in aller Deutlichkeit gesagt sein! – zusammenbrechen, ja im uralten Schlamm der mäandernden Bach- und Flußweisheiten ersaufen lassen. Habe ich doch in hiesiger Universitätsbibliothek, die ja eine wahre Fundgrube mittelalterlicher Vorstellungen und Denkweisen darstellt, im Laufe meiner hydrologischen Feld- und Mattenforschungen ein Buch aufgetrieben, das den Titel trägt: »Liber de Nymphis, Sylphis, Pygmaeis et Salamandris et de caeteris spiritibus Theophrast Hohenheimensis«. Es stammt also von Paracelsus. Ich habe es, eingedenk jener Küchennacht bei Niklausens, sogleich behändigt und zu studieren begonnen. Und ich muß sagen, es ist mir wie Schuppen von den lesenden Augen gefallen.

»So wisset«, beginnt Paracelsus, »daß dieses Buches Inhalt, die vier Geschlechter der Geistmenschen zu beschreiben, sein soll, nämlich: von den Wasserleuten, von den Bergleuten, von den Feuerleuten und Windleuten. Dabei werden unter den vier Geschlechtern auch die Riesen, die Melusinen, der Venusberg einbegriffen, und was denen gleich ist, daß es Menschen seien, und sind doch nicht aus Adam, sondern eine andere Schöpfung und Kreatur, von den Menschen und von allen Tieren unterschieden, anzusehen. Das Fleisch muß so verstanden werden«, fährt er weiter, »daß sein zweierlei ist, das Fleisch aus Adam und das, so nit aus Adam ist. Das Fleisch aus Adam ist ein grob Fleisch, denn es ist irdisch, und ist sonst nichts als allein ein Fleisch, das zu binden und zu fassen ist wie ein Holz oder Stein. Das ander Fleisch, das nit aus Adam ist, das ist ein subtil Fleisch, und ist nit zu binden noch zu fassen, denn es ist nit aus der Erde gemacht. Nun ist das Fleisch aus Adam der Mensch aus Adam, der ist grob wie die Erde (die selbige ist kompakt), so daß der Mensch nit durch eine Mauer noch durch eine Wand kann, er muß sich ein Loch machen, durch das er schlieft, denn ihm weicht nichts. Aber das Fleisch, das nit aus Adam ist, dem weicht das Gemäuer. Das ist: die selbigen Fleische bedürfen keiner Tür, keines Lochs, sondern gehen durch ganze Mauern und Wände und zerbrechen nichts.«

Den Aufenthalt dieser Geistmenschen beschreibt er so: »Ihre Wohnung ist viererlei, das ist, nach den vier Elementen: eine im Wasser, eine in der Luft, eine in der Erden, eine im Feuer. Die im Wasser sind Nymphen, die in der Luft sind Sylphen, die in der Erden sind Pygmäen, die im Feuer Salamander.«

Aha, aufgemerkt! War das nicht soeben genau der Satz, den in jener Küchennacht die Bäuerin ausgesprochen hatte? Und woher hat sie diese Weisheit gehabt? Etwa aus ihren abgearbeiteten Erdhänden gesogen? Daß ich nicht lache, haha!

Wie man sich denken kann, bin ich damals im Lesesaal der Universitätsbibliothek zutiefst erschrocken. Da hatte einer im 16. Jahrhundert schon aufgeschrieben, was die Altacher Frauen mitten im Zweiten Weltkrieg als Weibergeheimnis unkend von sich gaben. Und bei der Beschreibung der Elemente, in denen die Geistmenschen wohnen, schnappte ich buchstäblich nach Luft: »Nun, wie der Fisch im Wasser seine Wohnung hat und das Wasser ist an dem

Ort seine Luft, in der er wohnt, also ist dem Menschen, im Vergleich zu dem Fisch zu verstehen, die Luft sein Wasser. So ist ein jeglich Ding in sein Element geschaffen, darin zu wandeln. Das Wasser ist des Fisches Luft. Ertrinkt der Fisch nicht, so ertrinkt auch der Unda nit.«

War ich also ein Unda? Ich hatte das Wort so noch nie gelesen, ich hatte es bloß als Undine gekannt.

»Wie zum Beispiel die Wasserleute«, fuhr ich zu lesen fort, »die kommen aus ihren Wassern heraus zu uns, lassen sich kennen und handeln und wandeln mit uns, gehen wieder hinweg ins Wasser, kommen wieder. Nun aber, Menschen sinds, aber allein ein Tier ohne die Seel. Nun folgt aus dem, daß sie zu Menschen verheiratet werden können. Von den Kindern wisset, daß solche Geburt dem Manne nachschlägt. Darum daß der Mann ein Mensch aus Adam ist, darum wird dem Kind eine Seel eingegossen und es wird gleich einem rechten Menschen, der eine Seel hat und das Ewige. Nun aber weiter, so ist das auch in gutem Wissen und zu erkennen, daß auch solche Frauen eine Seel empfangen, wenn sie vermählt werden, so daß sie wie andere Frauen vor Gott und durch Gott erlöst sind. Denn das erweist sich in mancherlei Weg, daß sie nicht ewig sind, aber bei den Menschen, so sie ihnen verbunden werden, ewig werden, das ist: geseelet wie der Mensch.«

War also meine Mutter eine Undine gewesen, eine Melusine? Zuzutrauen war es ihr bestimmt, obschon ich mir keineswegs vorstellen konnte, daß sie durch den Bottensteiner ewig werden wollte. Eine Seele hat sie wohl von Geburt an gehabt, und was für eine schöne. Aber daß sie aus dem Wasser kam, war ohne weiteres möglich. Die Gewißheit, daß es so war, hätte mich aufs höchste gefreut. Sie hätte mich grundlegend beruhigt, da sie meine sogenannte Abnormität voll und ganz erklärt und somit relativiert hätte. Als abnorm konnte ja nur gelten, was nicht der Norm entsprach. Wenn ich aber die Norm der von Paracelsus beschriebenen Wasserleute als maßgebend setzte, so konnte ich als durchaus normaler Unda gelten. Hingegen waren die Hochwaldgänger abnorm. Und daß der Bottensteiner von Adam war und kein Geistmensch, das hatte ich schon längst bemerkt, machte er mir doch tagein, tagaus den traurigen Eindruck eines aus dem Paradies vertriebenen armen Sünders.

Woher hatten indessen die Altacher Weiber die Kunde des Hohenheimers erhalten? Mag sein, daß sie irgendwo auf dem Estrich oben ein Buch aus seiner Feder liegen hatten, ein altes, von Mäusen angefressenes Konvolut.

Ich glaube indessen nicht, daß sie, hätte denn tatsächlich ein solcher Band unter dem Studdach gelegen, ihn auch zur Hand genommen hätten. Bücher wurden zwar als wahre Heiligtümer betrachtet und keineswegs etwa zum Anfeuern des Herdes oder auf dem Plumpsklo verwendet, was naheliegend gewesen wäre. Aber gelesen wurden sie nie. Man blätterte ab und zu im Tagblatt, das jeden Mittag vom Austräger durchs Küchenfenster auf die Anrichte geworfen wurde. Und manchmal abends nach dem Essen las Fridolin, nachdem er seine Nickelbrille aufgesetzt hatte, die eine oder andere Passage daraus vor. Dabei handelte es sich vor allem um Inserate, in denen zum Beispiel acht kerngesunde Ferkel oder drei zuverlässige, brave Leghühner ausgeschrieben waren. Im allgemeinen indessen wurde hier Literatur mündlich überliefert.

Es scheint mir also unwahrscheinlich, wenn nicht unmöglich zu sein, daß die Altacher je ein Wort von Paracelsus gelesen hätten. Vielmehr neige ich zur Annahme, daß die Weiber ihr Wissen aus dem uralten Strom von Schöpfungsmythen und Lebensweisheiten geholt hatten, aus dem schon der Hohenheimer getrunken hatte. Er war ja das epochale Scharnier, das Antike und Neuzeit zusammengehalten und die abendländische Geistes- und Geschichtskontinuität gewährleistet hatte, was bisher in unseren hochdotierten Akademien kaum zur Kenntnis genommen worden ist. Ist er doch schon im Jahre 1528 aus der Universität hiesiger Stadt, in deren Psychiatrischer Staatsklinik ich zur Zeit Einsitz zu nehmen gezwungen bin, schmählich hinausgeprügelt worden.

Sein umfassendes Wasser- und Geistwissen aber lebt weiter, vor allem in den Träumen zahnloser Landweiber. Es fließt, wie der Hägeler, verborgen und vom Kiesgeschiebe behütet auf dem Felsgrund der Täler, noch kaum angebohrt von den Volkskundeschnüfflern. Die haben ja keine Ahnung, die Erbsen- und Eichelzähler, von dem, was alles im Wasser herumtreibt. Aber mir, dem Wassertier, liegt das alles in Kopf und Flosse.

D iese Abschweifung mußte sein, obschon sie den Fluß meiner Aufzeichnungen, die ich sonst möglichst kurz und kompakt zu halten versuche, über eine ganze Strecke unterbricht. Mit den vorstehenden, etwas ausufernden Hinweisen habe ich versucht, meine Lebensgeschichte in den größeren Zusammenhang des Menschheitsstroms zu stellen, eingedenk jenes Ausspruchs des alten Griechen, der gesagt hat, daß alles fließe.

Wie recht hatte er doch, der weise Hellene. Zieht nicht jede Sekunde das Blut seine Bahn durch unsere Adern, die Extremitäten des Körpers mit Sauerstoff versorgend? Tropft nicht das Naß aus dem Himmel auf Wälder und Matten hernieder, Blätter und Gräser nährend? Und gurgeln nicht die antiken Weisheiten durch das Gedächtnis der Landleute, ein nie versiegendes, labendes Rinnsal?

An jenem Abend in Niklausens Küche wurde ich von diesem Rinnsal durchflossen. Und in der Nacht hat mich die alte Marie imprägniert. Ich hatte selig geschlafen in ihrem Bett, hin und wieder aufschreckend wegen ihrer heftigen Grunz- und Schnarchlaute, mich aber schnell zurechtfindend in der wohligen Wärme ihres Bauches. Da traf mich die Hitze ihres Wassers. Das fing bei meinen Füßen an, die sich die Alte zwischen ihre Schenkel geklemmt hatte, das uferte aus über meine Beine hinauf bis zu meinem Geschlecht. Die Frau urinierte ausgiebig und lange, sie hydrierte das ganze Lager, ohne zu erwachen. Ich staunte über ihre Kapazität. Woher nahm sie denn diese Unmenge Flüssigkeit? Der heiße Urin floß über meinen Bauch bis zur Brust, mich umwässernd und sorgsam behütend. Dann versiegte der wohltuende Bronn.

Ich war entzückt. Ich hatte schon mehrmals in dieser Bettstatt am Bauch der alten Frau übernachtet, umfaßt von ihren seltsam zarten Händen. Aber noch nie hatte sie mich mit ihrem Wasser beglückt. Offenbar wollte sie mich segnen, mich für alle Zeiten immunisieren gegen jede Unbill der Luft, mich einwässern in ihre Geheimnisse.

Ich habe das sofort begriffen, ich hielt mich mäuschenstill und ließ dem Urin seinen Lauf. Er umgab mich wie warmes Lebenswasser, hüllte mich ein in seinen kräftigen Duft. So lag ich eine ganze Weile wach, den nun ruhig gewordenen Atemzügen der Alten lauschend, aufgenommen und zugehörig dem alten Weiberreich.

Am andern Morgen, als der Hahn mich weckte, spürte ich, wie Marie erst ihren Bauch betastete, dann meinen. Sie hockte sich auf, schaute mich sorgenvoll an und sprach: Es tut mir leid, Moses, es ist wieder ein Unglück geschehen. Ich kann drum mein Wasser nicht mehr halten.

Ich lachte vergnügt und schüttelte den Kopf, was ihr sichtlich gefiel. Erzähl nichts davon, sagte sie, so schlimm ist es auch wieder nicht, der richtige Moses hat ja auch im Wasser gelegen.

Wir stiegen aus dem Bett und zogen uns an. Sie stellte die Matratze ans Fenster, um sie zu trocknen, und gemeinsam stiegen wir in die Küche hinunter, um vom schwarzen Gesöff zu trinken.

Einen weiteren Vorfall aus meiner frühen Kindheit muß ich hier noch erwähnen, da er von prägender Bedeutung für mein weiteres Leben war. Er hat sich in der Altjahrswoche ereignet. Ich weiß das noch so genau, weil bei Niklausens ein Mistelbusch mit grauweißen Beeren über der Küchentür hing. Ein solcher wurde immer kurz vor Weihnachten aufgehängt und am Dreikönigstag wieder weggenommen als Zeichen der heiligen Zeit. Wer sich unter diesem Busch über den Weg lief, gegengeschlechtlich, versteht sich, und ungefähr gleichaltrig, hatte nicht nur das Recht, sondern sogar die Pflicht, sich zu verküssen, und zwar genau auf der Türschwelle, in aller Öffentlichkeit. Das war in jener unerotischen, prüden Zeit, in welcher der Begriff Sexualität noch nicht im Altacher Wortschatz steckte wie der Pfahl im Fleisch, ein unerhörter Vorgang. Es gab etliches Spektakel und errötende Gesichtshaut, wenn zum Beispiel Annerös unter die Tür trat just im Moment, in dem der Melker zum Kaffee hereinkommen wollte. Ein Tanz begann dann jeweils, ein sich zierendes Geschrei und weibliches Händeverwerfen, bis endlich unter dem Druck der Umstehenden, die auf der alten Sitte beharrten, sich Lippe zu Lippe und Zunge zu Zunge fand.

Für mich war dieser Brauch ausgesprochen lustig und durchaus interessant. Hatte ich sonst doch keine Gelegenheit, der erotischen Annäherung zweier menschlicher Wesen beizuwohnen. Zu Hause geschah das nie, jedenfalls nicht vor meinen Augen. Es kann ja sein, daß sich der Bottensteiner ab und zu, wenn ihn die Lust packte, über meine Mutter hergemacht hat. Aber wenn das tatsächlich geschehen sein sollte, was durchaus den ehelichen Gepflogenheiten jener Gegend entsprochen hätte, so in tanniger, grober Hochwälder Art. Ich habe jedenfalls bei meinen Eltern nie ein Anzeichen irgendwelcher Zärtlichkeit entdeckt.

Von den Stieren, die in der Hofstatt die Rinder bespringen mußten, will ich nicht reden. Wie haben sie mich gedauert, die schnaubenden, nasenberingten Tiere, die mit letzter Anstrengung ihren dünnen Stachel unter den Schwanz der armen Rinder zu stecken hatten!

Bis ich eines Abends unter jenem Mistelbusch der Mereth Neuenschwander begegnet bin. Sie war ein flinkes, braunzöpfiges Mädchen vom Nachbarhof. Ich wußte, daß sie nicht recht reden, sondern nur lallen konnte, da ihr, wie man sich erzählte, die Zunge in ganzer Länge am unteren Gaumen festgewachsen war. Ein Geburtsfehler, den man operativ leicht hätte beheben können. Aber solche Eingriffe galten als überflüssig.

Ich hatte sie schon oft gesehen, wie sie an den Tümpeln stand oder darin herumplantschte. Ich hatte ihr sogar einmal heimlich zugeschaut, wie sie abgetaucht und zu meiner höchsten Verwunderung über eine Stunde nicht mehr an der Oberfläche erschienen war. Das hatte mich so sehr erschreckt, daß ich sie seither nach Möglichkeit gemieden hatte. Sie war mir zu gefährlich, das habe ich mit meinem Wasserinstinkt sogleich geahnt.

Nur einmal hat sie mich überrascht. Ich hatte in der Lagune gelegen zur Zeit der Schneeschmelze, mich kühl hydrierend. Ich tauchte relativ früh wieder auf und sah auf der Sandbank Mereth sitzen. Sie schaute mir ruhig zu, gelassen, wie ich mich zu ihr an Land treiben ließ. Am liebsten wäre ich gleich weggerannt, heim zur Mutter. Aber ich blieb liegen neben ihr im Sand, ich wußte, daß es kein Entrinnen gab.

Was tust du hier? fragte ich, bloß um von mir abzulenken.

Sie zuckte mit den Achseln und strich sich mit den Händen über ihre schmalen Fesseln.

Du hast hier nichts verloren, sagte ich, das ist mein Revier.

Sie griff sich ihren linken Zopf und löste die Spange mit dem Edelweiß drauf. Sie fächerte den Zopf auf, das Haar fiel lang und voll über ihre Achsel. Mit einer leichten Bewegung warf sie es nach hinten und wandte mir ihre linke Halsseite zu, so daß ich hinschauen mußte. Ich sah eine nußgroße Narbe, genau dort, wo ich meine Wunde trug. Sie war gut verheilt, nur in der Mitte hatte sie einen rötlichen Schimmer.

Ich konnte nicht anders, ich streckte die Hand aus. Mein Zeigefinger glitt langsam über die Narbe, sie also streichelnd. Das war allerliebst, ich habe diese Berührung nie mehr vergessen.

Sie bewegte sich nicht und wartete, bis ich den Zeigefinger von ihr gelöst hatte. Dann beugte sie sich zu mir, nahm meinen Kopf in ihre Hände und bog ihn nach rechts. Behutsam näherten sich ihre Lippen bis dicht vor meine

49

Wunde. Sie küßte sie nicht, sie hauchte sie bloß an, mehrmals hintereinander.

Endlich ließ sie von mir ab, stieg zur Straße hinauf und winkte mir, mitzukommen. Ich folgte ihr, verzaubert von ihrem Hauch. Oben zeigte sie zu den Bauernhöfen hinüber, zu den Tümpeln, die daneben lagen. Sie nahm mich bei der Hand und zog mich ein paar Schritte in die Wiese hinein. Dort riß ich mich los, ich konnte unmöglich mitgehen. Ich weiß noch heute nicht genau, warum das nicht ging. Es war eine Hemmung in mir, unüberwindbar. Kann sein, daß mein Leben anders, und wie Sie bestimmt behaupten werden: lebenswerter, herausgekommen wäre, hätte ich diesem Mädchen in ihre eigene Wasserwelt folgen können. Aber ich blieb stehen wie ein Holzbock.

Nein, sagte ich, es geht nicht, ich muß heim.

Dann rannte ich weg, dem Haus des Bottensteiners zu, wo ich mich bis zum Abendessen im feuchten Keller versteckte.

Wir haben uns nur noch von weitem gesehen in der nachfolgenden Zeit. Es schien, als würde mir auch Mereth aus dem Wege gehen. Nur manchmal hat sie mich von ferne angeschaut aus dunklen Augen, wissend um mein Geheimnis.

Bis zu jenem Abend in der Altjahrswoche. Damals waren Stein und Bein gefroren, die Wege halbmeterhoch verschneit. Fridolin hatte sich Neuenschwanders Pferde ausleihen und vorspannen müssen, um mit dem Schneepflug durchzukommen. Der Bach und die meisten Tümpel waren vereist. Es war schwierig, sich zu hydrieren, auch wegen der Kälte. Nur die Lagune stand mir noch offen, freigehalten vom übers Wehr herniederstürzenden Wasser. Auch der Entenweiher bei Niklausens war noch eisfrei, da das Geflügel täglich darin herumpaddelte und die über

Nacht festgefrorene Haut aufriß. Aber an diesen Tümpel wagte ich mich Mereths wegen nicht mehr.

Ich war bei Fridolin im Stall gewesen, ich hatte zugeschaut, wie er die trotz der Kälte vom Schneepflügen schweißnasse Fanny ausschirrte. Gemeinsam betraten wir die Küche, als mir direkt auf der Schwelle Mereth entgegenkam. Ich war wie vom Donner gerührt – so nannte man das in jener Gegend –, ich wußte sogleich, was mir bevorstand. Sie wußte es auch, sie strahlte mich in freudiger Erwartung an.

So so, sprach Fridolin wohlgefällig, dann hätten wir also heute abend ein neues Mistelpaar.

Die alte Marie schaute vom Herd herüber, wischte sich an der Schürze die Hände ab und kam heran. Ein schönes Pärchen, sagte sie, wie Butter und Honig.

Mereth stand auf der Schwelle, ein leichtes Rot auf dem Gesicht. Die Narbe war verdeckt vom Zopf. Fridolin schob mich, der ich zögerte, mit kräftigen Armen zu ihr hin, ich hatte fast keine Chance, ihr zu entkommen. Als ich dicht vor ihr stand und schon ihren schnellen Atem spürte, schloß sie die Augen. Sie erwartete feierlich meinen Kuß.

Ich schaffte es nicht, meine Lippen auf die ihren zu legen, obschon ich es liebend gern getan hätte. Hingegen gelang es mir nach einigem Gerangel und Sperren, mich loszureißen aus Fridolins Armen und heimwärts zu fliehen.

Warum ich das tat, wollen Sie wissen? Weil es nicht anders ging. Vielleicht fehlte es an der richtigen Umgebung. Vielleicht mangelte es an Wasser. Vielleicht war ich zu jung. Vielleicht liebte ich sie seit jenem Hauch auf meine Wunde zu sehr, als daß ich meine Liebe den fremden Augen hätte entdecken können.

Daß ich sie liebte und unbedingt wiedersehen wollte, war mir am andern Morgen klar. Das war über Nacht geschehen, daß sie plötzlich unabwendbar vor meinen Augen stand mit braunen Zöpfen und schnellem Atem, die Augen geschlossen. Ich machte mich auf die Suche nach ihr.

Es war eine eiskalte Nacht gewesen, der Schneefall hatte aufgehört. Die Sonne drückte schräg durch den blassen Nebel. Das Eis über der Lagune hatte sich ausgebreitet und ließ nur noch einen schmalen Spalt offen. An Hydrierung dachte ich indessen nicht, ich dachte an warmes Hauchen.

Ich näherte mich Niklausens Hof, langsam und vorsichtig. Ich wollte jetzt nicht gesehen werden. Hingegen wollte ich Mereth sehen, mit ihr reden über gestern abend, über meine Unfähigkeit zum Kuß. Mich entschuldigen wollte ich, verdeckt von einem Weidengebüsch ihre Narbe berühren. Ihren warmen Atem wollte ich spüren an meinem Hals, ihren dunklen Blick sehen, und vielleicht hätte ich sie in aller Heimlichkeit geküßt.

Sie war nirgends zu sehen, an keinem der Tümpel, unter keiner der Weiden und Erlen. Vermutlich war es ihr zu kalt. Ich kam zum Entenweiher und erschrak. Dickes, spiegelglattes Eis lag darauf, Schwarzeis, durchsichtig wie Glas. Und unten auf dem Grund sah ich sie liegen, weiß wie ein Fischbauch. Die Zöpfe waren entflochten, das Haar trieb braun um ihren Kopf wie eine Wasserpflanze. Die Narbe an ihrem Hals hatte sich geöffnet, noch immer rosa schimmernd, aber leblos und tot.

Sie war die erste Leiche, die ich in meinem Leben gesehen habe. Sie war erschreckend schön, ruhend auf dem Grund, vom Wasser, dem sie zweifelsohne entstammte, zurückgeholt und nicht mehr freigegeben. Die Augen hatte sie geschlossen wie auf der Türschwelle am Vorabend, als sie meinen Kuß erwartet hatte.

Ich bin zu Niklausens in die Küche gelaufen und habe Meldung erstattet. Die Männer sind gleich mit Beilen und

Holzstangen zum Weiher gerannt, haben das Eis aufgebrochen und die Leiche geländet. Sie blieb drei Tage und Nächte aufgebahrt bei Neuenschwanders, bedeckt mit Misteln und Christrosen aus dem Garten, schön gekämmt und schneeweiß.

Der Leichenwagen, gezogen von zwei geschmückten Rappen, hat sie dann abgeholt. Die ganze Altachen ist schwarzgewandet hinterhergegangen, schnupfend und mit Taschentüchern vor den Augen. Ich durfte nicht mit, der Bottensteiner wollte es nicht haben. Die drüben von der anderen Seite des Baches, hatte er erklärt, würden uns nichts angehen, die sollten ihre Leichen ruhig allein begraben.

Ich habe Mereth seither in meinem Herzen getragen. Sie ist wiederholt aufgetaucht in meinen Träumen, weiß und eiskalt, mit sehnsüchtig geöffneten Lippen, die meinen erlösenden Kuß erwarteten.

I ch bin in den bis anhin niedergeschriebenen Aufzeichnungen deshalb so sehr in die hydrologischen Details ausgeufert, weil ich der Meinung bin, in ihnen liege der Schlüssel zu meinem Wasserwesen, das mich ja mehrfach kriminalisiert, ja geradezu stigmatisiert hat. So wie die Menschheit als Ganzes nicht aus der aufgeklärten Neuzeit herstammt, sondern aus der atavistisch bestimmten Steinzeit, so wird auch der einzelne Mensch nicht von seinem erwachsenen, in mancherlei Hinsicht gedrillten Verstand geführt, sondern von seiner frühen Kindheit. Wir können eben alle nicht aus unserer angeborenen Haut hinausfahren.

Ich will Sie, sehr geehrter Herr Seelendoktor, indes keineswegs langweilen mit solcherlei gelehrtem Zeug, das

Sie, wie ich Sie kenne, wieder einmal als autodidaktischen Pseudo-Mumpitz abzuqualifizieren geruhen werden. Als ob die akademische Aero-Gelehrsamkeit mit ihren lächerlichen Weltraumfahrten nicht schon längst schmählich Schiffbruch erlitten hätte!

In der weiteren Folge meiner Erinnerungen will ich mich hingegen möglichst kurz fassen, wachsen diese doch aus meiner Wasserjugend heraus wie der Frosch aus der Kaulquappe beziehungsweise der Vogel aus dem Ei. Solch Federvieh liegt ja bekanntlich tagelang wohlbehütet im Ei, bis es die Schalen aufpickt und sich im Luftleben entfaltet.

Auch versuche ich, mich weiterhin möglichst authentischer Objektivität zu befleißigen und keine Zuflucht zu nehmen zu blumiger Rede, wie ich sie vormals in meinen poetischen Werken, vor allem im lyrischen Epos »Das süße Auge der Nymphe«, gepflegt habe. Sie haben jenen Stil ja als Kitsch zu bezeichnen beliebt. Ein Diktum, das ich Ihnen heute noch sehr übel nehme. Behandelt jenes Epos doch in ergreifender Weise das Schicksal der vom Eis überraschten Mereth Neuenschwander.

Hier hingegen in diesen fortlaufenden Aufzeichnungen kann es nicht um zartlyrische Gefühle gehen. Hier geht es um meine Haut. Will ich doch um jeden Preis verhindern, daß ich dem Staatsanwalt beziehungsweise dem Strafvollzug überantwortet werde, was ja doppelte Qual bedeuten würde. Nicht nur die Freiheit, zu handeln und zu wandeln, wie ich will, würde mir in einer entsprechenden Anstalt beschnitten, womit ich mich füglich abfinden könnte, ist es doch in der Friedmatt hierselbst nicht viel anders bestellt. Hingegen würde eine Umlagerung ins Gefängnis insbesondere Wasserlosigkeit bedeuten. Sie haben zwar auf die begütigende Wirkung der Duschvorrichtungen, die dortselbst allenthalben vorhanden seien, hingewiesen. Unter der Brause könne man sich ebenfalls wässern, haben Sie behauptet.

Solch spröde Ignoranz – gestatten Sie mir diesen etwas spitzen Hinweis – kann nur dem Hirn eines phantasielosen Luftläufers innewohnen, der nie seinen Hals dem tröstenden Naß geöffnet hat. Das Gegenteil stimmt, glasklar und haargenau. Brausewasser ist Tiefkühlwasser, Eiswasser, Mordwasser. Ich habe diese armseligen Tropfenversprüher wochenlang erdulden müssen, damals, als ich in der Korrektionsanstalt Aarburg eingesperrt war. Ich bin beinahe krepiert darin, von Hydrierung konnte keine Rede sein. Es ist fast antiseptisch sauberes Sprühwasser, das aggressiv aus der Röhre gespritzt wird, ausschließlich der Reinigung dienend, nicht aber dem begütigenden Wiegen. Meine Halswunde indessen muß keinesfalls gereinigt werden.

Ich will also unter allen Umständen in hiesiger Friedmatt ansässig bleiben. Weist sie doch einen Teich beachtlicher Größe auf, schilfbestanden, mit dicken Karpfen und insbesondere mit einer munteren Wasserfroschsippe bestückt. Und ist es mir jedenfalls gestattet, dank einer obrigkeitlichen Ausnahmeverfügung Ihrerseits, wofür ich mich noch einmal in aller Form bedanken möchte, mich in diesem Teich zu suhlen und zu wässern, wann und wie ich will. Dieser Ihr Gnadenerlaß wirkt durchaus lebensverlängernd auf mich. Ohne dieses Teichbaden wäre meine Halswunde längst verdorrt und aufgesplittert, meinen vorzeitigen Tod herbeiführend.

Insbesondere will ich dem Herrn Kupferstich meinen Dank aussprechen, der sich nicht zu schade ist, zur Winterzeit, wenn handdickes Eis den Teich bedeckt, dieses aufzuhacken und mich abtauchen zu lassen. Er pflegt sich sogar bei solchem Anlaß die Zeit zu nehmen, stundenlang auf mein Wiederauftauchen zu warten, dabei dem Eis das

Zuwachsen verwehrend, damit ich nicht eingefroren werde wie die arme Mereth selig.

Ganz allgemein ist die Friedmatt das ideale Biotop für mich. Hierselbst kräht kein Hahn danach, was ich tue oder lasse. Auch wimmelt es in diesem Garten Eden von allerlei stigmatisiertem Volk, das schreit und grunzt und quakt, ganz wie es will. Hier darf ich normal sein, so wie ich bin.

Nur die beiden Kraniche wollen mir nicht recht gefallen. Sie sind ja der Stolz der Direktion, ich weiß. Und hübsch sind sie zweifelsohne anzuschauen, das sei gern zugegeben. Aber es sind eben doch Stelzenbeiner und Mordschnäbler, denen unsereins niemals über den Weg trauen darf. Sie mögen zahm erscheinen und harmlos. Indessen kann so ein Schnabel jederzeit blitzschnell ins Wasser fahren und tödlich zustoßen. Daher meine diesbezügliche Bitte: Wäre es nicht möglich, diesen Sumpfgängern ein für allemal das Handwerk zu legen und ihnen vorsorglich den Hals umzudrehen?

Ich schreibe also, wie Sie unschwer einsehen werden, um mein Leben. Und da dieses Schreiben schlußendlich an eine richtende, verurteilende oder freisprechende Beamteninstanz gehen wird, befleißige ich mich eines trockenen, authentisierenden Sprachstils, in der doch wohl begründeten Hoffnung, auf diesem Wege die dürren Kanzlistenseelen umzustimmen. Ich plädiere auf lebenslängliche Versorgung hierselbst.

Es gibt, wie bekannt, in jedem Leben Schaltstellen, die den weiteren Verlauf des Daseins, einem Wässerwuhr gleich, in eine andere Richtung leiten. So auch bei mir.

Wäre mein Leben weiterhin in der Altachen frei vor sich hingeplätschert, so wie das hundert Jahre früher zweifelsohne der Fall gewesen wäre, ich wäre mit Sicherheit nie mit dem Arm des Gesetzes in Berührung gekommen. Ich wäre aufgewachsen als ländlicher Flegel, eingeboren unter Eingeborenen. Ich wäre wohl Knecht geworden bei Niklausens oder Neuenschwanders, Melker oder Schweinehirt, möglicherweise wäre ich in Fridolins Fußstapfen getreten. Wegen Geldmangels ledig bleibend, bei seltenen Gelegenheiten mich paarend mit mehr oder weniger wässernden Weibern, für deren Nachkommenschaft der Bauer aufgekommen wäre.

Mein Schicksal wollte es anders. Der Staat griff nach mir, entriß mich der behütenden Frauenwelt, zwängte mich in sein Domestizierungs- und Strafsystem.

Es begann mit dem Kindergarten, in den ich mit fünf Jahren einzutreten hatte. Welch schändlicher Euphemismus in diesem durchaus beschönigenden Wort steckt, erfuhr ich gleich bei meinem ersten Besuch dortselbst. Ich bin an jenem Frühlingstag nicht ungern hingegangen, stellte ich mir doch nichts anderes vor als einen wunderschönen Garten, in dem Kinder wie Blumen aufwuchsen, umgaukelt von Schmetterlingen, behütet von einer lieben Tante.

Ich erinnere mich genau an jenen Morgen, an dem mich meine Mutter sorgfältig ausstaffierte, mir einen Stoffbeutel mit einem Stück Brot und einem Apfel drin um den Hals hängte, mich bei der Hand nahm und ins Städtchen führte. Das war ein gut halbstündiger Weg, den ich damals zum erstenmal gegangen bin. Erst dem Bach entlang bis zur Eisenbrücke und zum Bahnübergang. Dann am langen Gebäude der Färberei entlang, auf deren Dach die Sirene stand, die ich bis jetzt bloß gehört hatte. Hinauf zur Garage, vor deren Zapfsäule ein Amerikanerwagen mit offenem Verdeck wartete, das erste Auto in meinem Leben. Ich wäre gern ein bißchen verweilt, um es mir genauer anzusehen. Aber meine Mutter zog mich weg mit der Begründung, wir dürften auf keinen Fall zu spät kommen. Weiter über die asphaltierte Hauptstraße. Links die Bäckerei, rechts der Bettlerbrunnen, wo sich die armen Leute ausruhen und laben konnten, wie Mutter erklärte. Dann ging's hinein ins Städtchen. Hier war Haus an Haus gebaut, alle aus Stein, drei- oder sogar vierstöckig. Unten drin die Läden, Metzgerei, Molkerei, Kolonialwarenhandlung. Eine Wirtschaft, in welche ein alter Mann schwankte. Es war das Café Fédéral, wie ich Jahre später zur Kenntnis zu nehmen des öftern Gelegenheit hatte. Meine Mutter zog mich auf die andere Straßenseite hinüber, sie wollte nicht, daß ich den schwankenden Mann sah. Aber ich habe ihn doch gesehen.

Der sogenannte Kindergarten befand sich mitten im Städtchen über der alten Markthalle. Es war Markttag. Käse und Butter lagen hier, Karotten und Kartoffeln vom vorigen Jahr, der erste Rhabarber. Hier sah ich die alte Marie. Sie saß hinter ihrem Stand auf einem Taburett, vor sich die verschrumpelten Kartoffeln aus Niklausens Keller, sie schien zu schlafen. Ein seltsames altes Weib, wie mir auffiel, das sich in der geschäftig bevölkerten Halle märchenhaft fremd ausnahm.

Wir stiegen die Treppe hoch und betraten den Raum, in dem sich meine erste Niederlage abspielen sollte. Man muß wissen, daß damals in den staatlichen Erziehungsanstalten noch keine Rede sein konnte von freier Wesensentfaltung, von pädagogisch behutsamem Eingehen auf irgendwelche kindliche Individualität. Alle wurden über den gleichen Leist geschlagen. Wer sich diesem Leist nicht anzupassen vermochte, wurde mit aller Gewalt, Ohrfeigen, Kopfnüsse, Stockhiebe, auf das tiefländische Normalmaß zurechtgestutzt.

Da meine Mutter Bescheid wußte über meine hydrophile Abnormität, hatte sie sich vor unserem Abmarsch von zu Hause die größte Mühe gemacht, mich dem Normalmaß wenigstens äußerlich anzupassen. Das fing unten beim Schuhwerk an, worauf noch nie jemand groß geachtet hatte. Ich war herumgerannt, wie es gerade ging, barfuß meist. Bei Kälte und Schnee hatte ich von Niklausens alte, ausgelatschte Holzböden erhalten, die sich über Generationen vererbt hatten.

Jetzt trug ich plötzlich genagelte, schwarze Stiefel aus echtem Leder, mit richtigen Schnürsenkeln versehen. Bestimmt waren sie teuer gewesen, denn Leder stand auf der Liste der rationierten Rohstoffe. Meine Beine steckten in dicken Strümpfen, die von elastischen Bändern, welche an einem um die Brust geknöpften Gurt befestigt waren, vor dem Hinunterrutschen bewahrt wurden. Darüber Hemd und kurze Hosen, über den Achseln Vaters Hochzeitsrock, von Mutter mit Schere und Nadel auf Knabenmaß verkleinert. Mein Hals war umhüllt mit einem dicken Schal, damit man die Wunde nicht sah. Der Kopf kahl geschoren von Vaters Rasiermesser, mit Kernseife sauber gewaschen. Ein absolut läusefreies Eiland, haha!

Wir waren die ersten an jenem Morgen. Die ältere Dame, die uns in Empfang nahm und sich als Tante Lina vorstellte, hieß uns auf einer Bank Platz nehmen. Wir setzten uns, und obschon mir wegen des vielen Wollzeuges heiß war, war ich noch immer frohgemut. Ich hatte zwar meiner morgendlichen Einkleidung mit Befremden zugeschaut, auch schmerzten mich die Blasen an Zehen und Fersen. Aber offenbar mußte das alles so sein. Und niemand, darin war ich mit Mutter einig, sollte sagen können, Binswangers würden ihren Sohn nicht richtig ausstaffiert in den Kindergarten schicken.

Als dann weitere Mütter mit ihrem Nachwuchs auftauchten und sich zu uns auf die Bank setzten, sah ich bald, daß etwas falsch gelaufen sein mußte. Die Mädchen trugen leichte, geblümte Kleider und Edelweißspangen im Haar. Bestrumpft war keine. Die Knaben steckten, ähnlich wie ich, in kurzen Hosen, teils aus dunkelblauem Manchester. Die Schenkel aber waren frei. Kniesocken, leichte Schuhe oder Sandalen. Kahl geschoren war niemand. Und keiner trug einen Schal.

Meine Mutter rutschte unruhig auf der Bank herum, den Blick auf den gebohnerten Riemenboden geheftet. Als ich kurz aufblickte zu ihr, sah ich eine ähnliche Röte auf ihrem Gesicht, wie ich sie von unserem Arztbesuch her kannte. Ich sah auch, wie einige Mädchen neugierig zu mir herüberschauten, belustigt, wie mir schien. Aber ich beschloß, trotz der Hitze nichts auszuziehen.

Tante Lina, eine vertrocknete Jungfer – so nannte man das damals –, sprach ein paar Worte, in denen sie uns alle willkommen hieß und ein fröhliches, gesegnetes Jahr versprach. Dann mußten sich die Mütter verabschieden. Die meisten taten das locker, ihren Sprößlingen kameradschaftlich zuzwinkernd. Meiner Mutter hingegen fiel dieser Abschied schwer. Sie hob mich hoch, preßte mich an ihre Brust, die ich deutlich spürte, und drückte ihre Lippen auf jene Stelle meines Schals, unter der sie die Wunde wußte. Dann stellte sie mich zurück auf die Stiefel, strich mir über den kahlen Schädel, wandte sich ab und verließ wortlos den Raum. Ich glaube, sie hat dabei geweint.

Es kam, wie es kommen mußte. Es kommt immer so, wie es muß, das ist eine Altacher Weisheit. Wir setzten uns an niedere Tischchen, erhielten eine dicke Nadel mit einer Schnur dran und verschiedenfarbige Holzringe, die wir auf Geheiß der Tante auffädeln mußten. Rot, sagte sie, und wir steckten die Nadel durch einen roten Ring. Blau, sagte sie, und wir nahmen einen blauen Ring. Das ging ganz gut, ich war ja nicht farbenblind und schon damals recht geschickt mit den Händen.

In der ersten Pause, die von der Tante mit drei Tamburinschlägen angezeigt wurde, war es dann soweit. Die alte Jungfer trat zu mir, faßte mich mit eigentümlich verhaltenem Blick ins Auge und fragte, wie ich heiße.

Moses, sagte ich. Lautes Gelächter, niemand im Städtchen hieß Moses außer mir.

Ist dir nicht heiß? fragte sie.

Nein, behauptete ich.

Aber den Schal könntest du wenigstens ausziehen, der Winter ist vorbei.

Ich schüttelte den Kopf, worauf sich ihre Augen zusammenzogen. Du bist offenbar ein absonderliches Kind, sagte sie und trat kopfschüttelnd von mir weg.

Ich saß reglos da, dampfend vor Hitze, als schaltragender Sonderling ausgestoßen.

Es war der lange Viktor, der sich in der nächsten Pause an mich heranmachte. Ein widerlicher Komantschentyp aus dem Amslergut, mit dem ich später noch zur Genüge Bekanntschaft machen sollte. Er kam von hinten, ich konnte ihn unmöglich bemerken, bevor es zu spät war. Mit einem schnellen, geschickten Ruck riß er mir das Halstuch weg.

Ich blieb wiederum reglos sitzen, nicht einmal die Hände hob ich zum Hals. Meine Wunde muß weit offengestanden haben. Ich hatte sie zwar am Vorabend noch ausgiebig gewässert in der Lagune unten. Aber die Aufregung über den ersten Kindergartenbesuch hatte sie wohl wieder aufgerissen.

Der lange Viktor starrte mich ungläubig an. Ich sah, wie er bleich wurde. Dann senkte ich den Blick auf die aufgefädelten Holzringe vor mir, aus denen wohl eine Art Halsband werden sollte. Es war plötzlich still im Raum, und ich hörte, wie die Kinder näherkamen, um zu besichtigen, was unter dem Halstuch zum Vorschein gekommen war.

Ich blickte auf und schaute dem langen Viktor in die Augen. Die waren noch immer unsicher, der Schreck steckte in ihnen. Aber dann entschloß er sich zum Angriff.

Was ist, fragte er, hat dir der Vater den Hals mit der Sense aufgeschnitten?

Ein Wiehern folgte, ein brüllendes Lachen, es krümmte den langen Viktor zusammen vor humoristischem Vergnügen. Offenbar lachte er sich den Schreck aus der Seele.

Ich schaute sie alle an, der Reihe nach. Die Gesichter der Jungen glänzten vor Vergnügen und Schadenfreude, sie zeigten mit Fingern auf das Loch in meinem Hals. Die Mädchen lachten nicht, sie schauten mich mit großen Augen an, die Hände vor dem Mund, um einen aufsteigenden Schrei zu stoppen.

Dann kam die Tante heran und fragte, was los sei. Sie erkannte meine Öffnung, ihr Gesicht wurde schneeweiß. Sie schwankte, sie schien hinzufallen und rettete sich auf einen der niederen Stühle. Grauenhaft, flüsterte sie, entsetzlich.

Ich erhob mich und ging wortlos hinaus. Das Gewieher der Knaben war schon beim Auftritt der Tante verstummt. Sie traten zur Seite und ließen mich ungehindert passieren. Berührt hat mich keiner.

Wie ich damals in die Altachen zurückgekommen bin, weiß ich nicht mehr genau. Ich muß wohl die ganze Strecke gerannt und völlig überhitzt in die Lagune abgetaucht sein.

Jedenfalls erinnere ich mich an die Kühle, die plötzlich von mir Besitz ergriff, mich leibhaftig umarmte, in mich einfloß, mich durchtränkte. Ich weiß auch noch, daß die Patin heranschwamm, scheu wie nie zuvor, mich lange aus sicherer Distanz beäugend mit langsam sich öffnenden und wieder zuklappenden Kiefern. Offenbar befremdete sie meine seltsame Ausstaffierung. Endlich faßte sie Zutrauen, wandte mir ihr Hinterteil zu und fing an zu fächeln.

Damals muß es zum erstenmal geschehen sein, daß ich in jene mir offenbar eigentümliche Starre fiel, die mich in späterer Zeit bei heftigen Seelenbewegungen immer öfter heimzusuchen pflegte. Ich lag wie im Fieber, reglos dem Schwarzwasser hingegeben, offenen Auges dem Gequirle vor der Lagune zusehend, dem Aufsteigen und Wegplatzen der Blasen, dem langsamen Fächeln der Schwanzflosse. Schmerzlos war ich, weit entfernt von jedem Gefühl, das ich hätte benennen können, und doch mit präzisem Blick. Man kann dem eigenen Absterben zuschauen wie ein neugieriger Chemiker, das habe ich damals gelernt. Die Nähe verschwindet, die Distanzen werden immens, was die Hand ergreifen will, verflüchtigt sich im Niegewesenen.

Ich muß schwerstens hyperhydriert haben, vielleicht wegen der in mir aufgestauten Hitze oder des Schrecks wegen, den ich erlitten hatte. Jedenfalls muß sich die Starre ausgebreitet haben bis ins Hirn hinein, so daß es aussetzte. Mein Auge erlosch, die Sinne schwanden mir, was mich vermutlich am Leben erhalten hat, wäre doch meine seelische Verletzung zu brutal gewesen, als daß ich ihr wachen Verstandes längere Zeit hätte standhalten können.

Meine Mutter hat mir später erzählt, sie sei schon am Mittag, als ich nicht wie verabredet nach Hause gekommen sei, unruhig geworden. Sie habe sich auf den Weg gemacht ins Städtchen, um nachzufragen. Sie sei von der offenbar immer noch halbwegs verstörten Tante Lina dahingehend aufgeklärt worden, daß Moses Binswanger schon in der zweiten Morgenpause fluchtartig abgehauen sei, da er eine schreckliche Wunde am Halse aufgewiesen habe. Wohin er sich begeben habe, sei ihr unbekannt. Jedenfalls bedürfe er dringend eines Arztes.

Hierauf sei Mutter heimgekehrt und schnurstracks zum hohen Wehr gegangen, wo sie am Ufer den Stoffbeutel mit dem ungegessenen Apfel und dem Brot gefunden habe. Sie sei zu Niklausens hinübergeeilt und habe Hilfe geholt. Der Melker sei gekommen, die Bäuerin mit Annerös im Schlepptau. Sie hätten mit Stangen im Becken, dessen Grund des einfallenden Wassers wegen nicht zu erkennen gewesen sei, herumgestochert, ohne Erfolg. Sie habe den Melker angefleht, er möge hinabtauchen und den Grund absuchen. Der aber sei nicht darauf eingegangen, weil er nicht habe schwimmen können. Dann sei oben auf der Straße Fridolin erschienen mit seinem Einspänner. Sie habe sich zu ihm auf den Kutscherbock gesetzt und verlangt, sogleich in die Spinnerei im Wiggerfeld draußen gefahren zu werden, um den Bottensteiner zu holen. Der sei ja immerhin der Vater des Jungen, und der könne schwimmen.

So sei es geschehen. Der Bottensteiner habe sich bis auf die Unterhose ausgezogen, sei ins Wasser gestiegen und abgetaucht und habe eine halbe Stunde lang nach seinem Sohn gesucht, bis er zum Schluß gekommen sei, dieser könne sich nicht in diesem Becken aufhalten. Hierauf habe er sich wieder auf den Weg in die Spinnerei gemacht.

Sie selber sei von der Bäuerin in Niklausens Küche mitgenommen und mit Kaffee versorgt worden. Es sei ein stetes Wimmern und Schnupfen gewesen daselbst. Annerös habe gemeint, dann werde man halt in einigen Tagen Be-

richt erhalten aus Aarburg, es sei unweit der Wiggermün-
dung ein ertrunkener Junge geländet worden. So sei das
eben in dieser Gegend. Mereth habe ja auch viel zu früh
gehen müssen.

Sie aber, so hat mir Mutter erzählt, habe bis zuletzt an
mein Wiederauftauchen geglaubt, da sie ja um mein Wasserleben gewußt habe. Sie habe die ganze Nacht unterhalb
des Wehrs ausgeharrt. Sie habe sich sogar bis zum Bauch
ins tiefe Wasser gewagt und habe mit den Händen geplätschert, um mich herauszulocken. Um Mitternacht sei der
Bottensteiner erschienen und habe sie gebeten, doch endlich vernünftig zu werden und heimzukommen, der sei
doch längst den Bach hinab und treibe in der Wigger. Sie
habe ihn aber heimgeschickt und habe weitergesucht, bis
der Morgen gegraut habe. Sie sei auf der Sandbank gesessen, die Knie mit den Armen umschlungen, und sei einge-
nickt, als Fridolin gekommen sei. Zusammen seien sie den
Amazonas hinuntergewatet bis zur Biegung unter der Eisenbrücke, wo das Wasser gegen zwei Meter tief gewesen
sei. Dort hätten sie mich gesehen, treibend wie eine Wasserpflanze, den kahlen Kopf bachabwärts gerichtet, die
Augen geschlossen. Die genagelten Stiefel seien festge-
klemmt gewesen zwischen Sattel und Gepäckträger eines
kaputten Herrenrades, das jemand weggeworfen habe.

Fridolin sei sogleich hineingewatet und habe mich herausgefischt. Er habe das Wollzeug und den Strumpfgurt
von mir gerissen, habe mich über sein linkes Knie gelegt
und versucht, mit kräftigem Drücken das Wasser aus mir
herauszupressen. Ohne Erfolg, mein Brustkorb habe nichts
hergegeben. Hingegen habe ich nach wenigen Minuten
leicht zu atmen angefangen, was sie zu Tränen gerührt
habe. Auch sei die Wunde kaum mehr sichtbar gewesen,
eine rötliche Narbe, sonst nichts. Und schon auf dem

Heimweg, auf dem sie mich, fest an ihre Brust gepreßt, getragen habe, hätte ich die Augen aufgeschlagen und sie verwundert angeschaut.

Das war meine erste Begegnung mit einer der neueren staatlichen Erziehungsinstitutionen, die ja zum Wohle des Volkes erfunden und eingerichtet worden sind, weshalb sie von ihm mit Steuergeldern auch bezahlt werden müssen. Da ich meine Wenigkeit auch zum Volke zähle, wenn auch zum Wasservolke, aber gehupft ist wie gesprungen, gestatte ich mir immerhin, hierselbst einige Zweifel an Nutzen und Produktivität solcher Einrichtungen anzubringen. Genützt hat jenes Zuchtinstitut nämlich vor allem der dürren Tante Lina, die dadurch ein Stück Macht und gutes Einkommen hatte. Wie überhaupt die meisten dieser sogenannten pädagogischen Institute, als da sind Primar- und Sekundarschule, Gymnasium bis hin zu Rekruten- und Hochschule, welch letztere ich nicht persönlich kennenzulernen die Ehre hatte, vor allem den Ausbilderinnen und Zuchtmeistern dienen, die auf Staatskosten die heranwachsende Jugend drangsalieren und verstümmeln dürfen. Ist doch die Bevölkerung des helvetischen Tieflandes durch deren psychische und durchaus auch physische Terrormethoden zur Duckmäuserei erzogen beziehungsweise in ihrer Gesamtheit ins dumpfe Arschkriechertum heruntergewirtschaftet worden, mutiert zum billigen Vieh in den Ställen der Industrie.

Den meisten meiner damaligen Kolleginnen und Kollegen war das insofern egal, als sie schon von Geburt an zur Arschkriecherei bestimmt waren. Sie haben bereits im Kindergarten alles mitgemacht, angefangen beim Ringauffädeln bis hin zum debilen Herumhüpfen nach den Tamburinschlägen der Tante. Diese kritiklose Anpasserei hat sich später in jeder Beziehung fortgesetzt, wie ich mit eigenen Augen unschwer habe feststellen können. Haben sich doch die meisten meiner damaligen Gespane schon in jungen Jahren verehelichen und mit Kind und Kegel in die neu erbauten Dreizimmerwohnungen einsperren lassen. Traurige Lebensläufe in der Tat, deren Lustlosigkeit in den griesgrämigen Tieflandgesichtern deutlich zutage tritt.

An ein endgültiges Entkommen aus den Fängen der dürren Tante war damals leider nicht zu denken. Ich blieb zwar mehrere Tage zu Hause, wo ich mich im Keller verkroch. Dieser war von seinem Erbauer, dem heimwerkenden Rutengänger und Holunderschnäpsler, mit Pickel und Spaten eigenhändig in den Lehmboden gegraben worden, allerdings zu tief und zu nahe am Bach, so daß diese Grube, über der er sein Haus hochgezogen hatte, bei jedem Ansteigen des Wasserlaufes sogleich überschwemmt und eingewässert zu werden pflegte. Ein Umstand, den der Bottensteiner keineswegs tatenlos hinzunehmen geneigt war. Er war Hochwaldhäuser gewohnt, die ihr Wasser mühsam aus Schächten bezogen, die leicht ansteigend an die hundert Meter weit in den Berg hineingebohrt werden mußten. Jedenfalls hatte er sich beim Kauf dieses Hauses wohl nicht vorstellen können, daß die Quelle gleich unter der Stube entspringen würde. Grausige Wut muß ihn gepackt haben, als er eines Tages den Keller betrat und sah, daß das Wasser meterhoch stand. Er hatte nämlich vor, darin ein Lebensmittellager anzulegen und es mit Kartoffeln, Karotten und Kohlköpfen aus dem eigenen Garten zu bestücken.

Er hat einen jahrelangen Kampf gegen das hereindrückende Naß geführt, zäh und ledern, wie es seine Art war, aber ohne jede Siegchance. Er hat den Rändern entlang eine Drainage gelegt, hat Karrette um Karrette Lehm herausgeführt und Kies hineingekarrt, und ich mußte ihm dabei helfen. Ich habe von Anfang an gesehen, daß nichts zu machen war. Denn das Wasser drückt durch, wenn es durchdrücken will. Aber gesagt habe ich nichts, ich wußte, daß mein Hochwälder Vater jedem vernünftigen Argument unzugänglich war. Die Keller der Bauernhöfe gegenüber lagen alle wesentlich höher, was ihm eigentlich hätte zu denken geben sollen. Aber er wollte nichts wissen von diesen Höfen, er wollte nach eigenem Gutdünken graben.

So bekiesten wir die Grube stets wieder aufs neue und füllten sie mit den Gaben unseres Gartens, nur um zu erleben, daß im November, wenn wir hinunterstiegen, um einen Endiviensalat oder eine Sellerieknolle zu holen, das ganze Gemüse verfaulend im lehmigen Wasser trieb und die Gläser, in denen Mutter Zwetschgen- und Quittenkonfitüre eingemacht hatte, auf den Regalen grau verschimmelten. Ein Umstand, der den Bottensteiner jeweils in die tiefste Spätherbstdepression trieb. War es doch keineswegs üblich, solcherlei Lebensmittel im Kolonialwarenladen zu kaufen. Dazu fehlte das Geld, und zudem hätte es dafür Rationierungsmarken gebraucht.

Diese Kellergrube war damals für mich von lebensrettender Bedeutung. Sie enthielt alles, was meine hydrophile Seele zu laben in der Lage war. Kühles, abgestandenes Lehmwasser, von Kiesbänken durchzogen, die handhoch darüber hinausragten. Sanftes Dämmerlicht, hereinsickernd durch einen Spalt in der Backsteinmauer, der zwecks Durchlüftung offengelassen worden war. Feuchte Luft, die den Schimmel über die Deckenbalken trieb. Verfaulende Kartoffeln, die allerlei kriechendes und fliegendes Kleingetier ernährten, das wiederum die Nahrungsgrundlage einer stattlichen Grasfroschfamilie bildete. Ich habe mich mit diesen flotten Kameraden bestens angefreundet und liebte es, wenn sich die Männchen mit zupackendem Klammerreflex an meine Glieder klebten in der Meinung, sie hätten ein gebärbereites Weibchen unter sich. Besitzt der männliche Grasfrosch doch eine Brunftschwiele am Daumen, die sich festsaugt, als wäre sie ein kußgeiler Mund. Dann ihr zirpendes Lockknarren, mit dem sie Weibchen von weither anzulocken in der Lage sind. Ich habe nie mitgeknarrt, ich wollte keine Weibchen anlocken, da ich mit ihnen nichts Rechtes anzufangen gewußt hätte. Aber ich habe es gerne gehört.

Auch mitgefressen habe ich nie. Nicht nur besaß ich weder Klappzunge noch Scheibenzunge, mit der ich die Schnaken und Taumelkäfer, von denen es in der Grube nur so wimmelte, hätte festkleben und einfahren können, sondern mir fehlte ganz einfach der Appetit. Meine Mutter ernährte mich, wenn ich jeweils zur Mittagszeit in ihre Küche hochstieg, nach wie vor liebevoll mit Kartoffeln und Milch, die sie bei Niklausens geholt hatte.

Bis dann der Bottensteiner eines Abends von meinem Aufenthaltsort Kenntnis bekam. Man muß wissen, daß er zu jener Zeit in eine Krakauerin verliebt war, welche zusammen mit einer versprengten polnischen Kampftruppe die Schweizer Grenze überschritten hatte und sogleich entwaffnet und interniert worden war. Weshalb sich eine Frau in dieser maroden Gruppe befand, weiß ich nicht zu sagen. Vermutlich hat sie als Funkerin oder als Krankenschwester gedient und ist dann wohl bei ihrem Eintritt in die Schweiz behördlich von ihren männlichen Kameraden getrennt worden, da in den Interniertenlagern jede erotische Tätigkeit untersagt war.

Jedenfalls hat meine Mutter mehrere Male auf meine Frage, warum denn Vater nicht heimkomme, geantwortet, er sei wieder bei der Polin. Was mich immer gefreut hat, obschon ich die Trauer in ihren Augen sah. Denn für mich hat seine Abwesenheit Glück und Frieden bedeutet.

An jenem Abend indessen muß im Städtchen etwas vorgefallen sein, was den Bottensteiner in seinem Hochwälderstolz tief beleidigt hat. Ich lag wie gewohnt im Kellerschlamm unten bei den Grasfröschen, als ich es im Hauseingang poltern und scherbeln hörte. Dann ein Gezeter meiner Mutter, ein Brüllen meines Vaters. Diese Saubande, schrie er, fremdes Pack, in der eigenen Heimat sei man nicht mehr sicher vor den Polacken. Das Faß sei jetzt übergelaufen, verrecken solle, was verrecken müsse. Ich hörte, wie er eine Schublade aufriß. Dann schrie die Mutter, und ich hörte eine heiße Angst in ihrer Stimme. Nein, zeterte sie, tu's nicht, tu's nicht!

Ich kroch hinaus aus der Kellergrube und betrat durch die offene Haustür den Flur. Was ich sah, war ein betrunkener Vater mit böse verbeultem Gesicht. Sein linkes Auge hatte sich geschlossen, offensichtlich infolge eines heftigen Schlages. In der Rechten hielt er den Browning, und an ebendiesen Arm hatte sich mit aller Kraft seine Ehefrau gehängt, die ihn so von einem unüberlegten, gefährlichen Rachegang abhalten wollte. Erstaunlicherweise fand dieser Kampf wortlos statt, was ihn fast komisch erscheinen ließ. Endlich erblickte mich mein Vater. Er überlegte kurz, erkannte mich dann als seinen Sohn und ließ den Arm sinken.

So, sagte er, du bist auch hier. Wie schaust du denn aus?

Ich war wie immer, wenn ich aus dem Keller kam, über und über mit Lehm beschmiert, was ich als durchaus normal empfand.

Er kommt aus dem Keller, sagte Mutter, er ist dort baden gegangen.

Ach so, sagte mein Vater, der Herr Sohn badet in meinem Gemüsekeller.

Er schwankte, schien zu fallen, hielt sich aber an der Achsel der Mutter fest. Dem wird jetzt ein Riegel geschoben, sprach er, ein für allemal.

Der Browning entfiel seiner Hand und schepperte auf den geplättelten Boden. Die Männergestalt, die mein Vater sein sollte, wandte sich ab von der Mutter, packte mit beiden Händen das Treppengeländer und zog sich langsam daran hoch bis zum ersten Stock, wo sie polternd im Schlafzimmer verschwand.

Meine Mutter hat mich an diesem Abend auf die Eckbank in der Küche gebettet. Ich habe nicht schlafen können, ich habe die ganze Nacht dem Lockknarren der Frösche im Keller unten zugehört.

Am andern Morgen hatte der Bottensteiner seinen Rausch halbwegs ausgeschlafen. Sein Gesicht hingegen war noch immer schwer gezeichnet. Ich schaute ihm von der Eckbank aus zu, wie er drei Tassen Zichorienkaffee trank, den ihm Mutter gebraut hatte. Essen wollte er nichts. Auf die Frage, was denn eigentlich geschehen sei gestern abend im Städtchen, schüttelte er nur den Kopf und meinte, diese Geschichte sei endgültig vorbei, die Polackenhure könne ihm kreuzweise am Arsch lecken.

Dann faßte er mich ins Auge, ins rechte, um genau zu sein, das linke war noch immer geschlossen. Ich habe gehört, sprach er, der Herr Sohn schwänze den Kindergarten.

Nein, sagte Mutter, er schwänzt nicht. Sondern er geht nicht mehr hin.

Soso, sagte Vater, und so soll man Familienvorstand sein und einen guten Eindruck machen.

Er schüttelte deprimiert den Kopf und zeigte dann auf sein Kinn. Ich habe mich drei Tage lang nicht mehr rasiert, erklärte er, aus Kummer und Sorge um meine Familie. Ich schneide jetzt diesen Dreitagebart ab. Wenn ich damit fertig bin, steht Moses da in der Küche in sauberen Stiefeln, und ich bringe ihn eigenhändig in den Kindergarten.

Dieser Befehl war eindeutig. Es war klar, daß jede Widerrede keine Chance hatte. Denn in irgendeinem Bereich mußte der gebeutelte Mann ja Erfolg haben. Da er es bei der Krakauerin nicht geschafft hatte, die von den im Kornhaus internierten Polen offenbar als Eigentum angesehen und vor einheimischer Tieflanderotik handfest beschützt worden war, wollte er sich wenigstens in seiner Kleinfamilie durchsetzen.

Während er seine Rasierseife einwässerte und anschließend das Bartmesser am Schleifleder schärfte, zog mir Mutter in aller Eile die kurzen Hosen und ein Hemd über. Auch in die genagelten Stiefel mußte ich wieder steigen. Gesicht und Schädel wurden mit einem naßkalten Lappen gewaschen, wobei eine Lappenecke, so wie das damals üblich war, in die Ohren hineingebohrt wurde, um daraus den Schmalz zu entfernen. Bei mir kam nicht nur Schmalz zum Vorschein, sondern auch Lehm und ein Schlammfresser, was eine Schnakenlarve ist.

Als sich der Bottensteiner mit verzerrtem Gesicht die Barthaare vom zerbeulten Kinn geschabt hatte, band mir Mutter ein Halstuch um.

Was soll das Halstuch? fragte Vater.

Das ist, damit man seine Wunde nicht sieht.

Was soll eigentlich diese verdammte Wunde? fragte er.

Jetzt wandte sich Mutter von mir ab und stellte sich in voller Größe vor den Bottensteiner hin, der plötzlich klein und häßlich aussah.

Diese Wunde ist nicht verdammt, sprach sie, und ich bestimme hiermit, daß Moses ein Halstuch trägt.

Der Bottensteiner betupfte sich das Kinn mit Kölnisch Wasser, was ihn wegen der Schrammen sichtlich peinigte. Soso, sagte er, der Herr Sohn trägt also einen Schal.

Wortlos ging er hinaus, und Mutter bedeutete mir, ihm zu folgen. Ich hatte keine Wahl, ich ging ihm nach und schaute zu, wie er sich die Veloklammern an die Hosenbeine klemmte, das Rad bei der Lenkstange ergriff und auf die Straße stellte. Es war ein sehr schönes Gefährt, mit dreigängiger Übersetzung, die Reifen weißgelb gestreift.

Jetzt wollen wir doch einmal schauen, sprach mein Vater, ob ich einen normalen Sohn habe oder nicht. Sitz auf.

Ich kletterte auf den Gepäckträger und hielt mich an den beiden Stahlfedern des Ledersattels fest. Er schob sein rechtes Bein über die Querstange und trat in die Pedale, ein relativ junger, kräftiger Mann, der seinen Sohn ins Städtchen führte. Ich hörte das Leder unter seinem Hintern knarren, vernahm das väterliche Keuchen, sah die strampelnden Männerbeine. Irgendwie mochte ich den widerlichen Kerl, vermutlich hätte ich ihn gerne geliebt.

Auf der ansteigenden Strecke von der Färberei zur Garage hinauf kam er ins Schwitzen. Ich dachte schon, er würde absteigen und das Rad schieben. Aber er wollte nicht klein beigeben und blieb verbissen im Sattel, bis wir oben waren.

Die Einfahrt ins Städtchen hat mir sehr gut gefallen. Beinahe war ich ein bißchen stolz. Die prallgepumpten Reifen federten die Schläge des Kopfsteinpflasters ab auf erträgliches Maß. Beim Hotel Rössli legten wir uns gemeinsam in die Kurve, Vater und Sohn, ein flottes Paar.

Vor der Markthalle hielt er an. Ich kletterte hinunter und muß ihn dabei wohl angestrahlt haben. Jedenfalls lächelte er mir zu, und plötzlich fuhr er mir mit der Rechten über den kahlen Schädel, was die einzige Liebkosung war, die ich je von ihm erhalten habe. Kopf hoch, Junge, sagte er, das wird schon gehen. Er zwinkerte mit seinem rechten Auge, schwang sich kräftig und elegant aufs Rad und fuhr davon.

Selbstverständlich war ich viel zu früh, der Kindergarten öffnete erst gegen neun. So setzte ich mich auf einen der Stühle, die für die Marktweiber bereitstanden, und wartete.

Es muß das erstemal in meinem Leben gewesen sein, daß ich philosophiert, das heißt mein Leben überdacht habe. Ist mir doch die Weisheitsliebe, das besagt ja dieses griechische Wort, inzwischen zur zweiten Natur geworden. Ich habe seither stets versucht, alle Erscheinungen, deren ich teilhaftig wurde, in ihrer Natur zu ergründen. Das hat dort in jener Markthalle seinen Anfang genommen.

Ich war eigentlich ganz froh, hier zu sitzen in der frischen Morgenluft und den Leuten zuzuschauen, die vorbeigingen. Einige grüßten mich, wie es der Brauch war, und ich grüßte zurück. Befremdet angeschaut hat mich niemand. Vermutlich führten sie mein Halstuch auf eine Erkältung zurück. Und hatte mir der Bottensteiner nicht zugezwinkert und geraten, den Kopf hochzuhalten? Raus aus dem Lehmwasser, hieß das doch, weg von den Schlammfressern, hinein in die Vertikale. Vielleicht würde es ja tatsächlich gut gehen, wenn Vater zu mir hielt. Ich fühlte mich jedenfalls gesund und munter und hätte nicht wieder ins Kellerloch abtauchen wollen. Das einsame Wasserleben hatte nicht nur begütigende Vorteile gehabt, sondern auch verdunkelnde Schattenseiten. Reden konnte ich jedenfalls mit den Grasfröschen nicht. Ihr Geknarre verstand ich zwar halbwegs, es war ein Brunftbuhlen ums Weib.

Aber wenn ich ab und zu ein Wort fallen ließ, um mich als Mitbewohner zu erkennen zu geben, wurde diese meine Äußerung eindeutig als störend empfunden, was ich dem sofortigen Verstummen des Knarrens entnehmen konnte. Es dauerte jeweils mehrere Minuten, bis neuerdings ein leises, scheues Gezirpe einsetzte, das sich nur langsam zum sonoren Konzert steigerte.

Ich folgerte daraus, daß meine physische Anwesenheit die Lurche zwar nicht befremdet hat, daß aber meine geistige Kapazität die Tiere erschreckte. Was mir zu beweisen schien, daß jene Kellergrube auf Dauer nicht meine Heimat sein konnte. Hatte ich doch schon damals die Sprache als mein eigentliches Kommunikationsmittel erkannt, da meine Mutter immer wieder liebevoll mit mir sprach und mir Geschichten erzählte, vom Froschkönig zum Beispiel oder von der Flußtochter Daphne. Und welch tröstliche Kraft war vom väterlichen »Kopf hoch, Junge« ausgegangen, das ich soeben vernommen hatte. Auch das war Sprache gewesen, kein Gequake.

Da näherte sich mir eine Kameradin, die mir von meinem ersten Besuch im Kindergarten her in Erinnerung geblieben war. Sie war mir aufgefallen, weil sie dicke Brillengläser trug, die ihre Augen vergrößerten und wie Blauwasser aufleuchten ließen. Sie war damals gleich nach dem Überfall des langen Viktor hautnah an mich herangetreten, um meine Wunde zu begutachten. Dabei hatte sie weder gelacht noch erschreckt aufgeschrien. Sondern sie hatte, wie ich genau zu erkennen geglaubt hatte, bewundernd gestaunt. Jetzt kam sie wie beiläufig auf mich zu und stellte sich vor mich hin, zutraulich wie eine Katze. Sie war barfuß und trug ein blaues Kleid, das oben an den Trägern eingerissen war und jeden Augenblick von ihr herunterzugleiten drohte. Das rötliche Haar hatte sie kurz geschnitten, was damals eine auffallende Ausnahme war.

Was tust du hier? fragte sie.

Warten, sagte ich.

Warum bist du damals weggerannt?

Ich zuckte mit den Achseln und wollte mich verabschieden, als ich an ihrem Hals einen handgroßen, bläulichen Fleck sah. Der lag wie selbstverständlich auf ihrer Haut, als ob sie vergessen hätte, ihn wegzuwaschen. Er gefiel mir, ich brachte den Blick nicht von ihm weg.

Das ist ein Wasserfleck, sagte sie, ich habe ihn seit meiner Geburt. Stört er dich?

Ich schüttelte den Kopf, und sie setzte sich auf den Stuhl nebenan, als ob sie zu mir gehören würde. Ich schaute ihr in die Augen, um zu erkennen, warum sie so freundlich war.

Soll ich die Brille abnehmen? fragte sie.

Nein, sagte ich, du hast Wasseraugen.

Sie hieß Susi Häggi und lebte in der alten Ringmauer, wo die billigen Wohnungen waren. Ihre Mutter, erzählte sie, arbeite in der Druckerei jenseits des Bahnhofs und müsse morgens um sieben anfangen. Sie selber bleibe nach dem Frühstück jeweils noch ein bißchen im Bett, um zu träumen und allerlei Gedanken nachzuhängen. Heute sei es ihr aber langweilig geworden. Sie sei hinaus auf die Gasse gegangen, um den Leuten zuzuschauen. Es sei ein besonders schöner Morgen, nicht zu heiß und nicht zu kühl, gerade richtig, um die Fußsohlen auf das nackte Kopfsteinpflaster zu setzen.

Ich hörte ihr erstaunt zu, ich hatte noch nie jemanden so reden hören. Langsam, fast nachlässig hob sie ihr rechtes Bein und legte es so hin, daß ihre Sohle meinen Schenkel berührte. Ich erschrak, denn das war ein Fußsohlenkuß, das merkte ich genau. Aber ich hielt stand und bewegte mich nicht.

So saßen wir eine ganze Weile, stumm wie Fische. Ich erinnere mich, daß eine Hausfrau, die zwei schwere Taschen vorbeitrug, erstaunt aufschaute und den nackten Fuß an meinem Bein anstarrte.

Zeigst du mir deinen Hals? fragte sie.

Nein, sagte ich, jetzt nicht.

Sie drehte sich so zu mir hin, daß ihr Fuß zwischen meine Schenkel zu liegen kam, was ich ohne weiteres geschehen ließ. Ich wandte den Kopf zu ihr und schaute in ihre großen Augen. Sorgfältig hob sie meinen Schal an, so daß die Wunde zum Vorschein kam. Sie legte den Zeigefinger an ihre Lippen, befeuchtete ihn mit der Zunge und fuhr mit ihm den Rändern meiner Öffnung entlang.

Schön, sagte sie.

Dann zog sie den Schal wieder darüber, nahm ihren Fuß weg und erhob sich.

Das machen wir jeden Morgen, sagte sie, wenn du willst.

Wie Sie vorstehenden Aufzeichnungen unschwer entnehmen können, sehr geehrter Herr Seelendoktor, kann also keine Rede davon sein, daß ich Susi Häggi zu irgendwelchen erotischen Berührungen angestiftet beziehungsweise verführt haben soll. Nicht ich habe sie ins Auge gefaßt, sondern sie mich, und zwar durch ihre dicken Brillengläser. Nicht mein Fuß hat ihren Schenkel gesucht, sondern ihr Fuß ist an mein Bein geglitten. Ich habe es genossen, das gebe ich gerne zu. Und ihr Finger auf meinen Wundrändern hat mich entzückt. Aber hätte ich ihr diese

Liebkosung verwehren können? Hätte ich gar fliehen und mich zu den Grasfröschen zurückziehen sollen? Nein, sage ich, tausendmal nein. Und ich bestehe auf der Feststellung, daß ich Susi Häggi bis auf den heutigen Tag zutiefst dankbar bin, weil sie mich durch ihre Annäherung in die menschliche Gesellschaft zurückgeholt hat.

Gewiß, im Kellerloch unten wäre mir einiges erspart geblieben, was mich im Innersten versehrt hat. Ich würde wohl nicht in der Friedmatt sitzen und diesen Bericht schreiben, wäre ich dort unten geblieben. Aber die Liebe hat eben ihren Preis. Nur wer nicht liebt, macht sich nicht schuldig.

Ich habe die Liebe nicht gesucht. Ich war viel zu erschreckt, um mich als mögliches Liebesobjekt zu begreifen, das sich einem weiblichen Wesen andienen könnte. Meine Mutter hatte ich gern, gewiß, und ich wußte, daß auch sie mich liebte. Aber das war eine unreflektierte Symbiose, die ich für selbstverständlich gehalten habe.

Ich habe Susi Häggi in den folgenden Wochen regelmäßig eine Stunde vor Beginn des Kindergartens getroffen, immer am selben Ort. Wenn Markttag war, haben wir uns hinter den Stand der alten Marie gesetzt, die meistens schlafend auf ihrem Taburett saß. Susi hat ihren Fuß zwischen meine Beine gelegt, und ich habe den Schal hochgehoben, damit sie meine Wunde berühren konnte. Nicht, um ihr ein Leid anzutun, habe ich das gemacht. Sondern deshalb, weil es uns beiden so gefiel.

So ist es, ganz allgemein gesprochen, immer gewesen in meinen Liebesbeziehungen. Ich wollte keiner einzigen Frau ein Leid antun. Liebte und verehrte ich doch die Weiblichkeit allezeit über alles.

Einmal bin ich Susi Häggi allerdings zu nahe getreten. Das war an einem regnerischen Frühsommermorgen, als ihr Fuß naßkalt zwischen meinen Beinen lag. Sie hatte wie immer meine Wunde vor ihren Wasseraugen, ihr Zeigefinger glitt sanft den Rändern entlang, ohne allerdings ins Innere vorzustoßen. Ich ließ es mit geschlossenen Augen geschehen, dem Pulsschlag lauschend, der in meiner Kehle klopfte. Dann blickte ich auf und sah dicht vor mir den Wasserfleck, der bläulich ihren Hals bedeckte. Er war fast durchsichtig gemasert, als wäre zarter Wind darübergestrichen. Ich konnte nicht anders, ich beugte mich vor und legte meine Lippen darauf. Ich spürte, wie sie sogleich den Atem anhielt. Ihr Kinn hob sich fast unmerklich, um meinem Mund mehr Raum zu bieten. So blieben wir eine ganze Weile, bis sie wegrutschte und sich erhob. Eine Röte fuhr über ihr Gesicht, ihre Augen blickten plötzlich wild.

Das hättest du nicht tun dürfen, sagte sie, das ist zu intim.

Ich schaute ihr zu, wie sie den Träger, der ihr von der linken Achsel geglitten war, zurückschob. Ich begriff sie nicht.

Warum? fragte ich.

Weil du ein verdammter Lustmolch bist, sagte sie, mir kommt keiner zu nahe.

Sie warf den Kopf in den Nacken, als ob sie langes, volles Haar getragen hätte, und ging grußlos weg.

Ich habe diesen schroffen Abschied nicht verstanden, so wie ich auch all die anderen Verletzungen, die ich später offenbar verursacht habe, niemals verstanden habe. Ich bin immer ehrlichen Herzens gewesen, was Frauen anbelangt. Ich habe mir die nunmehr aktenkundige Schieflage meiner Liebesversuche dadurch erklärt, daß ich mir einredete, die Frauen seien eben äußerst spezielle Wesen, die ein Mann niemals ergründen könne. Aus genau diesem Grund habe ich immer wieder danach getrachtet, mich von ihnen fernzuhalten. Was mir leider nicht ganz geglückt ist, wie meine Anwesenheit hierselbst zeigt.

Aufgefallen ist mir, daß sich Susi in der Öffentlichkeit nie als meine Freundin zu erkennen gegeben hat. Aber ihre bloße Anwesenheit hat mir Selbstvertrauen geschenkt und mich gestärkt. Wußte ich doch dank ihr, daß meine Öffnung nicht unbedingt ein Anlaß zur Schande sein mußte, sondern durchaus auch als Quell gemeinsamer Lust dienen konnte. Und daß sie diese unsere Lust geheimgehalten hat, hat ihr erst die Süße gegeben.

Immerhin hat sie mich in den Kindergarten reintegriert. Die Tante Lina hat mich jedenfalls an jenem Morgen, als mich der Bottensteiner in die Markthalle gefahren hat, wie einen verlorenen Sohn empfangen. Sie hat dreimal aufs Tamburin geschlagen, damit Ruhe war, und hielt anschließend eine Rede des Inhalts, es freue sie von ganzem Herzen, daß Moses Binswanger den Weg zurück in die Gemeinschaft gefunden habe. Der liebe Gott habe verschiedene Kostgänger, gerade und ungerade und auch solche, die im Sommer ein Halstuch trügen, um eine schwärende Wunde zu verdecken. Und niemand habe das Recht, diesen Schal wegzureißen und das blutende Loch, hier schluckte sie kurz, als müßte sie sich übergeben, der Lächerlichkeit preiszugeben. Denn jeder Mensch, alt oder jung, männlich oder weiblich, trage in seinem Innersten eine Wunde mit sich herum, die schmerze und blute. Dann befahl sie dem langen Viktor, mir zum Zeichen der Entschuldigung die Hand zu geben, ein Auftrag, dem der widerliche Kerl sogleich mit eigentümlich trockenem Griff nachkam.

Es herrschte also Frieden zwischen mir und den anderen Jungen. Ich wurde fortan in Ruhe gelassen, was ich durchaus zu schätzen wußte. Hatte ich doch schon bald bemerkt, daß für mich bei diesen Arschkriechern nichts zu

holen war. Ich war eben tatsächlich ein Sonderling, geduldet zwar und wohl auch meiner eigenartigen Öffnung
wegen ein bißchen gefürchtet, aber nicht ganz zugehörig.
Bezeichnend für meinen gesellschaftlichen Status war der
Übername, den ich nach wenigen Tagen erhielt. Ich hieß
fortan das Schalentier, ein Zerevis, das mir bis heute anhaftet
und das ich zeitlebens mit Anstand und Würde zu tragen
mich bemüht habe.

Einer Kollegin will ich noch gedenken, die hebräischer
Herkunft war und mir sehr gut gefallen hat. Sie hieß
Esther Guggenheim und kam aus dem Herren- und Da-
menmodehaus im Städtchen, in dessen Schaufenster stets
eine Frauenpuppe stand, welche ein elegantes Modellkleid
anhatte. Alle gingen hin, um den seltsamen Stoffetzen zu
bewundern, aber niemand kaufte ihn. Trotzdem wurde er
alle zwei Monate ausgewechselt. Ein Umstand, der zu allerlei Gerüchten Anlaß gab. Es hieß zum Beispiel, Herr
Guggenheim beliefere das englische Königshaus und ver-
diene Unsummen damit, die er im Keller unten in Form
von Goldbarren verstecke. Man hörte auch, das Geschäft
sei der einzige helvetische Ableger der Pariser Haute Cou-
ture und handle über geheime Kanäle direkt mit Nazigrö-
ßen wie Göring, was natürlich alles Unsinn war.

Esther trug immer einen hohen, geschlossenen Kragen.
Ich habe mich oft gefragt, was sie darunter verbarg. Merkwürdigerweise wurde sie nie gehänselt deswegen, auch hat
ihn ihr nie jemand weggerissen. Die Art und Weise, wie
sie ihn trug, war zu selbstverständlich, um solcherlei Ag-
gressivität zu wecken. Und wie mir auffiel, hatte sie unter
den größeren, kräftigen Mädchen mehrere Freundinnen,

die einen Angriff auf ihren Hals gewiß nicht zugelassen hätten.

Ich habe ihr einmal abgepaßt. Es war vor der Buchhandlung Mattmann auf dem Kirchplatz, wo sie auf ihrem Heimweg in die Unterstadt durchkommen mußte. Ich weiß noch, wie aufgeregt ich war. War es doch das erstemal, daß ich von mir aus das Wort an ein weibliches Wesen zu richten gedachte. Sie sah mich schon von weitem und schritt ruhig auf mich zu.

Was willst du? fragte sie.

Ich will deinen Hals sehen.

Warum?

Ich zuckte mit den Achseln, ich konnte ihr nicht gut sagen warum.

Mein Hals ist wie jeder andere Hals auch, sagte sie. Und auch dein Hals ist im Grunde normal. Glaubst du nicht?

Ich schüttelte den Kopf.

Du kannst doch gut leben damit, oder nicht?

Ja, besonders unter Wasser.

Das würde ich auch gerne einmal tun, sagte sie, so richtig abtauchen ins Dunkle hinein.

Es ist nicht dunkel, es glänzt.

So? fragte sie. Ihre Lippen öffneten sich, man sah ihre Zungenspitze.

Ja, sagte ich. Wir sollten einmal schwimmen gehen zusammen, dann könnte ich dir das Licht im Wasser zeigen.

Sie schaute mich genau an, freundlich prüfend, als würde sie mich zum erstenmal sehen.

Nein, entschied sie dann, das geht nicht. Ich bin wasserscheu, ich gehe nur bis zu den Knien hinein.

Sie hob die Hände, öffnete die beiden Knöpfe und legte ihren Hals frei. Sie hob das Kinn ein bißchen an, damit ich ihn besser sehen konnte.

Schau, sagte sie, so sehe ich aus.

Sie hatte einen weichen, molligen Hals, fast schneeweiß, wie mir schien. Ein bläulicher Schimmer lag da, violett darübergehaucht.

Schön, sagte ich, weiß wie Schnee. Da möchte ich einmal hineintauchen.

Meinst du? Sie senkte den Kopf und hakte die Knöpfe zu. Nein, da wird nicht hineingetaucht. Das ist ein ganz normaler Hals. Sie wandte sich zum Gehen.

Du brauchst dich nicht zu schämen, sagte sie. Fragen darf man immer. Du tauchst einfach allein ins Wasser, bis du eine findest, die zu dir paßt.

Sie gab mir die Hand und ging weiter, der Unterstadt entgegen.

Wir haben nie mehr darüber geredet. Sie hat mich behandelt wie immer, freundlich zurückhaltend, als hätte sie mir nie ihren Hals gezeigt. Wenige Jahre nach dem Krieg ist sie aus meinem Umkreis verschwunden. Man hat sich erzählt, ihre Familie sei nach Amerika ausgewandert.

M ein Leben hat sich in jener Zeit einigermaßen regelmäßig gestaltet. Ich hatte in der Kindergesellschaft meinen festen, anerkannten Platz als Schalentier. Ich war brav und unauffällig, und als ich eines Tages mit einem ärztlichen Zeugnis von Dr. Bertschinger anrückte, das unzweideutig vorschrieb, Moses Binswanger müsse zu allen Zeiten und unter allen Umständen ein Halstuch tragen und dürfe weder zur sportlichen Ertüchtigung noch zu Schulreisen irgendwelcher Art aufgeboten werden, ist mir auch die Tante Lina offener und herzlicher begegnet.

Ich kam dann in die Primarschule zu Fräulein Baumann, die eine sanfte und liebe Frau war, eine herausragende Ausnahme unter dem Lehrpersonal, dem ich fortan ausgeliefert war. Sie hat es verstanden, meine Neugier und Lernfähigkeit zu wecken, was sich in guten Noten äußerte.

Meinen Besuch ihrer Klasse möchte ich mit dem Aufenthalt im Paradies vergleichen, dem nach zwei Jahren die Vertreibung folgte unter die Fuchtel prügelnder Militärköpfe. Ich behaupte, daß ich ohne weiteres eine steile Karriere gemacht hätte bis hinauf zu akademischen Würden, wären die Lehrkräfte meines Bildungsganges allesamt sanftweiblicher Natur gewesen. Hatte ich doch unter Fräulein Baumanns Ägide schon nach wenigen Monaten gelernt, perfekt zu schreiben und zu lesen.

An Literatur hat es mir glücklicherweise nie gefehlt. Ich las alles, was mir unter die Augen kam. Erst nahm ich mir Mutters Bücher vor, die sie aus ihrer Mädchenzeit aufbewahrt hatte. Hervorragend haben mir »Die Turnachkinder im Sommer« gefallen, worin eine Schar glücklicher Kinder im seichten Ufergelände eines Sees, umgeben von Fröschen und Molchen, eine Schilfhütte baute und sich tagelang im warmen Schlamm herumtrieb. Auch die fünf Bände der Kathrin Pinkerton fand ich gut, spielten sie doch im kanadischen Busch an Seen und Flüssen.

Den größten Eindruck hat mir jedoch ein Schmöker mit dem Titel »Heimatlos« gemacht, worin liebliche Bachläufe und sanfte Jünglinge mit langem Mädchenhaar zeichnerisch abgebildet waren, die ich stundenlang betrachtet habe. Wie habe ich, der ich jeden Monat mit Vaters Rasiermesser kahlgeschoren wurde, diese Gestalten bewundert. Wie sehr hätte ich gewünscht, mein Haar ebenfalls schulterlang wachsen zu lassen, damit es meinen übergroßen Schädel und sogar meine Halswunde überdeckt hätte. Mit solcher Frisur wäre ich niemals auf den Schal angewiesen

gewesen. Und auch meinen Übernamen hätte ich nie erhalten.

Ich muß wohl frühreif gewesen sein, was mir selber indessen nicht aufgefallen ist. Nur einmal bin ich dessen in-
negeworden. Es war bei der Lektüre von Hesses »Narziss
und Goldmund«. Das war ein Leinenband mit schwarz-
samtigem Umschlag, in den mit Goldfaden Vaters Initialen
eingestickt waren. Vorne drin stand eine Widmung meiner
Mutter: Zu unserer Hochzeit, in ewiger Liebe und Treue.

Ich fand das Buch zuunterst im Kasten, wo der Bottensteiner seine alten Schuhe versorgt hatte. Ich nahm es mit
in meine Kammer unter dem Dach, in den Keller hinab zu
den Fröschen stieg ich in jener Zeit kaum mehr, und fing
an zu lesen. Ich merkte bald, daß der Band nicht für mich
bestimmt war, ich kam mir zu jung vor. Trotzdem las ich
ihn bis zum Schluß durch und fing sogleich noch einmal
von vorne an. Nach wenigen Tagen hätte ich den ganzen
Text auswendig hersagen können, wenn mich jemand
dazu aufgefordert hätte.

Das war die erste bewußte Begegnung mit der Erotik,
die ja mein Leben weitgehend zerstört hat. Die Frauen stießen glockenhelle Orgasmustöne aus, Goldmund machte
sie alle glücklich. Ein bißchen mißtraute ich diesem Super-
liebhaber schon damals. Aber da er in Buchform schwarz
auf weiß beschrieben war, unterdrückte ich meine Zweifel.

Inzwischen habe ich den Roman noch einmal gelesen,
und zwar in erwachsenem Alter, vor wenigen Monaten
hierselbst in der Friedmatt. Dieses Buch gehört zu den wenigen Erbstücken, die ich von zu Hause gerettet und im
Koffer stets mitgeführt habe, festgeklammert auf dem Gepäckträger des alten Rades. Nicht des Inhalts wegen habe
ich es mitgenommen. Der besteht, wie ich leider habe feststellen müssen, aus billigster Pornographie. Dies ist ein

Kitschwerk, sehr geehrter Herr Seelendoktor, und nicht »Das süße Auge der Nymphe«! Ich habe es damals an mich genommen einzig und allein der Widmung wegen, die mir bewies, daß meine Mutter wenigstens ein paar Tage mit dem Bottensteiner glücklich gewesen ist.

Später, als ich bereits dem Lehrer Boller ausgeliefert war, bin ich dem Apachenhäuptling Winnetou begegnet. Ich hatte damals meinen Wässerplatz an die Wigger hinaus verlegt, die von unserem Hause aus auf einem handbreiten, durch Kornfelder führenden Fußweg erreichbar war. Halben Weges stand eine verlotterte Kate, Weberhaus genannt. Ein weit herum beliebter Ort, erhob sich doch nebenan ein mächtiger Kirschbaum, der die frühesten Kirschen der ganzen Gegend hatte. Ich bin diesen Weg immer gerannt, barfuß in leichtem Trab, im Sommer verdeckt von den reifenden Ähren, die Sohlen auf den kühlen, trockenen Lehmboden setzend.

Die Wigger war wesentlich breiter und tiefer als der Altachenbach, ein Fluß bereits mit reinem Kiesbett und hoher, bewaldeter Böschung. Ein Napfwasser, Felswasser, Silberwasser. Die Strömung war kräftig, man konnte sich treiben lassen über das Geschiebe am Boden, an Äsche und Barbe vorbei, die ihren Standort mit fächelnder Schwanzflosse mühelos hielten.

Ich verkroch mich jeweils unter die Böschung, in die dunkle Höhlen gefressen waren, überdacht vom Wurzelwerk der Bäume. Dort schwebte ich leicht, das Auge dem vorbeitreibenden Naß zugewandt, ein Jonas im Wiggerbauche.

Als ich mich eines Abends nach langem Wässern auf

den Heimweg machte, erschöpft und durchgeknetet vom Spiel der Strömung, hörte ich ein leises, monotones Singen. Es war die Stelle, wo zu beiden Seiten mächtige Kalkbrocken die Böschung bildeten, die früher einmal eine Brücke getragen hatten. Ich blieb stehen und lauschte. Das Singen bestand aus drei Tönen, in umgekehrter Reihenfolge der Tonleiter intoniert, der mittlere in Moll, der dritte mehrere Sekunden anhaltend, voll ruhiger Sehnsucht.

Dann sah ich das Seil. Es war an einer Esche befestigt, die den Ritzen der Kalkbrocken entwuchs, und hing senkrecht hinunter ins Wasser. Ich wartete ziemlich lange, dem Singsang zuhörend, der regelmäßig einsetzte, in Moll überging und auf dem dritten Ton verharrte, bis mir klar wurde, daß hier jemand um Hilfe sang.

Vorsichtig nahm ich das Seil in beide Hände, stemmte mich mit den Füßen gegen die Steine und ließ mich hinabgleiten. Nach wenigen Metern öffnete sich linker Hand die Mauer, zwei Brocken waren dort wohl herausgefallen in den Kessel hinab, und in dieser Höhle saß ein Häuptling. Ich sah das sogleich, es brauchte keine Erklärung. Ich sah es an der Art, wie er dasaß mit gekreuzten Beinen, den Oberkörper vor- und zurückwiegend, den Blick aufs gegenüberliegende Ufer gerichtet. Vor sich hatte er ein Holzgewehr liegen, in dessen Schaft Nägel steckten, die glänzten wie Silber.

Er hatte mich bestimmt kommen gehört, denn meine Fußsohlen hatten über den Kalk gescharrt, das war nicht zu vermeiden gewesen. Er unterbrach sein Singen und Wiegen indessen erst, als ich ihm eine ganze Weile zugeschaut hatte. Langsam griff er zum Gewehr, legte es sich quer über die Schenkel, drehte mir den Kopf zu und hob die linke Hand.

Hough! sagte er.

Ich starrte ihn wortlos an, immer noch am Seil hängend, seinen kahlen Schädel, die blaue Turnhose, die er anhatte, den mageren, nackten Oberkörper. Neben ihm lag eine Beinschiene mit eingebautem Kniegelenk.

Es war Joseph aus dem Weberhaus, wenige Jahre älter als ich, der die Kinderlähmung gehabt hatte und kaum mehr gehen konnte. Sein Vater war an Tuberkulose gestorben. Eine Unglücksfamilie, wie man sich erzählte, die beiden älteren Schwestern standen im Ruf, käuflich zu sein.

Gedenkt mein weißer Bruder, mich zu besuchen? fragte er.

Ich nickte.

Warum hängt er denn am Seil und betritt nicht meinen Wigwam?

Er bot mir die Hand und half mir, in die Höhle zu klettern. Ich setzte mich neben ihn, die Beine gekreuzt, und schaute aufs gegenüberliegende Ufer. Ganz wohl war mir nicht, denn mein Hals war nackt, ich trug beim Wässern nie einen Schal.

Er fing wieder an, zu singen und sich zu wiegen, und ich wiegte mich zaghaft mit.

Old Shatterhand sei mir willkommen, sprach er dann. Winnetou hat viele Monde gesehen. Er weiß, daß eine Wunde im Herzen mehr schmerzt als eine Wunde am Hals.

Ich nickte und wartete.

Warum antwortet mein Bruder Scharlih dem Häuptling der Apachen nicht? fragte er. Er möge mitsingen und Winnetous Herzen Trost spenden.

Er setzte ein mit den drei Tönen, und ich sang leise mit. Wir saßen in der Höhle, bis es dunkel wurde. Geredet haben wir fast nichts. Es war eine klare Nacht, der Himmel bestirnt. Die Esche über uns rauschte, und unten im Wasser sprangen die Forellen nach Mücken.

Hough! sprach Joseph. Der Bund der Freundschaft ist besiegelt. Winnetou hat seinen Bruder Scharlih lange beobachtet und gesehen, wie er unter Wasser trieb und sich vor fremden Spähern versteckte. Fürchtet er sich vor den Komantschen?

Ja, sagte ich, er muß seine Wunde vor fremden Spähern behüten.

Winnetou wird ihm helfen, sagte er. Kein fremdes Auge soll Scharlihs Wunde verletzen. Ist mein Bruder des Lesens kundig?

Ich nickte. Joseph griff hinter sich und brachte drei zerfledderte Bände zum Vorschein.

Möge mein Bruder Trost finden in diesen Büchern. Die roten Stämme sind nicht kundig des Lesens. Aber Winnetou hat es gelernt. Seine Krieger werden untergehen in der Zeit von hundert Monden, ihre Wigwams werden zerfallen. Aber hier drin wird berichtet von der Zeit, als die Bisons in ungezählter Menge die Prärie zum Donnern brachten. Möge mein Bruder wieder erscheinen unter dieser Esche, wenn morgen sich die Sonne dem Weissberg zuneigt. Hough!

Er gab mir die Bücher und hob die linke Hand zum Abschiedsgruß. Dann schnallte er sich die Schiene ans linke Bein, packte das Seil und hangelte sich geschickt hinauf. Ich folgte ihm. Oben sah ich ihn im Nachtschatten der Esche knien, das linke Ohr auf den Boden gepreßt. Nach einer Weile richtete er sich auf.

Kein Pferdegetrappel, meldete er, die feigen Kojoten von Komantschen haben das Kriegsbeil begraben. Möge mein Bruder sich als erster auf den Weg zu seinem Stamm machen. Winnetous Bein ist verletzt, es wurde von einem feindlichen Pfeil getroffen. Aber er kennt eine sichere Fährte und wird die Nachhut bilden.

Hough! sagte ich.

Ich habe noch in derselben Nacht angefangen mit der Lektüre. Sie hat mich verzaubert. Ich habe innerhalb weniger Tage alle drei Bände gelesen. Darob habe ich sogar das Wässern vergessen.

Immer, wenn sich die Sonne dem Weissberg zuneigte, bin ich zur Wigger getrabt und habe mich am Seil hinuntergleiten lassen, um mit Joseph zusammen zu singen. Er hat mich darauf aufmerksam gemacht, daß die Wunde am Halse seines Bruders allzusehr den Komantschenblicken ausgesetzt gewesen sei und dringend der Wässerung bedürfe. Ich bin hinabgesprungen in den Kessel und habe mich für kurze Zeit verkrochen. Aber oben in der Höhle gefiel es mir besser.

Es war das erste Mal, daß ich mich mit einem Kollegen über Wochen hinaus gut verstand, ohne daß meine Wunde die Stelle der Begegnung gewesen wäre. Nicht nur, daß die Öffnung nicht störte. Sie stand überhaupt nicht zur Diskussion. Es war eine Freundschaft unter Versehrten, nichts weiter. Mag sein, daß es unterschwellig eine Beziehung homophiler Art war, wie Sie, wie ich Sie kenne, gewiß wieder mokant monieren werden, so wie ja alle drei Winnetou-Bände von Homophilie nur so überquellen. Ich will Ihnen indessen sagen, daß mir das egal ist. Homophilie oder Heterophilie oder Hydrophilie, das ist doch gehupft wie gesprungen. Widerlich ist allein das Fehlen jeder Philie, die Lieblosigkeit eben.

Jener Sommer war wohl einer der angenehmsten, liebevollsten in meinem ganzen Leben. Das hing auch damit zusammen, daß der Bottensteiner sämtliche Erziehungsabsichten bezüglich meiner Person aufgegeben hatte. Er erschien nur noch selten in meinem Gesichtsfeld, und wenn, dann spätabends in eindeutig angetrunkenem Zustand. Ich hörte jeweils ein Poltern im Hauseingang, eine kurze verbale Auseinandersetzung zwischen Ehegatten, die sich nicht mehr lieben konnten. Interessiert hat mich das nicht groß, ich empfand diesen Mann nur noch als störend.

Er ist dann zunehmend auch nachts weggeblieben, besonders übers Wochenende, tagelang. Ich habe im Städtchen erzählen gehört, er sei wieder mit der Polin zusammen, welche gleich nach dem Krieg die Pintenwirtschaft zum Ochsen übernommen hatte. Er habe sich dort in einem der oberen Gemächer ein Liebesnest eingerichtet. Abend für Abend hocke er in der Wirtsstube am runden Tisch gleich neben der Theke und trinke Träsch, eifersüchtig darüber wachend, daß keiner der besoffenen Männer den Hinterteil der Wirtin anfasse. Nach der Sperrstunde helfe er, die Stühle auf die Tische zu stellen und den Boden zu kehren, bis er mit dem Weibsbild endlich hochsteigen dürfe.

Mit der Mutter habe ich nicht mehr viele Worte gewechselt. Sie sorgte für mein leibliches Wohl. Daneben ließ sie mich machen, was ich wollte. Ich habe sie einige Male abends, wenn ich von der Wigger heimkam, reglos am Küchentisch sitzen sehen, mit nassen Wangen, wie mir schien. Vermutlich hatte sie geweint. Ich habe sie nie darauf angesprochen, was ich heute noch bereue. Aber eine weinende Squaw hatte in meinen Winnetou-Träumen keinen Platz.

Abend für Abend saßen wir im Wigwam, den der Häuptling zur Überlebenshöhle eingerichtet hatte. Wir verfügten über zwei löchrige Wolldecken, mehrere Kerzenstümpfe samt Streichhölzern, einen Dolch und einen Grill, angefertigt aus den Zähnen eines rostigen Heurechens. Darauf brieten wir die Forellen, die der Apache mit einer im Weidengeäst gefundenen Angelschnur fing. Als Köder benutzte er die Larven der Köcherfliege, die er unter den Steinen hervorholte und aus ihren Röhren schälte. Ich habe nie mitgefischt, obschon es mir ein leichtes gewesen wäre, die schönsten Äschen herauszuholen. Ich wußte genau, wo sie in der Strömung dicht über den Kieseln standen, lauernd auf die eben den Larven entschlüpften, zur Luft aufsteigenden Mücken, im Fischerlatein Nymphen genannt. Sie ließen mich ohne weiteres herankommen, Seite an Seite treibend, als wäre ich eine der Ihren. Aber ich wollte ihr Vertrauen nicht mißbrauchen.

Das Braten der Fische gestaltete sich jeweils einigermaßen schwierig. Es galt, unter allen Umständen den falschen Komantschen unseren Aufenthalt zu verheimlichen und keinerlei Rauch aufsteigen zu lassen. Zudem waren die Fischrechte verpachtet. Wir behalfen uns, indem wir einen halbverfaulten Kartoffelsack aufschnitten und als Windfang vor die Höhle hängten, was zur Folge hatte, daß wir im Rauch fast erstickten. Aber die Fische wurden alle gar, und ich habe wacker mitgegessen.

Gesungen haben wir nur noch selten. Das Wiegen haben wir beibehalten als zeremoniellen Vorgang, mit dem wir uns unserer Blutsbrüderschaft versicherten.

Oft waren wir im Wasser. Joseph war ein exzellenter Schwimmer, sein lahmes Bein behinderte ihn dabei keineswegs. Er hatte eine erstaunliche Kraft in den Armen, packte das Seil, stieß sich mit dem gesunden Bein von den

Kalkbrocken ab und pendelte, das gefürchtete Kriegsge-schrei der Apachen ausstoßend, über den Kessel, um sich hinunterfallen zu lassen. Er crawlte gegen die Strömung und hielt ihr stand, er kippte sich nach hinten und tauchte rückwärts vier Meter tief auf den Grund, er krallte sich fest an einem der Steine und hielt gut eine Minute lang aus. Dann stieß er sich ab und stieg wie ein Pfeil nach oben, um Luft zu schnappen.

Ich tat es ihm gleich. Ich wollte sein wie Winnetou, der Apache, der schwamm wie ein Fisch, der aber immer wie-der an die Luft des Himmels zurückkehren mußte.

Eines Abends indessen blieb ich lange auf dem Grund kleben und schaute nach oben. Dort hing Joseph an der Oberfläche, kräftig crawlend durch die schräg einfallenden Strahlen der Sonne. Ich sah alles glasklar, den mit Wasser gefüllten Kessel, die bunt leuchtenden Kiesel, die hellen Bäuche der Fische. Ich blieb auf dem Grund, bis der Leib meines Blutsbruders abwärts trieb und verschwand. Erst dann tauchte ich auf. Der Häuptling saß weiter unten auf einer Kiesbank, schlotternd vor Kälte, erschöpft. Ich setzte mich neben ihn, wir wiegten uns kurz.

Winnetou ist ein Sohn der Prärie, sprach er. Er braucht die Luft des Himmels, die flimmernde Sonne. Sein Bruder Scharlih ist ein Fisch, der seine Kiemen dem Wasser öff-net. Wie kommt das?

Old Shatterhand hat viele Länder gesehen, antwortete ich. Solche, die über dem Wasser liegen, und solche, die un-ter dem Wasser liegen. Er kann in beiden Ländern leben.

Winnetou liebt das Wasser auch. Deshalb hat er seinen Wigwam an diesen Creek gebaut. Aber seine Heimat ist das Land über dem Wasser. Denkt Scharlih auch so?

Old Shatterhands Heimat ist dort, wo Winnetou lebt und ihn erwartet.

Jetzt schwieg der Apache, und ich wußte nicht, ob ihn meine Antwort verletzt oder gefreut hatte. Langsam beugte er sich vor mit geschlossenen Augen, als ob er fernen Hufschlag vernommen hätte. So blieb er sitzen, immer noch schlotternd, bis er den Oberkörper aufrichtete und seinen Blick auf mich heftete.

Die Hunde der Komantschen sind im Anmarsch, sprach er, und ihre Übermacht ist gewaltig. Sie wollen Winnetou fangen und in ein feindliches Pueblo bringen, um seine Pfeilwunde zu behandeln. Wird mein Bruder Scharlih das zulassen?

Ich erschrak. Denn diese Worte enthielten eine Botschaft, die über die Apachenpoesie, deren wir uns stets befleißigten, hinausging.

Was hat der rote Häuptling für ein Geheimnis? fragte ich, will er seinem Bruder sein Herz nicht öffnen?

Er drehte sich weg, den Blick flußabwärts über das dunkel gewordene Wasser gerichtet.

Der Mund des Apachen bleibt geschlossen, flüsterte er so leise, daß ich ihn kaum mehr verstehen konnte. Er wird nicht heulen wie eine Squaw, auch wenn er am Marterpfahl steht. Er wird sich verlassen auf seinen Blutsbruder Scharlih, der ihn aus jeder Gefahr herausholen wird.

Hough! flüsterte ich.

Tage später, es muß gegen Ende der Schulferien gewesen sein, hörte ich in Niklausens Küche, daß Joseph aus dem Weberhaus demnächst in ein Heim für schwererziehbare Kinder verbracht werden müsse. Er sei völlig verwahrlost und unterernährt, seine Mutter schaue überhaupt nicht zu ihm, und seine beiden Schwestern seien zu richtigen Huren wie in der Großstadt geworden. Er könne ja kaum mehr gehen, der arme Siech, er schleppe sich nur noch. Dabei wären doch die Folgen der Kinderlähmung bei richtiger Behandlung weitgehend zu beheben gewesen. Er verschwinde für ganze Tage, sei von seinem Vormund mehrmals gesucht worden, ohne Erfolg. Aber man müsse sich eben nicht wundern, aus jener Familie könne nichts Rechtes kommen, das sei altbekannt.

Ich verabschiedete mich sogleich und rannte über den Feldweg zum Weberhaus hinaus. Ein schwarzer Pontiac war davor geparkt. Ich sah ihn nur von weitem, da ich vom Pfad abwich und durch das Ährenfeld schlich, um nicht entdeckt zu werden. Es war der Wagen des Herrn Dätwyler, des Rektors der Primarschule.

An der Wigger war es wie immer, das Seil hing noch da. Von unten war das Klagelied des Häuptlings zu vernehmen. Ich ließ mich hinabgleiten und setzte mich neben ihn. Er hob bloß die Hand, zu sagen gab es nichts mehr. Ich stimmte ein in sein Lied.

Plötzlich hörten wir das Hufgetrappel der Komantschen. Es kam rollend näher, heulte kurz auf und verstummte. Wir wußten, der Feind war da, unausweichlich, übermächtig, und wir steigerten unsere Weise zum Todesgesang der Apachen.

Dann bewegte sich das Seil. Ein feindlicher Späher scharrte über den Kalk, ein Fuß erschien braun und kräftig, ein zweiter Fuß, die nackten Beine. Es war der lange Viktor, der falsche Amslergutkomantsche, und es freute ihn offensichtlich, daß er unseren Wigwam ausgespäht hatte.

Hier hocken sie, rief er hinauf, der Wassersepp und das Schalentier, ich kann sie beinahe berühren.

Er streckte eine Hand aus nach meinem Bein. Ich packte den reglos dasitzenden Apachen und stieß ihn aus der Höhle in den Kessel hinunter. Schreiend schlug er auf. Ich sprang ihm gleich nach. Unten schaute ich kurz zurück und sah auf der Mauer neben dem Pontiac Herrn Dätwyler stehen mit einem Polizisten. Ich faßte den Häuptling mit einem Arm um den Hals und tauchte mit ihm ab, um ihn, wie versprochen, aus der Gefahr zu holen und zu retten. Ich klemmte uns beide fest an der tiefsten Stelle, beschattet von einem der heruntergefallenen Kalkbrocken. Er zappelte eine Weile und schien wieder auftauchen zu wollen, den lauernden Komantschen eine sichere Beute. Aber ich klammerte ihn fest, er war mein Blutsbruder, den ich um keinen Preis hergeben wollte.

Es geschah nichts. Kein feindlicher Späher wagte sich ins Wasser, um zu uns hinabzustoßen, die feigen Kojoten, die Luftkomantschen trauten sich nicht. Bis ich merkte, daß Winnetou in meinem Arm erschlafft war. Ich packte ihn am Genick und drehte sein Gesicht zu mir. Es schien mir, sein Augenlicht sei erloschen.

Das war ein Schreck, sehr geehrter Herr Seelendoktor, der erste Wasserschreck, der in mich einfuhr, das entsetzliche Erwachen aus einem Wassertraum, an dessen Ende ich das, was ich am meisten liebte und zu wiegen gewillt war, leblos in meinen Armen vorfand. Ich faßte ihn an der Nase, um sie für die Sauerstoffzufuhr zu öffnen. Ich legte meinen Mund auf den seinen, um ihm Atem einzuhauchen, bis ich merkte, daß auch meine Lunge leer war. Ganz kurz dachte ich daran, unten zu bleiben, sein Sterben in Kauf zu nehmen und seinen Leichnam irgendwo unter der Böschung zu begraben. Aber ich stieß mich vom Grund ab und ländete ihn auf der Kiesbank, bereit, ihn den Feinden zu übergeben.

Der Polizist kam mit rotem Kopf herangewatet und betrachtete den leblos daliegenden Körper. Fluchend riß er sich die Krawatte vom Hals, öffnete den Kragen und hieß mich aufstehen. Ich tat, wie befohlen. Er hieb mir eine Ohrfeige herunter, die mich gleich wieder ins Wasser warf.

Herr Dätwyler erschien, auch er mit hochrotem Kopf. Er drehte Joseph auf den Bauch, hob ihn in den Lenden an und ließ das Wasser ausfließen. Gemeinsam trugen sie ihn die Böschung hoch zum Auto, um ihn ins Krankenhaus zu fahren.

Joseph konnte mit dem Beatmungsgerät, das ihm Luft in die erschlaffte Lunge preßte, gerettet werden. Er ist dann an einen mir unbekannten Ort verbracht worden. Verabschieden konnten wir uns nicht, wir haben uns nicht mehr gesehen.

Ich selbst bin von Rektor Dätwyler einen Nachmittag lang verhört worden. Warum ich meinen Kollegen habe ertränken wollen, fragte er, und wie ich es überhaupt geschafft hätte, so lange mit ihm unter Wasser zu bleiben. Warum ich diesen verdammten Schal trüge, und was das für eine Wunde sei, die er anläßlich der Rettungsaktion gesehen habe. Was wir in jener Höhle für Spielchen miteinander getrieben hätten. Bei dieser Frage fingerte er nervös eine Zigarette aus der Tasche. Warum wir uns beide derart abgesondert hätten von der übrigen Menschengesellschaft, ob wir geglaubt hätten, wir seien etwas Besseres? Und was mein Gerede von Scharlih und Blutsbrüderschaft eigentlich bedeuten solle? Winnetou sei ja schon recht, er habe ihn auch gelesen in früher Jugend, hier glitt ein flaches Lächeln über sein Gesicht, aber im Grunde sei das alles dreckiges Zeug und gehöre verboten. Ich sei straffällig geworden, schrie er plötzlich, mein Benehmen sei eines aufrechten Alemannen unwürdig, man falle doch nicht einem Blutsbruder in den Rücken, er dulde keine heimtückischen Kameradenschweine in seiner Schule.

Ich gab nur spärlich Antwort auf diese Fragen. Ich hätte den Häuptling der Apachen um keinen Preis verraten, selbst wenn ich in den Karzer gesperrt worden wäre. Ich sagte bloß, Old Shatterhand fürchte sich nicht, Scharlih halte treu zu seinem roten Bruder, der Häuptling der Komantschen möge seine Zeit nicht verschwenden und endlich den Marterpfahl aufrichten.

Raus, schrie er, raus, bevor ich mich vergesse.

Das war meine erste Begegnung mit der strafenden Ordnungsmacht infolge zu langen Aufenthaltes unter Wasser. Daß sie so glimpflich abgelaufen ist, war dreierlei Umständen zuzuschreiben. Erstens hatte ich ein ärztliches Attest, das mir Abnormität zubilligte. Zweitens kam Joseph aus der untersten Gesellschaftsschicht, um die man noch nicht viel Aufhebens machte. Das tönt hart, aber ich weiß, wovon ich rede, war ich selber doch auch nicht auf Rosen gebettet. Drittens scheute man damals ganz allgemein davor zurück, die offiziellen Untersuchungs- und Strafinstanzen einzusetzen. Was man unter der Hand bereinigen konnte, bereinigte man unter der Hand. Eine gewiß in vielerlei Hinsicht ungerechte Verfahrensweise. Aber man male sich doch bitteschön einmal aus, was in heutiger Zeit mit all diesen Sozialtanten und Gerechtigkeitsonkeln an den Schaltstellen des Erziehungssystems mit einem Jüngling, der seinen besten Freund minutenlang unter Wasser festklammert, geschehen würde. Er wäre ein gefundenes Fressen therapiegeiler Luft- und Weltverbesserer, er würde analysiert, hospitalisiert, psychotherapiert und zu Tode resozialisiert. Als ob ich bis zu meinem ersten letalen Fall je einer Psychotherapie bedurft hätte. Und auch dieser mein letzter Fall wird sich, wie meine fortlaufenden Aufzeichnungen zeigen werden, in schiere Komantschenluft auflösen.

Ein Wort noch zur Schuldfrage. Gewiß hätte ich um ein Haar den Tod meines liebsten Freundes verursacht. Aber warum mußte der Rektor mit jenem Polizisten erscheinen? Sie hätten uns ruhig gewähren lassen können, es wäre dem Wassersepp bestimmt besser ergangen als in der Anstalt. Zudem war ich genug gestraft durch den Wasserschreck, der in mich eingefahren war.

In den folgenden Wochen habe ich mich von allen menschlichen Kontakten ferngehalten. Bei Niklausens habe ich mich nur noch gezeigt, wenn ich Milch und Kartoffeln holen mußte. Besonders der Melker schien einen Groll gegen mich zu hegen und hat kein Wort mehr zu mir gesagt. Denn obschon auch er die Leute aus dem Weberhaus verachtete und mehrmals üble Beschimpfungen gegen jene beiden Trottoiramseln, womit er die beiden Schwestern meinte, ausgestoßen hatte, war Joseph doch ein waschechter Altacher. Und ein Altacher stieß seinen Freund niemals hinterrücks ins Wasser, wie er verlauten ließ.

Es war die alte Marie, die zu mir gehalten hat. Ich stand eines Abends an ihrem Herd und ließ mir von ihr den Milchkessel füllen. In der Küche war Schweigen, niemand sagte ein Wort. Als der Kessel voll war, hängte sie die Schöpfkelle an die Brente zurück und fuhr mir mit der Hand über den Schädel.

Du hast ihn retten wollen, nicht wahr? fragte sie.

Ich nickte.

Er hat sich verheddert unten auf dem Grund, fuhr sie weiter, so wie du dich damals im Gepäckträger des Fahrrades verheddert hattest, als dich Fridolin herausholte.

Wieder nickte ich.

Du hast ihn auf keinen Fall ersäufen wollen, sagte sie.

Ich stellte den Milchkessel auf den Herd, setzte mich an

den Tisch und fing an zu schluchzen. Es war eine Menge Flüssigkeit, die aus meinen Augen tropfte. Ich stellte das mit Verwunderung fest, denn ich habe fast nie geweint in jener Zeit.

Als ich nach einer Weile aufhörte und mir mit dem Taschentuch das Gesicht abwischte, sah ich, daß Niklausens ganze Belegschaft um den Tisch saß und weinte. Nur der Melker war hinausgegangen, vermutlich stand er fluchend und schnupfend im Stall.

Somit war ich wieder aufgenommen im Hof, wenigstens von den Weibern. Aber unterschwellig, im Erdwasser, Sumpfwasser, Tiefwasser, blieb ein Verdacht.

Mehrmals habe ich den Versuch unternommen, mich aufs neue im Keller unten anzusiedeln und dortselbst die Geborgenheit zu suchen, die ich von früher kannte. Pubertierende Regression ins frühkindliche Larvenstadium, wie Sie mokant monieren werden. Mit Recht übrigens, das sei gern zugegeben. Nur hat es nicht funktioniert. Zum einen waren die Grasfrösche ausgezogen, es war Spätsommer, sie hockten in den Hecken und Matten. Kein Lockknarren mehr, keine kußgeilen Brunftschwielen, nur Schnaken und Stabwanzen. Zum andern war ich diesem Kellerloch schlicht entwachsen. Es gibt im Leben keinen Weg zurück.

Ganze Nachmittage lang lag ich in meiner Kammer auf der Heumatratze, wo ich auch die Nächte verbrachte. Eingerollt wie ein Embryo, in halbwacher Starre, träumend und phantasierend. Ich sah Iltschi vor mir, den treuen Rappenhengst des Apachen, der mich mit feuchten Nüstern in die Seite stieß, um mich vor dem nahenden Feind zu warnen. Dankbar streichelte ich seine schwarzglänzende Mähne, schwang mich auf seinen Rücken, und ab ging's wie der Sturmwind mitten durch die Horden der Komantschen, der offenen Prärie entgegen, wo an einem Creek ein Wäldchen stand, in dessen Schutz mich Winnetou erwartete.

Meist aber reichte die Kraft der Phantasie nicht zu solchen Romanzen. Der Wasserschreck saß zu tief in mir drin, und aus der Strömung glänzten die erloschenen Augen.

Selbstverständlich habe ich häufig onaniert, mehrmals hintereinander jeweils die Zweisamkeit suchend, die ich nie fand. In dieser Beziehung wenigstens war ich ein völlig normaler Junge. Nur daß diese monomane Tätigkeit, die normalerweise freudige Erregung hervorruft, bei mir in verbissener Lustlosigkeit geschah, wohl infolge des Mangels an Wasser. Es war für mich jedesmal ein trostloser Anblick, den ejakulierten Spermatropfen auf meinem trockenen Bauch liegen zu sehen und wegwischen zu müssen. Die Wasseronanie hatte ich damals leider noch nicht entdeckt. Ist diese Form der Selbstbefriedigung doch wesentlich ersprießlicher als die Onanie zu Lande, da das menschliche Ejakulat von den Fischen an Kaviars Statt geschätzt und verschlungen wird, wessen ich mich oft und gern mit eigenen Augen versichert habe.

Gewässert habe ich mich nur noch selten, und wenn, dann kurz und sachlich in der Lagune. Das hat dazu geführt, daß meine Wunde meist offenstand. Auch bin ich bis aufs Skelett abgemagert, ein bleicher, knochiger Jüngling mit wasserkopfartigem Schädel.

Meine Mutter hat sich sichtlich Sorgen gemacht um mich. Jedenfalls verkümmerte sie zusehends. Ihr Haar, das früher hell geleuchtet hatte, wurde dünn und stumpf, und ihr Gesicht erhielt einen leidenden Zug, der sich nur noch zum freundlichen Lächeln aufhellte, wenn sie die Kohlmeisen fütterte. Sie trug in ihrer Schürzentasche stets Haselnüsse mit sich herum, und immer, wenn sie ein Fenster

öffnete oder in den Garten ging, um Gemüse zu holen –
den Keller hatte sie längst aufgegeben – flatterten die Vögel
herbei, um sich auf ihre Hand zu setzen und die darge-
reichte Nuß zu picken. Einmal an einem Frühsommermorgen hat eine ganze Meisenfamilie auf ihr gesessen. Sie
stand im Garten, die linke Hand mit der Nuß ausgestreckt,
und drei der Jungvögel mit dem mattschwarzen Bruststrei-
fen hockten auf ihrem Kopf.

Sonst war sie meist verhärmt. Vielleicht hat schon damals
die Schwermut der unteren Aare in ihr auszuufern begonnen. Oder aber ihre Trauer war in den realen Bedingungen
ihres Alltags begründet. Jedenfalls waren diese keineswegs
so, wie sie es sich gewünscht hätte. Von ewiger Liebe und
Treue konnte keine Rede mehr sein. Der Bottensteiner
war endgültig in Richtung Polin entschwunden, mit ihm
der Browning und das dreigängige Fahrrad. Alimente hat
er wohl keine gezahlt. Jedenfalls habe ich nie etwas von
solchen Geldern bemerkt. Vermutlich ist er gerichtlich be-
trieben worden. Aber wie ich zu hören bekam, im Städtchen bekam man alles zu hören, hatte er seine Stelle in der
Strickerei verloren und war gezwungen, sich den Lebens-
unterhalt mit Gelegenheitsarbeiten zu verdienen.

So wäre bei uns Schmalhans Küchenmeister gewesen,
hätten wir nicht neben Niklausens gewohnt. Brot, Milch
und Kartoffeln waren stets genug da, und zwar, da Mutter
manchmal auf dem Hofe mithalf, gratis, was alter Bauern-
tradition entsprach.

Einmal hat sie mich in meiner Kammer aufgesucht, um
mich zur Rede zu stellen. Sie setzte sich nicht, sie war zu
nervös dazu. Es kostete sie sichtlich Mühe, mit ihrem Sohn
zu reden.

Warum stehst du nicht auf? fragte sie.

Weil ich nicht stehen will.

Aber du hast doch Beine und Füße.

Dazu schwieg ich, und sie strich sich über ihr mattes Haar.

Junge Burschen gehen hinaus und spielen mit den Gespanen, behauptete sie. Soll ich dir einen Fußball kaufen?

Nein.

Hast du eine Freundin?

Ich schüttelte den Kopf.

Was ist eigentlich geschehen an der Wigger draußen?

Ich drehte mich auf die andere Seite und schwieg.

Ich habe nur dich, sagte sie, und ich möchte, daß es dir gut geht.

Es geht ganz gut.

Ich habe niemanden mehr, mit dem ich reden kann, sagte sie, ich rede nur noch mit Niklausens Katzen.

Und mit den Kohlmeisen, sagte ich.

Jetzt setzte sie sich und überlegte.

Möchtest du ein Vogel sein? fragte sie plötzlich.

Diese Frage überraschte mich, ich hockte mich auf und starrte sie an.

Warum? fragte ich.

Ein Lächeln glitt über ihr Gesicht, unverhofft herzlich.

Siehst du, sagte sie, jetzt sitzt du schon, und bald wirst du wieder stehen.

Sie zog eine Schachtel aus der Schürzentasche und gab sie mir. Sie enthielt gelbe tropfenförmige Tabletten.

Die mußt du essen, jeden Tag zwei. Eine am Morgen, eine am Abend. Und morgen gehst du zur Schule.

So war meine Mutter, lieb und schlau. Und trotzdem hat sie der Wassermann geholt.

Am andern Morgen, nachdem ich Milch und Brot zu mir genommen und eine der Tabletten gelutscht hatte – es war ein gräßlich schmeckendes Lebertranpräparat, das mir ölig aufstieß –, machte ich mich auf den Weg in die Schule. Sie war in einer riesigen Anlage aus dem letzten Jahrhundert untergebracht, aus Sandstein gebaut mit zwei Seitenflügeln. Ein Repräsentationsgebäude von beinahe fürstlicher Grandezza, zum Zeichen errichtet, die Zeit der mittelalterlichen Volksdummheit sei überwunden, die bürgerliche Arschkriecherbildung habe das Zepter übernommen. Die Treppenhäuser wie Kirchen so hoch, die Aula ein Prunksaal, die Toiletten verstopft und stinkend. Unten im Kellergeschoß war in den letzten Kriegsjahren der Luftschutzbunker eingerichtet gewesen. Wir hatten ihn unter der Führung von Tante Lina ein paarmal aufsuchen müssen.

Herr Boller, der widerliche Schlägerkomantsche, begrüßte mich nur kurz, obschon ich, die Ferien waren längst vorbei, um Wochen zu spät erschien. Offenbar war er von Rektor Dätwyler dahingehend informiert worden, daß ich ein äußerst dubioses Subjekt sei, das in absehbarer Zeit in irgendwelche Gosse abtauchen würde, und daß es sich deswegen keinesfalls lohne, mit mir auch nur ein einziges Wort zu wechseln. Jedenfalls hat er mich stets wie Luft behandelt, was mir nur recht war, konnte ich doch so auch während der Lektionen meinen Wasserphantasien nachhängen. Geschlagen hat er mich nur wenige Male, wegen geistiger Absenz, wie er es nannte, nie auf den Kopf, immer auf die linke Hand, die ich waagrecht auszustrecken hatte, um die Hiebe zu empfangen.

Andere, vor allem solche mit schlechten Noten, hat er weniger zurückhaltend verprügelt. Der Stock traf Ohren und Nasen, wie es gerade kam, Beulen und Kopfschwartenrisse zurücklassend. Bei mir getraute er sich nicht, er wußte um meine Halswunde, die ärztlich geschützt war.

Der Stock wurde jedes Halbjahr ausgewechselt. Boller erteilte den Auftrag dazu an seine zwei Lieblingsschüler, freudig lächelnd, denn dies war die höchste Auszeichnung, die er zu vergeben hatte. Nie hat einer dieser Arschkriecher dankend abgelehnt, stets sind sie umgehend mit einer sorgfältig zugeschnittenen Haselrute aufgetaucht, die Boller zur Probe zischend durch die Luft sausen ließ.

Er wäre mir bestimmt trotz des Attests liebend gerne härter zu Leibe gerückt, aber ich habe mich schon früh gegen jede schulische Erpreßbarkeit zu wehren gewußt, indem ich mir in den wichtigen Fächern nie eine Blöße gegeben habe. Die Wasserintelligenz ist eben der Luftintelligenz in jeder Hinsicht überlegen, man denke zum Beispiel nur an das Auge des Taumelkäfers, das gleichzeitig Luftsicht und Wassersicht hat, was bedeutet, daß es beide Elemente synchron überblicken kann.

Nicht aus schnöder Berechnung habe ich den Lehrstoff bewältigt, sondern aus simpler Neugier. Was hätte ich sonst in meiner Einsamkeit tun sollen? Lesen und schreiben waren kein Problem. Das Rechnen hat mich als witziges Zahlenspiel bestens unterhalten, wie später auch Algebra und Geometrie. Seen und Flüsse konnte ich bald in der Reihenfolge ihrer Größe und Länge hersagen. Französisch lernte ich leicht, kannte ich mich doch in den Idiomen der Quaker und Knarrer aus. Später kamen Latein und Griechisch dazu, wobei ich schnell gemerkt habe, welch wundervolle Wasserkulturen diese beiden alten Sprachen repräsentieren. Man lese doch bitteschön wieder einmal Ovids »Metamorphosen«, in denen es von amphibischen Verwandlungen nur so wimmelt.

Heutzutage gehen ja gewisse Tendenzen dahin, die alten, klassischen Sprachen abzuschaffen. Ein Skandal! Wer weiß dann noch etwas von unser aller Wassergenese zu berichten?

Vom Turnen war ich dispensiert, erhielt folglich keine Note. Zeichnen ausgesprochen schlecht, weil sich beim Anfassen eines Farbstifts stets ein gewisser Druck zwischen meinen Fingern entfaltet hat, der den Stift zum Erzittern brachte. Singen schwach. Ich habe aus meiner Kehle nie mehr als Josephs drei Töne herausgebracht. Ordnung und Reinlichkeit miserabel. Fleiß genügend, Betragen schlecht.

Im ganzen war ich von den Noten her immun. Das hat die Pauker, denen ich auf den verschiedenen Bildungsstufen begegnet bin, mehrmals aus der Fassung gebracht. Boller zum Beispiel hat mich einmal nach vorne gebeten, um mich ein Gedicht rezitieren zu lassen. Ich habe es seiner eiskalten Arroganz angemerkt, daß er mir damit den entscheidenden Schlag zu verpassen gedachte. Hielt er mich doch, da er mich noch nie reden gehört hatte, für unfähig zur verbalen Gestaltung eines dichterischen Werkes. Es war »Der Taucher« von Friedrich Schiller. Ich löste diese Aufgabe, ohne auch nur einmal zu stottern, worauf es mehrere Sekunden lang still blieb. Ich wartete, was kommen würde, eine Ohrfeige, ein Hieb auf den Kopf. Die ganze Klasse saß ruhig, wie benommen. Plötzlich streckte Boller den Arm aus, ich zuckte zusammen, aber er ergriff bloß meine Hand. Er schüttelte sie lange und nickte mehrmals.

Gratuliere, Moses, sagte er, das hast du ergreifend gemacht.

Solch überraschende Lobesbezeugungen habe ich mehrfach erlebt, auf den verschiedensten Stufen. Ich habe sie nie recht begriffen. Erst ödeten mich die Luftbanausen wochenlang an, bloß darauf wartend, mir eine runterhauen zu können. Dann plötzlich gratulierten sie mir.

Auch Sie haben mich kürzlich als Ihren bisher interessantesten Fall gelobt, nachdem Sie mich vorher monatelang in meinen seelischen Innereien haben herumwühlen lassen, ohne selber ein Wort zu sagen. Was ist denn so Besonderes an mir?

Ich habe mir die Schwierigkeit meiner Beziehungen zum Tieflandlehrkörper so zu erklären versucht, daß dieser insgesamt von Grund auf dem Wasser entfremdet worden war. Das waren Luftakrobaten, entwurzelte Aeropädagogen, dehydrierte Trockenübungsstrategen, die ohne hereinbrechenden Ernstfall auszukommen genötigt waren. Der Ernstfall, das wäre das Eintauchen gewesen ins Meer der Tränen, in den Fluß des Leidens, in den Teich des blanken Entsetzens, in den Krieg. Davon waren sie verschont geblieben. Aus eigenem Verdienst, wie sie sich nach Friedensschluß einzureden begannen. Zu Beginn des Krieges hatten sie, die alle der Armeeführung angehörten bis hinauf zum Obristen, noch gezittert und gebebt wie espenblättrige Luftwurzler. Und mancher hatte den rechten Arm zum Hitlergruß gehoben, um seine Unterwerfung unter die braune Übermacht anzuzeigen. Als aber der Wedel kehrte, respektive die Niederlage der Achsenmächte abzusehen war, hielten sie sich plötzlich insgesamt für standfeste Demokraten. Die Tieflandarmee wurde zur schlagkräftigsten der Welt erklärt. Die helvetischen Käsesorten waren nun plötzlich die würzigsten, die Uhren die genausten, die Lokomotiven die zugkräftigsten. Und sie selber, die dürrbeinigen Luftwackler, hatten den Krieg höchstpersönlich gewonnen.

So sind sie vom nährenden, lauteren Wasser der Wahrheit separiert worden wie ein Nebenarm in den Wässermatten, dem durch ungeschicktes Umstellen des Wuhrs alles Naß entzogen wird. Er muß austrocknen, die Feuchtpopulation siecht dahin und verendet.

Verzeihen Sie bitte die gehäuften Hydrometaphern, sehr geehrter Herr Seelendoktor. Aber sie eignen sich bestens zur Darstellung des Psychogramms jener Jahre. Ist doch das Wasser zu allen Zeiten vergleichend herangezogen worden, wenn es galt, unbewußte seelische Vorgänge darzustellen.

Die gesamte Lehrerschaft, Manchesterknarrer, Dürrschwänzler, Trockenfurzärsche, war verlandet und versteinert. Was sich auf uns, auf die heranwachsende Generation, die den feuchten Wiesen entstieg, um sich zu entfalten, verheerend auswirken mußte. Haßten die Dürrstelzer doch nichts so wie das junge Wassergetier, das sich anschickte, dem Taumelkäfer gleich – Luftsicht und Wassersicht – beide Elemente zu ergründen, den trockenen Schein und die nasse Wirklichkeit, indem es die einzelnen Lehrergestalten einer unbarmherzigen Kritik unterzog und mit dem triefenden Spott der Adoleszenz neu zu taufen begann. So erhielt der hochaufgeschossene Naturkundelehrer, der das Fußballspiel während der Schulpause untersagte und immerzu spitzknöcherne Kopfnüsse austeilte, den Übernamen Storch. Den Mathematiklehrer, der sich während der Lektionen die wenigen Haare, die aus seinem Schädel wuchsen, abzuschnipseln pflegte, nannte man Krötenscherer. Der Französischlehrer, der die gallischen Nasallaute unters Jungvolk zu bringen versuchte, hieß bald einmal Schlammnäsler. Namen also, die einiges über die wahre Natur dieser Männer aussagten, indem sie diese ins Feuchtgebiet zurückbuchstabierten.

Vom historiographischen Standpunkt aus, die Geschichtswissenschaft ist mir in meinen einsamen Stunden

stets eine liebe Begleiterin gewesen, muß diese Selbstent-
wässerung der Pädagogen in den größeren Zusammenhang der tiefländischen Gewässerkorrektionen aus dem
letzten Jahrhundert gestellt werden. Damals wurden mit
aller Kraft der aufstrebenden Industrie riesige Moorge-
biete trockengelegt, was als bahnbrechende Pioniertat galt,
vergleichbar der Entdeckung Amerikas. Kröten, Frösche
und Molche wurden millionenfach hingemetzelt, eine
Schandtat, die der Ausrottung der nordamerikanischen In-
dianer in der Zeit von wenigen hundert Monden in nichts
nachstand. Was kreuchte, war schlecht, was fleuchte, gehörte ausgerottet im Namen des Fortschritts. Weg mit
Rothaut, weg mit Feuchthaut. Verbrechen zuhauf, und
über die leeren Ebenen stampfte das Feuerroß.

Ein sehr erfolgreicher Kriegszug war das, denn Rothaut
und Feuchthaut waren hoffnungslos unterlegen. Nur daß
die Drainagenleger und Meliorierer vergaßen, daß sie ihre
eigene Herkunft wegmeliorierten.

Wir als die letzte Wassergeneration sollten nun endgültig trockengelegt und zu arschkriechenden Luftdienern
umerzogen werden, angepaßt ans dehydrierte System der
sich fortschrittlich nennenden Dürrhäute. Wir waren ihre
geborenen Feinde, spritzend und plantschend in jeder
Pfütze, immerzu auf dem Sprung, ihre versteckten Schlupf-
und Feuchtlöcher aufzuspüren, die nassen Wigwams, aus
denen sie ursprünglich kamen und in die sich jeder von ihnen heimlich zurücksehnte. Davor fürchteten sie sich, vor
dieser Aufstöberung ihrer Vergangenheit, die sie zu ver-
drängen und zu vergraben suchten. Sie kämpften gegen
ihre eigene Herkunft, indem sie auf uns eindroschen. Und
mich, das Wassertier schlechthin, der Häuptling der Feuchthäute, hätten sie am liebsten in die ewigen Sumpfgründe
geschickt.

So sehe ich das. Und ich weiß, daß mein Taumelkäfer-auge richtig sieht. Hat es doch gleichzeitig Gegenwart und Vergangenheit im Blick.

Die Weltlage hatte sich damals, wie bekannt, erd-rutschartig verändert. Von Osten her hatten sich die fünfzackig besternten Amphibienpanzer, durch Matsch und Moor klirrend, bis nach Mitteleuropa vorgekämpft, dem braunen Geschrei ein Ende setzend, Hab und Gut kommunalisierend. Eine Vorgehensweise, die von den ein-heimischen Tieflandkommentatoren mit größtem Wider-willen zur Kenntnis genommen und lauthals kritisiert wurde, hatten sie doch in ihren Banksafes riesige Raub- und Fluchtkonten geäufnet, um deren Fortbestand sie im Falle eines Weiterrollens jener Panzer bis zum Atlantik hätten fürchten müssen. So wurde alles, was mit der Idee der Kommunalisierung in Zusammenhang gebracht wer-den konnte, vorsorglich in Acht und Bann getan, was mir nie richtig einleuchten wollte. War doch das Tiefland bis hin zu Alpenfirn und ennetbirgischen Besitzungen von der Idee der Genossenschaft durchdrungen, ja geradezu durchtränkt, was sich am alljährlich wiederkehrenden Na-tionalfeiertag Anfang August in gewaltigen Bierorgien ma-nifestierte.

Ich selber habe mit dem Gedanken der Kommunität nie ein Problem gehabt. Sie ist das organisatorische Prinzip je-der Feuchtpopulation. Der Teich gehört allen, als Wohn-raum und als Produktionsmittel. Mehrwert wird von nie-mandem abgeschöpft, weder von Frosch und Unke noch von Kröte und Molch.

Nur bei der Fortpflanzung herrschen kapitalistische

Konkurrenzprinzipien. Hierbei gilt: Wer hat, gewinnt. Wer nicht hat, verliert. Das Weib muß im Teich mit harter Leistung erstritten werden, sei es mit Quaken, Unken oder Lockknarren. Wer sich ein Weibchen erkämpft hat, beziehungsweise von ihm auserlesen wurde, klammert sich an ihm fest und läßt sich zum Teich tragen, um dortselbst zu kopulieren. Aber aufgepaßt, es lauern die Wegelagerer, die sich an fremdem Eigentum bereichern wollen, indem sie das kunstvolle Singen und Trommeln erfolgreicherer Nebenbuhler auszubeuten versuchen. Sie springen auf ein vorbeikriechendes Weibchen, auf dem bereits der Auserlesene hockt, sie klammern sich fest, zu dritt, zu viert, als hätten sie das Weibchen selber herangeknarrt. Sie gefährden mit ihrer nackten Besitzgier die ganze Gruppe. Das Weibchen, beladen und umklammert von ungebetenen Nutznießern, kann plötzlich die Teichoberfläche nicht mehr halten und sinkt in unaufhaltbarer Baissebewegung ab auf den Grund, wo es mit den klammernden Männchen ertrinkt.

Solcherlei Unglücksfälle sind die Ausnahme im Teich, herbeigeführt vom blindmachenden Eros, der über Tod und Leben gebietet. Im allgemeinen indessen funktioniert so eine Wasserpopulation ganz gut nach dem Prinzip der Kommune, das besagt, daß alles geteilt wird und für alle genug da ist. Eine Wasserregel, die von den Luftbeinern getrost übernommen werden könnte, zu ihrem eigenen Nutzen. Aber die wollen nicht, sie weigern sich standhaft, die Wasserintelligenz als die am höchsten entwickelte Vernunft anzuerkennen.

Damals nach dem Krieg, in der allgemeinen tiefländischen Siegeseuphorie, feierten die Antikommunarden im Lehrkörper, und er bestand nur aus Antikommunarden, wahre Urständ. Bei jeder Gelegenheit setzten sie an zu

Haßtiraden gegen Stalin und Konsorten, zu übelster Verleumdung der wenigen, hierselbst sich aufhaltenden Kommunarden. An denen war scheint's überhaupt nichts mehr recht, nicht einmal mehr der aufrechte Gang. Ein übler pädagogischer Fehler war das, denn selbstverständlich erreichten sie das genaue Gegenteil dessen, was sie beabsichtigten. Einige wenige von uns, es waren die Aufgeweckteren, von den Arschkriechern rede ich hier nicht, die kriechen in allen politischen Systemen, stellten die logische Überlegung an, daß das, was so viel dummen Haß erzeuge, mit Sicherheit etwas für sich haben müsse und durchaus prüfenswert sei.

In hohem Maße geholfen hat mir hierbei Jakob Hufnagel, ein hochaufgeschossener Brillenträger von bleicher Gesichtsfarbe. Es war in einer Klasse der Oberstufe. Ich saß wie stets zuhinterst allein in einer Bank, als der Deutschlehrer mit dem Übernamen Fadenmolch wieder einmal gegen einen Kommunarden vom Leder zog, der im Nationalrat die Gleichberechtigung der Frau, die Abschaffung der Kreditbank und die Auflösung der Gebirgsinfanterie gefordert hatte – Friede den Alpen, Krieg den Tresoren! Mann und Frau seien nun eben einmal von Natur aus ungleich und für verschiedene Aufgaben bestimmt, behauptete Fadenmolch, Frau an den Herd, Mann ans Gewehr. Die Kreditbank sei der Hort der Freiheit, behüte sie doch das mit Fleiß und Schweiß erwirtschaftete Volksgut gegen fremdländische Habgier. Und wie könne der brave Senn droben über der Waldgrenze käsen, wenn ihn der Gebirgsfüsilier nicht vor fremden Eindringlingen beschütze? Logisch schien diese Beweisführung allen, die Mädchen schwiegen, die Arschkriecher nickten. Nur drüben beim Fenster sah ich ein überlegenes Grinsen auf Jakob Hufnagels Gesicht.

Was grinst du so frech, fragte Fadenmolch, bist du nicht einverstanden mit mir?

Nein, sprach Jakob, das ist reaktionärer Unsinn, was Sie hier verzapfen, gänzlich undialektisch gedacht und absolut klassenfeindlich.

Diese Antwort war unerhört. Stille herrschte, Fadenmolch japste nach Luft. Dann faßte er sich, ging hin zu Jakob und hieb ihn mit einem einzigen Schlag vom Stuhl.

Jakob blieb benommen liegen, bis er sich hochrappelte, seine kaputte Brille ertastete und wieder aufsetzte.

Ich sehe nichts ohne Brillengläser, sagte er. Führt mich jemand nach Hause?

Jawohl, sprach Fadenmolch, und zwar Moses Binswanger, dann sind die zwei Richtigen zusammen.

Ich nahm ihn bei der Hand. Er zitterte immer noch, vermutlich wegen des Schocks, den der Schlag ausgelöst hatte. Er wohnte in der Ruhbank, einer Ansammlung von in Plattenbauweise errichteten Arbeiterhäuschen.

Fadenmolch sei ein Klassenfeind, behauptete er auf dem Heimweg, wie übrigens der gesamte Lehrkörper aus Klassenfeinden und Söldlingen des Kapitals bestehe, aus Schmarotzern, die im Schutze von Militär und Polizei das heranwachsende Proletariat willentlich verdummen, damit es von den Kapitalisten besser ausgebeutet werden könne. Jener Kommunarde, der im Nationalrat die von Fadenmolch kritisierte Petition eingereicht habe, liege voll auf der historisch richtigen, unfehlbaren Linie. Erst müsse das Weib befreit werden, um seine revolutionären Produktivkräfte zu aktivieren. Dann müssen Banken und Militär, die Akkumulations- und Unterdrückungsmittel des Kapitals, abgeschafft werden. Selbstverständlich werde das nicht ohne Kampf möglich sein, noch nie habe die herrschende Klasse freiwillig abgedankt. Aber er sei gerüstet für diesen

Kampf, er bereite sich vor durch dialektische Schulung seines Klassenbewußtseins, indem er jeden Abend vor dem Einschlafen zehn Seiten Marx durchackere. Ob ich sein Genosse werden möchte?

Vor seinem Haus hieß er mich warten und ging hinein. Nach wenigen Minuten erschien er wieder mit Reservebrille und dem ersten Band von Marxens »Kapital«, den er mir überreichte.

Aller Anfang ist schwer, sagte er, wenn du etwas nicht verstehst, werde ich es dir erklären.

Ich habe am selben Abend angefangen zu lesen. Es war wirklich schwer, wie mein Genosse prophezeit hatte. Ich hatte noch nie solche Sätze vor Augen gehabt. Es gab keine Geschichte, weder Anfang noch Ende, keine Abenteuer, weder zu Lande noch zu Wasser. Nach den ersten hundert Seiten gestand ich mir ein, daß ich nichts begriff von dem, was ich las, und ich gab das Buch Jakob zurück. Er nahm es mir nicht übel, meinte bloß, dann bliebe ich eben im Sumpf der Ignoranz stecken.

Ich habe ihn oft und gern besucht. Er hatte sich im Keller unten eine Art Museum eingerichtet, das er Labor nannte und worin er mehrere Dutzend Tierarten aus den umliegenden Teichen ausgestellt hatte, in Spiritus eingelegt und fachmännisch beschriftet. Vollständig war diese Sammlung keineswegs, das habe ich schon bei meinem ersten Besuch dortselbst festgestellt. Jakob war zwar ein hervorragender Schulbiologe. Aber das Wasserauge, das ihm auch die verstecktesten Käfer und Würmer entdeckt hätte, besaß er nicht.

Immerhin waren vertreten die Erdkröte, Kreuzkröte und Geburtshelferkröte; die Gelbbauchunke; der Grasfrosch, Grünfrosch, Laubfrosch; Bergmolch, Kammolch, Fadenmolch, Teichmolch; der Feuersalamander, dessen gelbe

Warnfärbung im Sprit wie Goldnuggets aufleuchtete. Dann die Libellenlarven, die gefährlichen Räuber vom Typ der Aeschna, Libellula und Schlankjungfer. Die Spitzschlammschnecke, Posthornschnecke, Sumpfdeckelschnecke, deren kolbig verdickter Geschlechtsteil deutlich erkennbar war. Teichmuschel, Flußmuschel, Kugelmuschel. Der Bitterling, ein kleiner, karpfenartiger Fisch, den ich, weil in Altachenbach und Wigger nicht vorhanden, nicht kannte. Dieser sei, so dozierte Jakob, für seine Fortpflanzung auf eine Muschel angewiesen, indem das Weibchen seine Eier in deren Einströmöffnung lege, wo sie vom Männchen besamt würden. Im Schutze der Muschel würden die jungen Bitterlinge wohlbehütet aufwachsen, bis sie nach anderthalb Monaten die schützenden Schalen verließen und das Weite suchten, wovon die Muschel nun ihrerseits profitierte, würden sich ihre Larven doch an die ausziehenden Jungfische klammern, um einen neuen Standort zu finden. Eine Symbiose beidseitigen Nutzens sei das, ein beglückendes Nehmen und Geben, indem die Hausbesitzerin ihre Untermieter keineswegs kapitalistisch aussauge, sondern ihnen willig Obdach gewähre, wohl wissend, daß dieser Handel ihrem eigenen Nachwuchs zugute komme.

Desgleichen stehe es überhaupt nirgends festgeschrieben, daß das Aufziehen der eigenen Nachkommenschaft bloß dem weiblichen Teil eines fortpflanzungswilligen Paares aufgebürdet werden müsse. Das Beispiel des dreistachligen Stichlings, Jakob wies auf ein Spritglas, worin ein kleiner Raubfisch mit rotem Bauch und blauen Augen aufglänzte, zeige, daß es auch anders gehe, nämlich umgekehrt. Das Männchen dieser Fischart baue ein röhrenartiges Nest, locke das Weibchen balztanzend hinein, stößle mit der Schnauze gegen dessen Schwanzwurzel, worauf das Weibchen seine Eier ablege und auf Nimmerwiedersehen verschwinde. Das Männchen besame hierauf die Eier, bewache und pflege sie, fächle mit Schwanzflossenschlägen Wasser ins Nest, bis die Jungfische ausschlüpfen.

Ein hervorragendes Beispiel der Kommunalisierung sei dies, indem das Fischweib befreit werde von der Sklavenarbeit der Kinderaufzucht und der Fischmann die Nachwuchspflege übernehme. Was im Kapitalismus eben nicht möglich sei, da in diesem System beide versklavt würden, der Mann in der Fabrik, das Weib an der Wiege.

Ich habe Jakob stets mit Interesse zugehört, hatte er doch ein spezialisiertes Fachwissen, das er aus Biologiebüchern bezog. Ich selber verfügte wohl über die breiteren Wasserkenntnisse, die ich mir allerdings bloß empirisch, ohne jede erklärende Theorie, erworben hatte. So wußte ich zum Beispiel längst aus eigener Anschauung um das Zickzackspringen der Stichlinge, hatte indessen nicht geahnt, daß dies der Balztanz der Männchen war.

Er hat mir seine Bücher ausgeliehen, eines nach dem andern, um mich nicht zu überfordern, wie er sagte. Ich habe sie alle gelesen und so das Fundament meiner umfassenden hydrobiologischen Bildung gelegt, der ich später meinen pekuniären Fortbestand zu verdanken hatte. Auch hat er sich immerzu bemüht, von der symbiotischen Teichgesellschaft ausgehend, mir verbal die menschliche Klassengesellschaft zu erläutern, die in der Figur des Kapitalisten gipfelte, des Hechts im Karpfenteich.

Den Schal habe ich in seiner Gegenwart nie ausgezogen. Er wußte mit Sicherheit, daß ich darunter etwas verbarg, was hätte Anstoß erregen können. Er hat nie danach gefragt. Nur einmal hat er mit überlegenem Grinsen diesbezüglich gemeint, im Kapitalismus hätten alle etwas zu verstecken, da dieser das Individuum sich selbst entfremde und ihm somit verunmögliche, die eigene Identität zu finden und produktiv auszuleben.

Von seiner ganzen Anlage her mußte man ihn wohl als vereinsamten Sonderling mit hochentwickeltem Verstand und einigen Gefühlsdefiziten bezeichnen. Folglich wäre er prädestiniert gewesen zur professoralen Laufbahn. Er hat zwar, wie ich Jahre später gehört habe, in Biologie doktoriert, hat indessen keine Dozentenstelle erhalten, da er in der einschlägigen Kommunardenpresse nicht nur den Vaterschaftsurlaub für schoppenstillende Männer verlangt hat, sondern auch die Aufhebung der Juragewässerkorrektion. Was ihm, wie aus der damaligen allgemeinen Sicht der Dinge leicht verständlich, die akademische Karriere gekostet hat. Er sei dann nach Kanada ausgewandert.

In jener Zeit habe ich mich wieder vermehrt am Amazonas aufgehalten. Nicht nur, um zu wässern, sondern vor allem aus wissenschaftlicher Neugier. Ich wollte überprüfen, ob das, was ich in Jakobs Labor erfahren und in seinen Büchern gelesen hatte, der Wirklichkeit standhielt und als empirisch gesicherte Erkenntnis gelten konnte.

Ich wurde nicht enttäuscht. Viele Unterwasservorgänge, die ich bisher wohl bemerkt, aber nicht nach ihrer Bedeutung befragt hatte, erhielten jetzt ihren einleuchtenden Sinn. So faltete der Bergmolch die Blätter der Wasserpflanze, auf denen er hockte, nicht deshalb mit seinen Hinterbeinen zusammen, um besser sitzen zu können, sondern um Samentaschen für sein Sperma anzufertigen, mit dem dann jedes vorbeiwandernde Ei befruchtet werden konnte. Und die beiden Kammolche, die sich Kopf gegen Kopf gegenüberstanden, hatten nicht Streit miteinander, sondern waren ein kopulierendes Paar. Der eine, der sich schwanzfächelnd zurückzog, war nicht der unterlegene. Er war das Männchen, das eben sein Samenpaket abgesetzt hatte und nun daran war, das Weibchen vorwärtszulocken, damit es darüberkroch und den Samen aufnahm.

Eines Juniabends kauerte ich unter der Eisenbrücke und schaute zu, wie eine Libelle ausschlüpfte. Die Larve klebte an einem Schilfrohr. Die Rückseite ihrer Brust war aufgeplatzt, die Imago hatte Kopf, Beine und Flügel herausgezwängt und hing nach unten. Sie begann, die Flügel zu strecken und deren Geäder mit Blut zu füllen. Ich hatte diesen Vorgang schon mehrmals beobachtet, ich wußte, daß sie sich jetzt nach oben biegen und mit den Beinen am Rohr festhalten würde. In dreistündiger Schwerstarbeit würde sie den Hinterleib herausziehen und dann wegfliegen, die Larvenhaut zurücklassend.

Ich beschloß, so lange zu warten, und schaute um mich. Die Hitze oben auf der Brücke mußte immer noch dasein, aber hier unten war es angenehm kühl. Die Lage war so, wie ich sie kannte. Allerlei Gerümpel lag herum, Bettflaschen, durchlöcherte Pfannen, ein Radiogerät, dessen Sperrholzverschalung jemand eingetreten hatte. Im Tiefwasser lag das Herrenrad, kaum mehr erkennbar, da weitgehend von Sand bedeckt. Drei Forellen standen dort, mit den Schwanzflossen sachte wedelnd.

Da hörte ich jemanden die Böschung herunterklettern. Das war seltsam. Hier unten erschien sonst nie jemand, es war Dschungelgebiet. Ich erhob mich, um sogleich wegrennen zu können, wenn Gefahr drohen sollte.

Es war Dora Schädler, barfuß, in einem rotweiß karierten Kleid.

Was tust du hier? fragte sie.

Ich beobachte, sagte ich und drehte mich weg, damit sie meine Halswunde nicht sah.

Was beobachtest du?

Ich schaue einer Libelle zu, wie sie ausschlüpft.

Sie kam heran und betrachtete die Larve und die sich krümmende Imago.

Das habe ich auch schon gesehen, sagte sie. Schön, wie sie sich krümmt.

Sie wird bald wegfliegen, belehrte ich sie, die Haut bleibt am Rohr kleben.

Sie drehte den Kopf zu mir und schaute mich an.

Ich möchte den Schnitt sehen in deinem Hals, sagte sie.

Es ist kein Schnitt.

Was dann?

Ich zuckte mit den Achseln und wäre am liebsten geflüchtet, brachte es aber nicht fertig. Sie hatte eine zu nackte, zu selbstbewußte Neugier in den Augen.

Man muß wissen, daß Dora schwarz gekraustes Haar und blaue Augen hatte. Sie war etwas älter als ich, eine jugendliche Madonna, die auch Botticelli den Kopf verdreht hätte beim Malen seiner Geburt der Venus. Helle Achseln, tiefbraune Zehen, zwischen denen es rötlich schimmerte.

Was geht dich das an? fragte ich.

Das geht mich schon etwas an, behauptete sie, schließlich bin ich deine Nachbarin.

Das stimmte nur halb, sie wohnte bei der Färberei vorn.

Ich kann nicht, sagte ich.

Doch, du kannst, wenn du nur willst. Ich habe gehört, es sei eine Wunde. Die will ich sehen.

Ich weiß diese Sätze noch genau, sie waren ernsthaft gesprochen. Und ihre Augen waren zwei Aquamarine.

Ich schaute ins Wasser, wo die drei Forellen immer noch an ihrem Platz standen.

Die Forellen stehen noch da, sagte ich. Warum sind sie nicht unter die Böschung geflüchtet? Mich kennen sie. Aber dich?

Sie lachte und kniete sich in den Sand.

Das sind bloß Fische. Komm jetzt her.

Ihre Worte kamen so selbstverständlich, daß ich ihnen fast willenlos gehorchte. Ich kauerte mich so neben sie hin, daß ich ihr meine Wunde zuwandte. Langsam hob ich den Kopf, um sie ihr zu zeigen. Sie betrachtete neugierig die Öffnung, die, wie ich wußte, nur halb offenstand.

Das sieht schön aus, sagte sie, wie das Innere einer Muschel. Du darfst sie nicht zu lange an der frischen Luft lassen. Sie braucht Flüssigkeit.

Sie umarmte mich und legte ihre Lippen auf meinen Hals. Ich spürte, wie sich ihre Zunge in meine Öffnung senkte. Das war ein richtiger Frauenkuß, das merkte ich genau, der erste Zungenkuß, den ich erlebte. Ich erinnere mich an das Rieseln, das ich darob verspürte. Es war, als ob ein Fisch durch mich hindurchgeschwommen wäre.

Sie hielt mehrere Minuten lang durch. Sie gab keinen Ton von sich, hing an mir wie ein wunderschöner Egel. Dann zog sie die Zunge zurück, löste die Lippen von den Wundrändern.

Siehst du, sagte sie, jetzt geht's ihr besser. Sie hat sich geschlossen.

Ich starrte sie an, ungläubig, aber es rieselte immer noch durch meine Adern. Wie der erlöste Froschkönig kam ich mir vor, ich hoffe, Sie verstehen, was ich meine.

Machst du das wieder einmal? fragte ich.

Vielleicht, sagte sie, kommt drauf an.

Auf was?

Sie ließ mit den Händen Sand über ihre Schenkel rieseln. Langsam beugte sie sich vor, streckte sich der Länge nach hin auf den Bauch, so daß ihre Füße ins seichte Ufer-wasser zu liegen kamen. Zwei glitzende Flossen, umplät-schert von den auslaufenden Wellen. Die zwei großen Zehen spreizten sich ab und gaben rötliche Schwimmhäut-chen frei. Die waren so unausweichlich, daß ich ins Wasser kroch, den Leib in der Strömung, und ihre Fußsohlen zu küssen begann. Sie hielt still, um meine Neugier nicht zu erschrecken. Sie wartete geduldig, bis ich nicht mehr an-ders konnte und mit der Zunge eines der Häutchen be-rührte. Sie zuckte zusammen, hielt aber stand. Behutsam stößelte ich zwischen ihre Zehen, erst am linken Fuß, dann am rechten. Ich tat das mit einer eigentümlichen Ruhe, die sich meiner bemächtigt hatte. Ich wußte, sie würde still-halten, bis ich fertig war.

Dann zog sie die Füße aus dem Wasser und kniete sich wieder hin. Auf ihrem Gesicht lag ein rötlicher Hauch.

Danke, sagte sie, das hast du lieb gemacht.

Ich hockte mich neben sie. Gemeinsam schauten wir ins Wasser. Die Fische waren kaum mehr zu sehen in der Dämmerung, nur ab und zu blitzte ein Bauch auf. Es duf-tete gut, nach Bach und nach Sommer.

Sie erhob sich, sie hatte zwei normale, tiefbraune Mäd-chenfüße.

Morgen komme ich wieder, sagte sie, wenn du willst.

Ich nickte, und sie stieg die Böschung hoch.

Wir trafen uns jeden Abend, auch wenn Regen fiel. Dann glitzerten ihre Achseln, und aus ihrem nassen Haar fielen Tropfen. Sie begütigte zuerst meine Wunde, dann stößelte ich zwischen ihre Zehen. Eine symbiotische Beziehung war das wohl, wie Jakob doziert hätte, zu beidseitigem Nut-zen, eine Wasserliebe ohne jeden Klassenkampf.

Bis sie eines Herbstabends, als bereits leichter Nebel über dem Bach lag, jenen verhängnisvollen Satz aussprach.

Wir hatten uns geliebt, erst auf dem Sand, dann im Ufer-
wasser, sorgsam darauf achtend, weder Wundrand noch
Schwimmhaut brunftig zu malträtieren. Jetzt saßen wir im
Sand, einträchtig nebeneinander, wortlos wie stets. Ich
wartete darauf, daß sie die Böschung hochsteigen würde.
Sie ging jeweils als erste, ich pflegte noch ein bißchen sitzen zu bleiben, um den nächtlichen Bachgeräuschen zu
lauschen.

Nimm mich ins Wasser, sagte sie.

Ich erschrak, denn ich dachte an Joseph, an den Wasserschreck, der in mich eingefahren war.

Warum? fragte ich.

Weil es im Wasser schöner ist.

Nein, sagte ich und erhob mich, um wegzugehen.

Doch, wir tauchen zusammen.

Sie streifte sich das Kleid vom Leibe, es fiel in den Sand.
Sie kam auf mich zu, und in ihren Augen lag eine seltsame
Gewißheit. Hab keine Angst, sagte sie.

Sie umarmte mich, und wir ließen uns fallen. Ich
tauchte mit ihr ins Tiefwasser hinunter, dorthin, wo es ruhig stand. Dort trieben wir, zwei schwebende Wasserpflan-
zen. Ich spürte ihre Haut auf meinem Bauche, ihre Beine,
die mich umschlangen, ihre Hände, die meinen Hinterkopf festhielten.

Plötzlich begann sie zu strampeln und mich an den Ohren zu zerren. Als ich nicht losließ, trat sie mich mit aller
Kraft mit dem Knie zwischen die Beine. Ich begriff und
öffnete meine Arme.

Als ich auftauchte, stand sie bereits angezogen am Ufer.
Ihre Augen blitzten in der Dunkelheit.

Du spinnst, sagte sie, du hättest mich beinahe ersäuft.

Sie stieg die Böschung hoch auf die Straße hinauf, ohne
ein Abschiedswort.

Es fällt mir schwer, über Dora zu berichten. Habe ich sie doch mehr geliebt als das begütigende Wasser des Altachenbaches. Drum tropft, ihr Tränen, hydriert dieses Papier mit dem Naß meiner Trauer.

Ich bin damals die ganze Nacht unter jener Brücke sitzen geblieben, versteinert, geschockt. Mehrmals drohte die Kältestarre mich zu ergreifen. Aber ich gab ihr nicht nach, versank nicht im Dämmer, der mir sonst durchaus willkommen war, wenn ich mich der Wasserphantasie hingeben wollte. Dies hier war keine Phantasie gewesen, sondern handgreifliche Wirklichkeit. Erst hatte ich Doras Haut an meinem Bauche gespürt, dann plötzlich ihr Knie zwischen den Beinen. Ich habe versucht, zu erkennen und zu analysieren, was wirklich geschehen war, so wie mich das Jakob Hufnagel gelehrt hatte. Ich kam zu keinem finalen, alles erklärenden Schluß.

Einmal kroch ein Aal heran, mit funkelnden Nachtaugen, und schlängelte sich um meine Füße. Als ich mich nicht bewegte und starr sitzen blieb, wand er sich zurück in den Bach.

Warum hatte Dora unsere Symbiose aufgehoben mit der Bitte, sie ins Wasser zu nehmen? Was hatte sie dort gesucht? War sie eine Wasserfrau, eine Undine? Der rötliche Schimmer zwischen ihren Zehen war ein deutliches Indiz dafür gewesen. Aber sie hatte auftauchen müssen nach wenigen Minuten, sie hatte nicht durchgehalten bis zum seligen Ende. Zum Glück hatte sie mich getreten, ich war ihr herzlich dankbar dafür. Hätte ich doch in meiner Wasseremphase sonst nichts bemerkt von ihrer Atemnot, ich hätte sie nicht aus meinem Klammergriff freigegeben. Eine richtige Nymphe war sie indessen nicht, sonst wäre das Wasser ihre Luft gewesen.

Und ich? Warum hatte ich sie an die tiefste Stelle des

Baches gezogen und dort unten festgehalten? Hatte ich sie umbringen wollen, weil ich sie so sehr liebte?

Ich fand keine einleuchtende Antwort, die das Dunkel jenes Abtauchens erhellt hätte. Klar war mir bloß, daß es ein Zeugungsversuch gewesen war, der erste in meinem Leben. Völlig mißglückt zwar und beinahe in der Katastrophe endend, als hätten wir uns zu dritt oder zu viert an ein Weibchen geklammert.

Einer absichtlichen Schuld konnte ich mir indessen unmöglich bewußt sein, dies zuhanden der Staatsanwaltschaft, die mich für immer aufs Trockene zu setzen gewillt ist. Es sei denn, ich hätte die Todessehnsucht, die in jeder Kopulation mitwässert, als Tötungsabsicht interpretiert. Aber für diese Deutung war ich damals zu jung.

Fest stand, daß sich meine beiden Versuche, zu retten und zu lieben, erst Joseph, dann Dora, kontraproduktiv ausgewirkt hatten. Offenbar war ich eine Bedrohung für die Menschen, die ich liebte. Und ich beschloß, mich fortan von wassergeilen Mädchen unter allen Umständen fernzuhalten.

Im Anschluß an jenes Geschehen, das ich als glimpflich abgelaufenen Paarungsunfall bezeichnen möchte – solcherlei Unglücksfälle geschehen ja, wie Sie in Ihrer langjährigen Praxis des öftern zur Kenntnis zu nehmen Gelegenheit hatten, weit häufiger, als man gemeinhin glaubt –, habe ich mich vermehrt auf mich selber zurückgezogen, wenn ich so sagen darf. Genau ist diese Formulierung allerdings nicht, wußte ich doch damals noch nicht, wer ich war. Dies habe ich erst in der inzwischen mehr als zweijährigen Seelen- und Flossenarbeit mit Ihnen, sehr geehrter

Herr Seelendoktor, herausgefunden, und zwar hierselbst in der Friedmatt. Erst hier bin ich zu mir selber vorgestoßen und habe mich selbst erkannt, wie das jener alte Hellene mit Recht gefordert hat. Ich weiß jetzt, wer und was ich bin, so weit das ein menschliches Wesen überhaupt wissen kann. Dieses Wissen hat mich besänftigt. Ich habe Frieden geschlossen mit der Welt, auch mit den Dürrstelzern und Luftkomantschen, was mir keineswegs leicht gefallen ist. Friedlich sei meine Seele und sanft meine Hand.

Damals hingegen war Unruhe in mir, ein immerdar wässerndes Klopfen und Tropfen, dem ich nur durch wiederholtes Abtauchen in die Dämmerstarre für Stunden oder ganze Tage zu entkommen vermochte. Dabei lag ich jeweils auf der Eckbank in der Küche. Sie wäre für meinen ausgestreckten Leib eigentlich zu kurz gewesen, aber Mutter hatte ans Fußende ein Taburett gestellt. War ich doch inzwischen lang aufgeschossen, ein magerer, knochiger Adoleszent. Auch mein Haar war seit des Bottensteiners Auszug gewachsen, schulterlang, wie ich es mir schon immer gewünscht hatte.

So lag ich auf jener Bank, bis über die Augen zugedeckt von einer Wolldecke, und versuchte, wenn ich für Stunden auftauchte aus jener eindunkelnden Lähmung, das quälende Drängen in meinem Innern zu ergründen. Ich sah Josephs erloschene Augen vor mir, spürte Doras Knie zwischen den Beinen. Dann ihre blitzenden Nachtaugen, als sie bereits wieder am Ufer stand, ihr Satz: Du spinnst, du hättest mich beinahe ersäuft.

Was war mit mir los? War meine Liebe eine Todbringerin?

Meine Mutter hat mich ruhen lassen. Sie hat kein Wort zu mir gesagt. Stets stand eine Kachel mit Kuhmilch aus

Niklausens Stall auf dem Tisch, von der ich trank, wenn mich dürstete.

Sie selbst hielt sich meist in der Stube nebenan auf. Ich habe sie jeweils gesehen, wenn ich zur Toilette ging, um mich zu säubern. Ich habe sie vor dem aufgesperrten Fenster im alten Lehnstuhl sitzen sehen, den Kopf auf das selbstgestickte Genickkissen gelegt – Edelweiß mit Enzian, dazwischen der röhrende Hirsch –, die Augen geschlossen. Die Handteller lagen in ihrem Schoß, voller Haselnüsse, und auf ihren Schenkeln hockten Kohl- und Blaumeisen und pickten. Auch eine Sumpfmeise war einmal dabei, ich habe sie trotz meines Dämmerns sofort erkannt, die graue Brust, den schwarzen Kopf. Was mich sehr verwundert hat, denn Sumpfmeisen waren üblicherweise scheu und kamen nicht auf die Hand.

Eines Abends, es war sehr kühl im Haus, weil niemand da war, der den Ofen eingefeuert hätte, trat sie zu mir in die Küche.

Du mußt dich wässern, Bub, sagte sie.

Ich schüttelte den Kopf, ich wollte nichts mehr von Wasser wissen.

Willst du sterben? fragte sie.

Nein, warum?

Weil du nicht mehr ins Wasser gehst.

Gut, wenn es möglich ist, will ich sterben.

Jetzt hellten sich ihre Züge auf, sie lachte tatsächlich.

Nein, sagte sie, das ist nicht möglich. Dazu bist du zu jung. Komm.

Sie nahm mich bei der Hand und zog mich auf die Beine. Ich spürte, daß ich elend schwach war, offenbar hatte ich mehrere Tage gedämmert.

Trink, sagte sie.

Ich nahm die Milchkachel und trank. Nachdem ich sie

auf den Tisch zurückgestellt hatte, drehte ich mich der Mutter zu. Sie war sehr klein geworden, ihr Scheitel reichte noch knapp an meine Achsel heran. Sie trug ihren dicken Sonntagsmantel, dessen Pelzkragen voll Vogelkot war. Ihre Beine waren nur noch Haut und Knochen – so nannte man das –, ihre Füße steckten in Filzpantoffeln.

Du mußt für dich schauen, sagte ich, du bestehst nur noch aus Haut und Knochen.

Ich esse Nüsse, sagte sie, die Haselstauden waren voll, die reichen bis ins Frühjahr. Komm jetzt.

Sie geleitete mich über den Holzsteg, ein kleines, verschrumpeltes Hutzelweib, das einen aufgeschossenen Bengel, den Herrn Sohn, wie der Bottensteiner gesagt hätte, an der Hand führte. Ich war froh, daß die Dämmerung eingesetzt hatte. Von Niklausens Leuten war niemand zu sehen, ich hätte mich vor ihnen geschämt.

Wie das erste Mal, sagte sie, aber damals habe ich dich getragen.

Ich hörte, wie sie leise kicherte, die Erinnerung schien ihr zu gefallen. Das wirkte erlösend auf mich, ich kicherte mit, nahm meine Hand aus der ihren und legte sie auf ihre Achsel. So gingen wir dem Bach entlang. Ich führte sie die Böschung hinunter zum Amazonas, wo sie sich auf die Sandbank setzte.

Das letztemal, als ich hier auf dich gewartet habe, sagte sie, kam ein Aal herangeglitten und hat sich um meine Füße geschlängelt. Kennst du den?

Ja. Die kommen alle aus dem Meer und kehren ins Meer zurück. Sie legen Tausende von Kilometern zurück, vom Salzwasser ins Süßwasser und wieder zurück ins Salzwasser.

Woher weißt du das?

Ich habe es gelesen.

In den Büchern von Jakob Hufnagel?

Ich erschrak, denn ich hatte geglaubt, mein Genosse sei mein Geheimnis.

Er wohnt unten in der Ruhbank, sagte sie, und er ist dein einziger Freund, nicht wahr?

Ja, er ist mein einziger Freund. Außer dir.

Sie zog die Füße an sich, umschlang ihre Knie, eine alte Squaw. Oder ein alter Indianerhäuptling, Old Motherhand mit dem Kot des Friedensadlers auf dem Mantelkragen. Ich starrte sie an. Woher kannte sie mich so gut?

Halte dich an Jakob, sagte sie, der ist gescheit, der kann dir helfen.

Nein, mir kann niemand helfen.

Aber jenen Aal hast du gern?

Ja, der hat schöne Nachtaugen.

Die einen lieben sich in der Luft, sagte sie, und die andern lieben sich im Wasser. Und dann gibt es noch solche, die lieben sich überhaupt nicht.

Sie wiegte sich langsam vor und zurück, als hätte sie sich in Schlaf schaukeln wollen. Aber ihr Auge war hellwach.

Liebe ist schwierig, sagte sie. Manchmal klappt sie, und manchmal klappt sie nicht. Wenn sie nicht klappt, ist es besser, allein zu bleiben. Glaubst du nicht, daß das die Wahrheit ist?

Die eine hat einen Wasserfleck am Hals und die andere schimmernde Zehen. Und beide schreien dich schließlich an und wollen nichts mehr von dir wissen.

Ach so, sie hörte mit dem Wiegen auf, so ist das. Du hast es also versucht.

Nein, sagte ich, und ich schrie es fast, denn dieser Häuptling hatte mich im Griff, wann immer er wollte. Nicht ich habe es versucht, sondern sie haben es mit mir versucht. Und als es nicht gegangen ist, haben sie mich weggeworfen wie einen toten Fisch.

Ich hörte sie kichern. Es schien sie zu belustigen, was sie von mir vernommen hatte, es schüttelte sie durch. Ich begriff überhaupt nicht mehr, von was hier geredet wurde. Ich hatte ihr soeben meine Geheimnisse erzählt, weil ich verzweifelt war und Hilfe brauchte, ein klärendes Wort, und diese Hutzeldame, die meine Mutter war, lachte mich aus.

Was ist los? schrie ich. Wer ist mein Vater? Wer hat mich gezeugt?

Sie schwieg, saß ruhig. Meine Frage gefiel ihr nicht. Auch hatte ich sie noch nie in meinem Leben angeschrien, waren wir doch stets auf liebevolle Art miteinander umgegangen. Sie wartete lange, bis sie antwortete. Ich wartete auch, ich hatte Zeit.

Du bist ein Bachmensch, sagte sie endlich. Ein Wassermensch, ein richtiger Altacher. Aber ich habe dich geboren. Deshalb bist du auch ein Luftmensch.

Wieder schwieg sie, als ob alles gesagt gewesen wäre. Sie schlotterte, wie ich feststellen konnte, vor Kälte, wie es schien. Auch griff ihr der kühle Nachtwind, der von Westen einfiel, ins Haar und trieb ihr dünne Strähnen über die Stirn, so daß ihre Augen nicht mehr zu erkennen waren. Sie tat mir leid.

Ich liebe dich, sagte ich, was auch immer geschehen sein mag.

Sie strich sich das Haar zurück und schaute hoch zu mir, halb verschmitzt. Aber ich sah doch die Träne auf ihrer Wange.

Geh jetzt ins Wasser, sagte sie, und komme wieder an Land, ich warte. Und noch etwas will ich dir sagen. Du gefällst den Frauen, weil du aus dem Wasser kommst.

Damit war ich entlassen, vom Häuptling abkommandiert zur Wässerung meiner Wunde. Ich tauchte ab, direkt unter den Eichenstamm ins schwarze Lagunenwasser hinunter. Dort blieb ich liegen, Bauch auf dem Sand, Rücken am Holz, den Blick auf die hochsteigenden Blasen gerichtet, die in der Dunkelheit kaum mehr erkennbar waren. Ich fing an, mich zu hydrieren, was mir anfangs einige Schwierigkeiten bereitete, zu meiner äußerst unangenehmen Verwunderung übrigens, hatte ich doch noch nie erlebt, daß das Wasser sich mir verweigert hätte. Ich hatte wohl zu lange auf dem Trockenen gelegen in Mutters Küche, die Wunde mußte verkrustet sein, ausgedörrt von der Starre. Wie lange war ich nicht mehr ins Naß abgetaucht? Tage, Wochen, Monate? Ich wußte es nicht, spürte aber an allen Gliedern, daß ich hier richtig lag. Und ich beschloß, mich nie mehr, durch keine Angst, durch keine Schuld, vom Wasser absondern zu lassen.

Du gefällst den Frauen, weil du aus dem Wasser kommst, hatte Mutter gesagt. Wie war das zu verstehen? Kam ich tatsächlich aus dem Wasser, hatte der Bach mich gezeugt? Oder war diese Aussage bloß eine Metapher, die meine Hydrophilie umschrieb? Und warum sollte ich deswegen den Frauen gefallen? Mochten sie Wasserhände, Flossenfüße, Kiemenwunden? In diesem Punkt wenigstens hatte sie recht, bis zu einem gewissen Grad jedenfalls, wie meine Erfahrungen bewiesen. Aber wenn ich einem Weibe wirklich zu Leibe rücken beziehungsweise an die Schuppen gehen wollte, ergriff es die Flucht.

Ich spürte, wie das Altachennaß meine Verkrustung langsam aufweichte und einfloß in mich. Die Starre wich aus meinen Gliedern. Dies war ein beglückendes Erlebnis wie stets, wenn ich abtauchte. Ich vergaß Mutters Worte, trieb im Dunkelwasser und fühlte mich nach einer Weile wie neugeboren. Ich spreizte die Finger und spürte das altbekannte Drängen, gab ihm aber nicht nach.

Ich drehte den Kopf und schaute hinaus in das Becken, in das die aufprallenden Wogen mattschimmernde Wirbel rissen. Auf dem Grund unten schwamm die Patin, ihr Bauch blitzte auf. Sie stand sonst nie dort, ihr Ort war weiter oben, wo sie den bessern Überblick hatte. Etwas mußte sie vertrieben haben von ihrem Standplatz, ein fremder Hecht vielleicht oder eine große Barbe. Ich schaute mich um, es war kein Fremdfisch zu sehen. Warum kam sie nicht hoch zu mir, um mir zuzufächeln?

Ich ließ mich aus der Lagune hinaustreiben, um mich zu zeigen, und schwebte mit ausgestreckten Armen über dem Grund. Sachte bewegte ich Hände und Füße, um sie zu locken. Sie hatte mich längst gesehen, das wußte ich genau, ihr Wasserauge nahm alles wahr, was sich bewegte. Aber sie blieb unten, in sicherer Distanz.

Ich begriff, daß ich selber der fremde Eindringling sein mußte. Ich war zu lange nicht mehr hiergewesen, um ihr noch vertraut zu sein. Ich war ihr zu groß geworden, zu langgliedrig, sie hielt mich für eine übermächtige Bedrohung.

Langsam tauchte ich tiefer, unmerklich fast, um sie nicht zu erschrecken. Ich landete neben ihr dicht über dem dunklen Grund, sorgsam darauf achtend, den schwarzen Schlamm nicht aufzuwirbeln. So blieb ich, in diskreter Distanz, und wartete.

Sie war nicht weggeflitzt, mein Abtauchen war zu behutsam gewesen. Sie regte sich nicht, klappte bloß ihre Kiefern auf und zu, schwenkte kaum sichtbar die Schwanzflosse, um an Ort zu bleiben. Dann endlich drehte sie sich zu mir, ich sah ihre schimmernden Augen. Sie prüfte mich lange. Da ich mich nicht bewegte, wandte sie mir ihr Hinterteil zu, und ihre Schwanzflosse fächelte.

Das hat mich zu Tränen gerührt, dieses liebevolle Wedeln, diese Fischtreue der Patin. Ich habe damals den Altachenbach mit dem Salz meiner Augen gespeist, mit einer Prise nur, aber sie hat genügt, meine Trauer mit diesem Sanftwasser zu vermengen.

Ich tauchte auf, als es gegen Mitternacht ging. Ich erkannte das am Wintergestirn des Orion, der schräg über dem Wald oben hing. Mutter saß immer noch auf der Sandbank, ein schlafender Häuptling, der auf den ausgeschickten Wasserkundschafter wartete. Ich hob sie auf, sie war leicht wie ein Kind. Ihr Kopf kam an meine linke Achsel zu liegen. Ihre Lippen waren blau angelaufen, eine Folge der Kälte offenbar, die den ersten Reif auf die Gräser der Böschung gelegt hatte.

Ich bin mir stark vorgekommen auf jenem Heimweg in unsere Kate. Die Kälte konnte mir nichts anhaben, ich war sie gewohnt. Den Menschen, den ich am meisten liebte, trug ich in meinen Armen, und zwar so, daß er sich nicht zu fürchten brauchte.

Zu Hause legte ich sie auf die Eckbank in der Küche und deckte sie zu. Ich holte Holz hinter dem Haus, wo Klafter an Klafter stand, Birnbaum, Apfelbaum, Nußbaum, alle umgehauen in blinder Wut noch vom Bottensteiner, um der drohenden Kälte zu begegnen, jahrelang gelagert und dürr. Damit feuerte ich den Kachelofen ein.

Als Wärme den Raum füllte, schlug sie die Augen auf und setzte sich hin.

Danke, sagte sie, daß du geheizt hast.

Gern geschehen, das ist doch selbstverständlich.

Nicht unbedingt. Ich habe in letzter Zeit oft gefroren. Warum feuerst du nicht selber ein?

Ich weiß nicht recht, ich mag dieses Holz nicht.

Sie öffnete den Mantel, da ihr warm war. Darunter trug sie ein blaugeblümtes Nachthemd.

Du mußt aufpassen, sagte sie, daß dir zwischen den Fingern nichts wächst. Das würde auffallen, und die Leute würden sich fragen, was das denn für ein Froschmann sei.

Sie kicherte wieder, vermutlich hatte sie diesen Abend humorige Laune. Sie nahm meine Hände, spreizte meine Finger und schaute genau hin. Nichts war da, nichts schimmerte rötlich.

Wie ist es im Wasser gewesen? fragte sie.

Ich will dir eine Geschichte erzählen, wenn du magst.

Gern, sagte sie.

Sie zog ihre Füße hoch auf die Bank, umfaßte die Knie und strich über die violetten Adern, die auf der dürren Haut klebten.

Es war einmal eine Nymphe des Namens Cyane, begann ich, die wohnte in einem Teich. Das war zur Zeit, als die Bäche noch reden konnten und die Vögel weissagen. Da kam Pluto, der Beherrscher der Unterwelt, herangeritten, und auf seinem Roß hielt er die Jungfrau Persephone, die er geraubt hatte, im Klammergriff fest. Der wollte durch diesen Teich hinab in sein Reich fahren. Cyane hatte Mitleid mit der Jungfrau und stellte sich ihm in den Weg. Aber Pluto war stärker, schleuderte mit starkem Arm sein Zepter in die Flut und öffnete sich so den Weg. Cyane grämte sich derart über diese Freveltat, daß sie fortan eine unheilbare Wunde im Busen trug. Sie weinte so sehr, daß sie sich nach und nach in Wasser verwandelte. Erst weichten ihre Finger auf, die Nägel verloren ihre Härte. Das bläuliche Haar verschwamm, die Füße, die Beine. Danach zerschmolzen die Achseln, der Rücken, die Hüfte und die Brust zu feinen Rinnsalen. Schließlich drang in die durchlässig gewordenen Adern Wasser statt des lebendigen Blutes, und nichts Greifbares war mehr da von der Nymphe.

Und das gefällt dir? fragte sie.

Ja, das gefällt mir.

Das möchtest du auch?

Ja, das möchte ich auch.

Wo hast du das gelesen?

Bei Ovid. Das war ein alter Römer. Der hat diese Geschichte von den Griechen vernommen.

Ich habe auch schon Ähnliches gehört, sagte sie, früher an der Aare unten. Aber heute ist alles anders geworden. Glaubst du nicht?

Sie schaute mich an, mit hellen Luftaugen. Ihr Gesicht war gerötet von der Wärme im Raum.

Es war einmal eine Nymphe des Namens Arethusa, fuhr ich weiter. Die jagte im Waldgebirge, stark und schön. Als sie eines Abends müde heimkehrte, kam sie zu einem Bach, der so ruhig dahinfloß, daß jeder Stein auf dem Grunde zu sehen war. Sie zog sich aus und sprang hinein, um zu baden. Da hörte sie aus der Tiefe ein Flüstern. Wohin so schnell, Arethusa? hörte sie jemanden fragen. Es war der Flußgott Alpheus, der in diesem Bach wohnte und sie beobachtet hatte. Sie floh, lief nackt über Felder, Berge, über Stock und Stein, der Flußgott hintendrein. Die Sonne stand ihr im Rücken, sie sah seinen langen Schatten vorauseilen. Sie drohte schon zu ermatten, da hatte die Jagdgöttin Artemis Erbarmen mit ihr, nahm eine dichte Wolke und warf sie über die Nymphe, so daß diese nicht mehr zu sehen war. Alpheus aber belauerte sie im Nebelversteck, umrundete die Wolke, und da er keine Fußspur sah, die den Ort verließ, rief er: Hallo Arethusa, hallo Arethusa! Ihr war wie einem Lamm, wenn es Wölfe rings um den Stall knurren hört. Wie einem Hasen, der, im Dornbusch versteckt, die feindseligen Schnauzen der Hunde sieht und sich nicht zu rühren wagt. An allen Gliedern brach ihr der kalte Schweiß aus. Wasserblaue Tropfen fielen von ihrem

Körper, vom Haar tropfte Tau herab. Wo sie hintrat, schwamm der Boden. Und bald hatte sie sich in Wasser verwandelt. Doch da erkannte Alpheus die geliebte Flut. Er legte die Menschengestalt ab und löste sich auf in sein eigenes, feuchtes Element, um sich mit ihr zu vermischen.

Ich hatte diese Erzählung fast wortgetreu hergesagt, mit geschlossenen Augen, um mir die einzelnen Szenen besser vorstellen zu können. Dann schaute ich auf. Ich sah Mutter in der Ecke hocken, den Kopf auf die Knie gelegt, sanft schlummernd.

Am andern Morgen legte ich Holz nach, knorrige Äste, welche die Glut lange hielten. Es war ein guter Ofen, dessen grüne Kacheln zweischwänzige Nixen zeigten mit kugelrunden Brüsten und ausgreifenden Händen, die beide eine der sich links und rechts hinaufbiegenden Schwanzflossen festhielten. Ein trügerisches Bild der alten Wasserphantasie selbstverständlich, wer hätte schon je zweischwänzige Bachnymphen gesehen, aber mir gefiel es.

Ich habe diesen ganzen Winter hindurch die Küche warmgehalten. Beim Einfeuern achtete ich stets darauf, die linke Halsseite, die ich zu Hause unverschalt trug, abzuwenden, damit die aufwirbelnde Asche nicht in meine Wunde drang. Auch die aus der Feuerkammer ausströmende Hitze ertrug ich schlecht, drohte sie doch, meine Finger zu versengen. Aber ich bin allmorgendlich meiner Sohnespflicht getreu nachgekommen, um meine Mutter zu wärmen.

Hin und wieder bin ich zu Niklausens in den Pferdestall hinübergegangen, um Fridolin beim Ausschirren zu helfen. Er hatte stets seine erloschene Pfeife im Mund und zwinkerte mir zu, wenn ich kam. Aber zu reden wußten wir nicht mehr viel. Er hat sich auch nie mehr erkundigt, ob sich das Säulein heute wieder tüchtig gesuhlt habe. Vermutlich nahm er mir immer noch die Geschichte mit Joseph übel.

Auch die alte Marie habe ich besucht in der Küche und von ihrem Gesöff getrunken, das jetzt nur noch zur Hälfte aus Zichorie, zur andern Hälfte aber aus echtem Bohnenkaffee und richtigem Zucker bestand. Sie war sehr schweigsam geworden und lachte fast nie mehr, seit die beiden Bauernsöhne gestorben waren. Meist saß sie am Herd im Lehnstuhl, die Katze auf dem Schoß. Ich habe mich jeweils zu ihr gesetzt, und gemeinsam haben wir ins Feuer geschaut.

Zur Schule bin ich nicht mehr gegangen. Was hätten die Dürrschwänzler mir denn bieten können, was ich nicht schon wußte? Daß man am besten in den nächsten Vorgesetzten- und Manchesterarsch hineinkriecht, um von diesem zu gegebener Zeit in eine Dreizimmerwohnung samt Lebensstelle und Kleinfamilie gefurzt zu werden? Aber nein, in der Lagune unten hatte ich es besser. Daß eins und eins zwei sind und die Erde eine Kugel ist? Auch das wußte ich besser, hatte ich doch in einem Buch über die Vorsokratiker, das mir Jakob Hufnagel ausgeliehen hatte und das mir zur eigentlichen Wasserbibel geworden war, gelesen, daß Thales von Milet schon im sechsten vorchristlichen Jahrhundert behauptet hatte, die Erde werde vom Wasser getragen, sie werde wie ein Schiff bewegt, und infolge der Beweglichkeit des Wassers schwanke sie dann, wenn die Leute sagen, sie erbebe.

Den Seelen ist es Tod, Wasser zu werden, las ich bei Heraklit von Ephesus, dem Wasser Tod, Erde zu werden. Aus Erde wird Wasser, aus Wasser Seele.

Wunderbare Sätze waren das, deren Sinn ich in meiner adoleszenten Unbedarftheit vielleicht nicht glasklar begriff, waren sie doch eher ins Trübe gesunken denn in die gleißende Luftschärfe des Cartesius gesetzt. Aber meine junge Neugier hat daraus die tröstende Gewißheit gesogen, daß alle Dinge in stetem Wandel begriffen sind. Ist es doch tatsächlich unmöglich, wie Heraklit sagt, zweimal in denselben Fluß zu steigen. Denn wer in denselben Fluß steigt, dem fließt anderes und wieder anderes Wasser zu. Wir steigen zwar in denselben Fluß, aber eben doch nicht in denselben. Wir sind es, und wir sind es nicht.

Anzumerken wäre hierselbst gewiß noch, daß Heraklit diese Sätze aus uralter Wasserintelligenz gesprochen hat. Wer zeitlebens nie in einen Fluß steigt wie die dürrbeinigen Luftkomantschen, der hat natürlich keine Ahnung, ob es derselbe Fluß sein könnte oder ein anderer. Auch hält er sich stets für denselben, der da hineinsteigen würde, wenn er denn würde. Sind doch diese Luftakrobaten allesamt der Meinung, feste, unwandelbare Charaktere zu sein, nicht Ei im Laich, nicht Larvenhaut und nicht Imago. In der Tat sind sie luftgetrocknete Mumien, die über Jahrtausende halten und sich nie verändern.

Wer indessen nur einen kurzen Blick in unsere alten Tieflandgewässer geworfen hat, der weiß, welcher Wandel hierdrin tagtäglich vor sich geht. Und er wird vor dem unkenden Heraklit den Hut ziehen.

Eines Tages im Frühjahr, das Schneewasser tropfte durchs lecke Dach in meine Kammer, wo ich auf der Heumatratze lag und vom Seefahrer Odysseus las, klopfte es an die Haustür. Das war auffallend, uns besuchte niemand, selbst die Hausierer mieden unsere Kate. Ich erhob mich und stieg hinunter. Die Mutter stand bereits vor dem Spiegel im Flur und kämmte ihre grauen Strähnen. Vermutlich war sie der Hoffnung, der Bottensteiner stehe draußen und begehre rettenden Einlaß.

Es war Jakob Hufnagel, der nachsehen kam, was ich so treibe, wie er sagte. Ich bat ihn herein. Er schaute mit seinem typischen Grinsen kurz in die Stube, in der die Meisen herumpickten. Er sah die leere Milchkachel auf dem Küchentisch. Den Kessel am Boden, der das von der Decke tropfende Schmelzwasser auffing. Die Bücher auf der Anrichte, die alle sein Eigentum waren. Die schmutzige Wäsche in der Ecke, die gewaschen gehörte. Die Mutter im bekleckerten Mantel, die ihn ängstlich anschaute.

Er wollte sich nicht setzen. Er meinte bloß, nächste Woche finde in der Aarestadt die Prüfung ins Gymnasium statt, er habe mich angemeldet. Ich solle mitkommen und mitmachen, denn ich sei gescheit und gebildet. Dann ging er wieder.

Ich habe es mir lange überlegt, ob ich Jakobs Bitte nachkommen und hinfahren sollte. Hatte ich doch die Nase gestrichen voll von der repressiven Luftakrobatik meiner bisherigen Schulmeister. Aber dann überlegte ich, daß auch ich trotz meiner angeborenen Wasserintelligenz durchaus angewiesen sein könnte auf hilfreiche Pädagogen, die mich einem Epheben gleich behutsam zum Bronn der Weisheit zu führen gedachten. Zudem war Gymnasium ein altes griechisches Wort, was mir gefiel.

Am genannten Tag in aller Frühe stand ich frisch gewaschen und herausgeputzt in der Küche. Ich trug eines der neu auf den Markt gekommenen Nylonhemden, das Mutter im Städtchen gekauft hatte, und eine von Vaters alten Krawatten. Auch hatte sie mir das Haar auf Handlänge zurückgeschnitten, was immer noch auffällig lang war, sich aber einigermaßen im akademischen Rahmen hielt, wie sie behauptete. Besonderes Prunkstück war mein neues

Schuhwerk mit den knallgelben Speckgummisohlen, die in jeder Situation griffigen Halt zu bieten und jeden Schritt elegant abzufedern versprachen.

Auf dem Bahnhof traf ich Jakob Hufnagel, auch er in luftig weißem Hemd mit Krawatte. Gemeinsam setzten wir uns in den Zug. Abgescheuerte Holzbänke, Buche mit den getüpfelten Jahresringen, ältere Männer mit Rucksäkken, worin sie ihr Mittagessen mittrugen, abgearbeitete Hände, im Waggon abgestandene, verrauchte Luft. Schräg gegenüber saß ein lang aufgeschossenes Mädchen mit kurzem Haar und engliegenden Augen, das unverwandt meinen frisch gebügelten Schal anstarrte.

Das Gymnasium stand gleich in der Nähe des Bahnhofs in einem Park mit Ulmen und Eichen. Zu meiner Freude lag ein Teich neben dem bekiesten Vorplatz. Seerosen, ein Wildentenpaar, ich hörte ein Quaken. Das Gebäude ein Prunkbau aus dem letzten Jahrhundert. Das Treppenhaus ein griechischer Tempel, die Gänge Säulenhallen, die Toiletten verstopft und stinkend.

Im Prüfungssaal herrschte Silentium stricte, wie der Prüfer, ein glatzköpfiger Dürrstelzer, uns gleich zu Beginn erklärte. Er schritt frohgemut zwischen den Bänken hindurch, grinste aufmunternd nach links und nach rechts, vermutlich wollte er die Prüflinge auf die existentielle Schlüsselsituation, in der sie sich befanden, hinweisen. Diese nämlich kämpften, fahl und schweißnaß, um ihre akademische Karriere, die ihnen die wohldotierten Pfründen in Staat und Wirtschaft sichern sollte. Die männlichen Anwärter fast alle Arschkriecher, das sah ich sofort, bereit, in jedem professoralen Hintern zu verschwinden. Die Mädchen seltsam fehl am Platze, mit hilflosen Blicken Ausschau haltend nach einem Bräutigam, der fähig und bereit war, die akademische Karriere zu bestehen und sie aus allem Elend zu erlösen.

Hin und wieder, nicht zu oft, aber doch so, daß man es sah, legten sie ein Bein über das andere, dabei neckisch die Rötlichkeit ihrer Kniekehlen zeigend.

Mir war das gleich, ich habe nie groß auf Kniekehlen geachtet. Ich schrieb an meinem Deutschaufsatz über die Prüfungsfrage: Bin ich mutig?

Bis der Glatzkopf neben mir stehenblieb und seinen Blick auf meine Schrift heftete. Ich hielt den Atem an und wartete auf ein lobendes Wort. Er griff sich das Papier, hielt es sich vor die Augen und las laut vor, was ich geschrieben hatte:

Die Frage, ob ich mutig zu nennen sei oder feige, ist eine in toto überflüssige. Mut ist ein Vorurteil, wie Feigheit auch. Alles fließt, auch diese lächerlichen Begriffe. Jedes Lebewesen hierselbst auf Erden, ob zu Lande oder zu Wasser, tut das, was es tun muß, um überleben zu können. Dem Hecht hilft Mut, der jungen Äsche hilft Feigheit. Für sie wäre Mut Dummheit, Feigheit aber ist Klugheit. Desgleichen beim Hecht, nur vice versa. Alles ist im Wandel, man steigt nicht zweimal in die gleiche Hose. Sie ist zwar dieselbe wie gestern abend, aber eben doch nicht dieselbe. Vielleicht hat sie Mutter gewaschen. Höchste Zeit wäre es jedenfalls.

Er schwenkte das Papier über seinem Kopf, um es allen als Beweis meiner Imbezilität zu zeigen. Eisige Stille, niemand wagte zu kichern.

Ist Ihnen nicht heiß? fragte er dann.

Ich erschrak, mich hatte noch nie jemand gesiezt.

Nein, sagte ich.

Warum legen Sie diesen Schal nicht ab?

Ich blickte schräg nach vorn zu Jakob Hufnagel, der dort in der Bank saß und kaum sichtbar nickte. Ich griff in die Rocktasche, holte das ärztliche Attest heraus und überreichte es dem Glatzkopf. Er las es, faltete es zusammen und steckte es ein.

Mens sana in corpore sano, sprach er. Auf gesunde, sportliche Ertüchtigung wird an unserem Gymnasium allerhöchsten Wert gelegt.

Danke für die Nachfrage, sagte ich, ich bin gesund.

Dann grinste ich zu Jakob hinüber.

Ich werde dieses Attest weiterleiten, sprach der Glatzkopf mit zornrotem Gesicht. Wir werden ja sehen.

Nach einer Woche erhielt ich Bescheid, ich hätte die Prüfung bestanden. In Latein war ich gut, in Mathematik und Französisch auch, im Aufsatz war ich ungenügend. Dies zuhanden der Staatsanwaltschaft, die mir nebst hochgradiger krimineller Energie auch geistige Demenz vorgeworfen hat. Eine Fußnote besagte, daß im Gymnasium der Turnunterricht ein Pflichtfach sei, da Gymnasium ja Turnschule heiße. Aber auf Grund der insgesamt guten Prüfungsleistung werde das Rektorat den Kandidaten Moses Binswanger davon dispensieren.

Ich fiel aus allen Wolken, als ich diesen Bericht erhielt. Hatte ich doch nach dem Vorkommnis mit dem Glatzkopf nicht mehr mit einem Erfolg meiner Bewerbung gerechnet. Wie ich später erfuhr, hatte es innerhalb der Prüfungskommission eine hitzige Diskussion meine Person betreffend gegeben, die der Rektor, Froschbein genannt, zu meinen Gunsten entschied.

So war ich also Gymnasiast. Und ich komme nicht umhin – der Wahrheit die Ehre, nichts als die Wahrheit! – zuzugeben, daß mich dies sehr gefreut hat. Nicht der Pfründen wegen, die mir nach der akademischen Laufbahn offenstehen würden, die waren mir egal. Ich habe nie großen Wert auf irdisches Gut gelegt. Sondern ich gedachte, den Wissensdurst, den ich verspürte, mit harter Hirnarbeit und sensibler Flossenneugier aufs eifrigste zu stillen. Benötigte doch das Tiefland, wie Jakob Hufnagel mir mehrfach auseinandergesetzt hatte, nicht nur auf dem Gebiet der menschlichen Klassenkämpfe, sondern auch der amphibischen Überlebenskämpfe ausgebildete, kritische Denker, die in der Lage waren, das quakende, unkende Subproletariat in Bach und Tümpel vor den üblen Folgen der hereinbrechenden Hochkonjunktur zu beschützen. Ich war fest entschlossen, den Verdammtesten dieser Erde, den Feuchthäuten, in allen ihren Erscheinungsformen mit wissenschaftlichen Mitteln beizustehen.

Mutter war richtiggehend aus dem Häuschen – wenn ich das so nennen darf, denn diese Umschreibung wäre für unsere Kate ein mehr als schönrednerischer, die Hütte auf das Dach stellender Euphemismus gewesen –, als sie von meiner Aufnahme in die Maturandenschule hörte. Sie beharrte darauf, mit mir ins Städtchen zu gehen, und zwar ins Café Haas, um ihren stolzen Sohn den Bürgerweibern, wie sie sich nicht ohne Häme ausdrückte, vorzuführen und schadenfroh ihre neidischen Gesichter zu betrachten. Nach zwei Stunden stand sie tatsächlich unter der Haustür, in rosa geblümtem Kleid und Lackschuhen mit hohen Stiftabsätzen, auf dem Kopf einen Strohhut mit knallroten Kirschen.

So gingen wir ins Städtchen, Arm in Arm, ich in Nylonhemd und Speckgummischuhen, federnden Ganges. Das Aufsehen, das wir erregten, war zwar minim, aber immerhin haben wir in jenem Kaffeehaus aus Porzellantassen Bohnenkaffee mit Rahm und Zucker getrunken. Sie saß auf der roten Plüschbank wie eine Katze, sich sorgsam beäugend in den Wandspiegeln, ob der Hut noch richtig sitze. Mehrmals schaute sie auf die Straße hinaus, wenn Männer vorbeigingen. Vermutlich wartete sie auf den Bottensteiner, daß der komme und gratuliere.

Ödipus, werden Sie sagen, ein verliebtes Mutter-Sohn-Verhältnis. Am liebsten hätte sie ihren Moses wohl ins Bett genommen und mit ihm ein Kind gemacht.

Weit gefehlt, weit gefehlt, sage ich. Von Kindermachen konnte keine Rede sein. Ist sie doch jeweils nur bis zu den Knien mit mir ins Wasser gekommen, wenn überhaupt. Es war eine Landsymbiose, nichts weiter. Sie hat mich geboren und ernährt, ich habe ihr für kurze Zeit die Zukunft versüßt.

Morgen für Morgen habe ich den Frühzug genommen, um in die Aarestadt zu fahren. Fast immer saß ich mit Jakob zusammen, der die Bahnfahrten dazu benützte, Russisch zu lernen. Das sei die zukünftige Weltsprache, behauptete er, dem fünfzackigen Stern gehöre die Welt. Er hat auf dieser Ansicht selbst dann noch beharrt, als eben derselbe Stern mit rasselnden Ketten den Magyarenaufstand niedergewalzt hat, was mein Wasserauge sogleich als unerlaubte Einwässerung in fremde Teichangelegenheiten erkannt hat. Aber so war er, der Jakob, ein sturer Zelot.

Schräg gegenüber im nächsten Abteil saß meist das hochaufgeschossene Mädchen mit den engliegenden Augen. Sie beachtete mich kaum noch, schien zu schlafen. Eine unauffällige, junge Frau, die wohl zur Arbeit in einer Fabrik fuhr. Nur manchmal duftete es im verrauchten Waggon plötzlich nach Algen.

Der Lehrkörper war wie gehabt. Dürrstelzer waren sie allesamt, und alles Männer. So hat es der Lateinlehrer tatsächlich fertiggebracht, Horazens schimmerndsten Oden jede Leuchtkraft zu rauben und sie uns, in Staub verwandelt, um die Ohren zu blasen. Der Deutschlehrer, der Glatzkopf, hat uns ein Jahr lang malträtiert mit Nathan dem Weisen, dem Wüstensohn, bis der Sandmann uns allen die Lider zuklappte. Der Biologielehrer hätte es spielend geschafft, mit seinen trockenen Lektionen in kürzester Zeit jeden

Teich zu entwässern, wenn er sich überhaupt je in die Nähe eines Teiches gewagt hätte. Davor hütete er sich, er war wasserscheu. Kein Saft, kein Schleim, nur Knochen und Skelette. Dafür hat er uns dahingehend aufgeklärt, daß wir für unsere Paarung möglichst ein Objekt aus unserer eigenen, höheren Gesellschaftsschicht auswählen sollten, da wir ja zur zukünftigen Elite gehörten. Worauf die wenigen Mädchen, die in unserer Klasse saßen, freudig nickten.

Es war die infamste Jugendunterdrückung, die ich in meiner schulischen Laufbahn je miterleben mußte. Und sie hatte System. Kein Stockhieb, keine Ohrfeige, kein böses Wort. Nur mildes Lächeln, verstehende Nachsicht, sanftes Entwässern. Die meisten von den Jungen waren allerdings schon so dehydriert, daß sie ihre endgültige Versteppung gar nicht mehr bemerkten. Sie verknöcherten zur steinköpfigen Elite des Tieflandes.

Einige wenige Mädchen allerdings widerstanden der Austrocknung, wie ich bewundernd feststellen konnte. Sie saßen meist ruhig in der Bank, unscheinbar gute Noten abliefernd, und plötzlich hob eine den Blick und schaute mit Wasseraugen auf meinen Schal, was ich denn da drunter verberge. Gefragt hat mich nie eine, sie hatten nicht den Mut dazu. Waren sie doch alle bestens erzogen.

Ich habe nie darauf reagiert, denn ich gehörte nicht zur gesellschaftlichen Elite. Auch hatte ich mir geschworen, nie mehr in wassergeile Augen zurückzuschauen.

E ines Kommilitonen muß ich hier noch gedenken, der in meinen Ohren eine bleibende Fährte hinterlassen hat. Er hieß Joachim Graber, kam aus einem Waldtal und hatte den sanften Gang des Kamels. Sein Haar war noch länger als meins, sein Auge hellblau, seine Stimme dergestalt dunkel, daß man ihr zuhörte, ohne es zu wollen. Er trug einen Dufflecoat. Als er mich in einer Pause auf dem bekiesten Vorplatz ansprach, sah ich, daß sein Zeigefinger gelb war vom Tabak.

Was ich am liebsten tun würde, fragte er, wenn ich nicht in dieser Knochenmühle eingesperrt wäre.

Ich erschrak, mich sprach sonst niemand an. Zudem überraschte mich die Frage. Was hätte ich denn anderes tun sollen, als diese Knochenmühle zu besuchen?

Ich weiß es nicht, sagte ich.

Überlege einmal, gebrauche deinen Verstand.

Darauf ging er weg über den Kiesplatz und umarmte eine Kommilitonin, der blonde Simpelfransen in die Stirn fielen. Ich schaute mich um, ob uns jemand beobachtet hatte, was nicht der Fall zu sein schien. Nur Jakob lehnte an der Mauer und schaute grinsend herüber. Aber der war mir jetzt egal.

Ich ging hin zu Joachim und tippte ihm auf die Achsel, denn er hatte seine Augen im Haar des Mädchens verborgen.

Was willst du? fragte er.

Mit dir reden.

So rede, befahl er unter dem Haar hervor.

Ich schaute verlegen das Mädchen an. Grüne Augen, Sommersprossen auf der Nase, weißer Hals.

Was würdest denn du am liebsten tun? fragte ich ihn.

Das, was ich jetzt tue.

Er kicherte, sie kicherte auch. Offenbar leckte er ihren Nacken.

Was hast du am Hals? fragte mich das Mädchen.

Nichts Besonderes, bloß eine Wunde.

Sie hob meinen Schal an und schaute darunter.

Schlimm? fragte sie.

Nein, überhaupt nicht. Man gewöhnt sich daran.

Was will er? fragte Joachim, der seine Nase aus dem Blondhaar gezogen hatte.

Nichts Besonderes, sagte sie. Und du sollst nicht immer fremde Hälse ablecken.

Ich mache Musik, sagte er, und ich lecke die Mädchen aus. Das ist das, was ich am liebsten tue. Alles andere interessiert mich nicht.

Was für Musik? fragte ich.

Cool Jazz, Mann, Bebop. Im Gambrinus. Am Sonntag morgen um zehn.

Am nächsten Sonntagmorgen um zehn ging ich über die Aarebrücke zum Gambrinus hinüber. In der Vitrine hing ein Plakat, worauf Jazz-Matinée stand. Ich ging hinein, der Eintritt war gratis. Im Foyer musizierten sechs Männer. Klavier, Schlagzeug, Bass, Trompete, Posaune, am Saxophon Joachim Graber, der mit Abstand der jüngste war. Acht Leute hörten zu, mit meiner Wenigkeit neun. Zwei Frauen darunter, beide mit Simpelfransen.

Die Musik hat mich erst sehr befremdet, hatte ich doch bis anhin nicht viel anderes zu Gehör bekommen als Märsche, Ländler und Walzer. Auch die Musikanten waren eigentümlich anzuschauen. Sie wippten wie Störche, beugten sich vor und zurück, im Gesicht reine Qual und dann plötzlich beseligende Freude. Sie grinsten sich zu, schlossen die Augen, und ab ging aufs neue die Post zu ungeahnten, wilderen Ufern.

Dann merkte ich, daß dies eine Balzarena war. Der Posaunist blähte seine Schallblasen seitlich des Mundspaltes auf wie ein Grünfrosch: Uaah, uaah, uaah! Die Finger des Bassisten kletterten über die Saiten wie die Zehen des Laubfrosches über die Zweige eines Busches: Äpp, äpp,

äpp! Der Mann am Klavier war eine Geburtshelferkröte, der seinem Instrument helle, reine Töne in rasender Folge entlockte, als wäre es Glockengeläute. Die Rohrdommel am Schlagzeug trommelte synkopische Botschaften aus Binsen und Schilf. Der Trompeter war ein Teichrohrsänger: Tscharr ... tschirrak, tscharr ... tschirrak!, Joachim am Saxophon ein Drosselrohrsänger, Schilfrohrsänger, Sumpfrohrsänger mit dunkel werbendem Geflöte. Ein wechselndes Abwehrquaken und Locktrommeln, Rufreihen verschiedenster Variation, laute Kräher, sanfte Knarrer. Alles in allem ebensogut wie das Wässern.

Ich bin fortan bei allen diesen Matinées anwesend gewesen, als treuer Fan. Ich habe Joachim auch zu Hause besucht. Er wohnte bei seinen Eltern im ersten Stock eines Bauernhauses. Der Vater war frühpensioniert. Er lag stets mit weißem Gesicht im Lehnstuhl am Fenster und hörte den Vögeln zu, die in den an der Decke aufgehängten Käfigen herumzwitscherten. Jedesmal, wenn ich die Stube betrat, versuchte er, sich zu erheben, um mir die Hand zu geben, schaffte es aber nie. Die Mutter strahlte eine Güte aus, die man beinahe altachisch hätte nennen können. Sie saß meistens am Tisch, schälte Kartoffeln oder fädelte Bohnen ab.

Joachim hockte auf dem Kachelofen, neben sich das Grammophon. Die Trompete von Dizzy Gillespie war zu hören, das Saxophon von Charlie Parker, die kalte Stimme von Chet Baker. Er ließ sich hierselbst nie in ein Gespräch mit mir ein, er saß da, um zuzuhören und zu lernen.

Ich habe seither nie mehr so gern und so oft Musik gehört wie damals in jener Stube. Hat mir doch in der Regel durchaus das Quaken und Unken der Teiche genügt. Das dumme Gedudel, dem man heutzutage auf keiner öffentlichen Toilette mehr entgeht, beleidigt indessen in unzumutbarer Weise mein Trommelfell. Auch dies zuhanden der Staatsanwaltschaft, die hier endlich einmal Remedur schaffen sollte! Hat doch heute bereits jedes Kleinkind eine teure Stereoanlage neben seinem Kajütenbett stehen, die ihm mit schwachsinnigem Gewimmer und Gekrächze die Ohren zertrümmert. Wie soll es da noch in der Lage sein, einen sensiblen Gehörsinn für die Balzlaute aus Bach und Teich zu entwickeln, wie soll es mit den Wasserwesen, die locken und werben, auf natürliche Art kommunizieren können? Die Folgen sind Stampfen und Knattern, zerspritzende Weichteile, Unken- und Krötentod.

Die Musik hingegen, die ich bei Joachim gehört habe, war Wassermusik ab ovo. Negermusik nannte man sie damals in abschätzigem Sinne. Als ob die Schwarzen weniger wasserbeheimatet gewesen wären als die dürrbeinigen Weißstelzer. Man schaue sich doch nur einmal eine Landkarte Afrikas an, zum Beispiel den Oberlauf des Nils. Moorlandschaften von mehrfacher Größe des Tieflandes, Gebirgsregenwälder, in denen der Alpenfirn ersaufen würde, der Viktoriasee, der sämtliche einheimische Binnengewässer ohne weiteres wegzuschlucken vermochte wie der Frosch die Schnake.

Mich hat diese Musik getröstet wie früher im Wigwam Josephs Klagegesang. Es hätte sich eine wertvolle, aufbauende Freundschaft ergeben können mit Joachim. War er doch blitzgescheit und durchaus belesen. Er hat mir Brechts Gedicht »Das ertrunkene Mädchen« zugesteckt, Rimbauds »Trunkenes Schiff« und »Hälfte des Lebens« von Kollege Hölderlin. Ich war an der Quelle des Wissens bei ihm, mehr noch als bei Jakob Hufnagel, welcher mir zunehmend Dehydrierungserscheinungen aufzuweisen schien. Ich habe mich gelabt aus diesem Bronn, aber dann ist derselbige versiegt, da Joachim wegen geistiger Trägheit des Gymnasiums verwiesen worden ist. Er ist dann nach Paris gefahren und fortan in einheimischen Tieflandgefilden nie mehr gesichtet worden.

Ich frage mich, was das für Kriterien waren, nach denen die Luftakrobaten ihren Elitenachwuchs erkoren haben. Wie ich mich im übrigen ganz allgemein des öftern kundig zu machen versucht habe über die Grundsätze, nach welchen hierzulande die Wasser- von den Luftleuten geschieden werden. Warum zum Beispiel bin ich der leidensberechtigte Patient, während Sie den helfenden Arzt darstellen? Weshalb verdienen Sie Geld an mir und nicht ich an Ihnen? Weil ich der Wasserliebe verfallen bin? Daß ich nicht lache, haha! Habe ich nicht eine verräterische Röte auf Ihrer Denkerstirn aufleuchten sehen in jener Sitzung, als ich vom Schimmer zwischen Doras Zehen berichtet habe? Woher kam denn diese Ihre plötzliche Einfärbung? Aus der Sorge um mein Seelenheil etwa? Daß ich nicht kichere, hihi! Auch Sie stecken mitten im Sumpf, sehr geehrter Herr Seelendoktor, auch Sie öffnen nachts Ihre Kiemen.

Warum haben die Luftwackler damals Joachim Graber, von dem auch sie hätten lernen können, von der Schule gewiesen? Was haben sie damit bezweckt? Sein weicher Gang, seine wasserhellen Augen, seine balztanzenden Flötentöne wären durchaus in der Lage gewesen, ihre altersstarren Trockenskelette neu in Saft schießen zu lassen und den ganzen gymnasialen Park in blühendes Laichkraut zu verzaubern, hätten sie ihm nur zugehört. Aber das wollten sie nicht, das wollten sie ums Verrecken nicht. Was sie wollten, war Trockensplit auf dem Boden, nervsägendes Kreidegekreische auf der Wandtafel, staubwedelnde Schülerärsche. Die langfristige Folge davon war die Zubetonierung von Köpfen und Landschaft. Was gurgelte, wurde erstickt. Was bereit war zur samenspendenden Ejakulation, ob Gehirn oder Gemächte, wurde abgeklemmt und unter behutsamem Tadel der unfruchtbaren Eintrocknung zugeführt.

Die Folgen sind bekannt. Erst Wasserlosigkeit, dann Luftleere, in der die Zukunft erstickte. Der urplötzliche, unerwartete Aufstand der Jugend im Revolutionsjahr 1968 – die Wasserphantasie an die Macht! – kontinentweit und staatenerschütternd. Die Aufrüstung der Polizei zur Repressionsmaschine, welche die ausufernde Wasserjugend mit Insektiziden wegzuspritzen versuchte, als wären es giftige Fliegen gewesen.

Seither ist dieser Kampf kontinuierlich weitergegangen. Alt gegen jung, Vergangenheit gegen Zukunft, trocken gegen naß. Fast könnte es scheinen, die Versteppung habe die Überhand gewonnen. Ich aus meiner Hydrophilie heraus beharre indessen darauf, daß die Erde ohne Wasserjugend nicht überleben kann, wohl aber ohne Trockenärsche.

Ich habe mich von diesen Dehydrierungskämpfen damals ferngehalten, wohl wissend, daß meine Stigmatisierung sogleich den übelsten Verdächtigungen Vorschub geleistet hätte. Wer eine Wasserwunde am Halse trägt wie ich, kommt leicht in den Ruch, gar kein richtiger Lungenmensch zu sein.

Allerdings habe ich mein Scherflein beigetragen mit meiner Poesie. Ich verweise auf mein lyrisches Epos »Das süße Auge der Nymphe« sowie auf das dramatische Poem »Die Wasserfrau«, das mit den herrlichen Versen beginnt: Sie kommt aus Wasser, wo es seicht ist. / Sie führt mit sich das Diadem der Nacht. / Froschfinger legt sie auf mich, wo es weich ist. / Sie trägt mich sacht in ihrer dunklen Tracht.

Ich bin an jenem Gymnasium wohl nur dank der Unterstützung von Rektor Froschbein geduldet worden. Hätte er nicht seine schützende Flossenhand über mich gehalten, ich wäre mit an Sicherheit grenzender Wahrscheinlichkeit zusammen mit Joachim Graber der Schule verwiesen worden. Hatte doch vor allem der Glatzkopf seit meinem Prüfungsaufsatz eine Sauwut auf mich, die sich in vernichtender Benotung äußerte. Auch warf er mir immer wieder mit haßerfüllter Luftemphase meinen Schreibstil vor, von dem ich weder abweichen könnte noch wollte. Der sei total antiquiert und maniriert, abgewirtschaftet und zu keinerlei Transportierung eines sauberen, frischen Gedankens fähig.

Warum mich Froschbein behütet hat, weiß ich nicht genau zu sagen. Er hatte vormals Griechisch, Latein und Philosophie unterrichtet, ging indessen schon gegen siebzig und leitete nur noch das Rektorat. Ein kleiner, runzliger Mann, der stets eine flache Zigarette zwischen den Lippen hängen hatte und das linke Auge zukniff, um es vor dem aufsteigenden Rauch zu schützen.

Ich vermute, daß er früher ein Wassermensch gewesen ist, kann das allerdings mit keinerlei Fakten belegen. Sein Hals jedenfalls war trocken, sein Gesicht hartledern, sein Auge kühl wie die Nacht.

Eines Morgens im Spätherbst, als aus der Aare ein nebliger Dunst gekrochen kam, der alles eindickte und zupappte, saß ich in der Deutschstunde, wie immer allein zuhinterst in einer Bank. Der Glatz- und Quatschkopf plapperte vorne etwas von Exposition, Peripetie und Idiotie. Ich schaute zum Fenster hinaus in den Nebel, in dem die kahlen Äste der Ulmen und Eichen nur schwach erkennbar waren. Ich spürte die Wunde, die gewässert werden sollte, die schleichenden Finger der Kälte, die mich in den Griff nehmen wollte.

Schon immer um diese Jahreszeit, wenn Niklausens ihre Runkeln einfuhren und alles Feuchtgetier sich verkroch, hatte mich diese Kälte beschlichen, die nicht einmal unwillkommen zu nennen gewesen wäre. Sie fuhr in meine Eingeweide wie kühlendes Eis, drohte meinen Herzschlag auf Sparflamme herunterzudrosseln und sich bis in Finger- und Zehenspitzen auszubreiten, die beinahe erstarrten. Sie schloß mir über Tage den Mund, so daß kein Wort mehr heraustropfte, verdüsterte meine Augen. Nur sanfte Kühle und Dunkelheit, die graue Depression.

Man muß wissen, daß Altachenland nicht nur Tränenland war, sondern im Winter auch Nebelland. Kaum ein Sonnenstrahl drückte durch während der Kaltmonde, nur dicker Nebel, so daß man die eigene Hand nicht mehr sah vor den Augen. Aber Nebel hieß eben auch Leben, wie mein Kollege, der Magier und Wortraffinierer Ermanno del Castello, in buchstabenumkehrender Weise treffend formuliert hat. Erst im Leben lachen, dann im Nebel weinen. Und im Frühjahr die Auferstehung zum paarenden Gequake.

Ich war also die Finger der Kälte durchaus gewohnt, ich hätte sie vermißt, wenn ich sie beim Anblick der vernebelten Häuser nicht gespürt hätte. Langsam senkte sich mein Kopf, um sich auf die Tischplatte zu legen.

Da zerrte mich jemand am Halstuch zurück, so daß meine Augenlider aufsprangen. Ich sah den Glatzkopf neben mir stehen, den zerrissenen Schal in der Hand.

Pfui Teufel, sagte er, welch grausiger Froschkopf.

Ich hörte diese seine Worte wie durch Wasser hindurch. Meine Lider standen zwar offen, aber mein Auge war trübe. Langsam erhob ich mich, tappte schlaftrunken zur Tür hinaus. Ich ging durch die Wandelhalle an der ätzenden Toilette vorbei, stieg die Treppe durch den griechischen Tempel hinunter, überquerte den Vorplatz und fand endlich den Weiher. Sorgfältig zog ich mich aus, Nylonhemd samt Krawatte, gebügelte, dunkle Flanellhose, geringelte Socken und Speckgummischuhe. Dann kroch ich in den Weiher bis auf den Grund.

Ich weiß nicht mehr, wie lange ich mich dortselbst gewässert habe, ich muß bereits zu gut zwei Dritteln inaktiv gewesen sein. Ich erinnere mich an einen Grünfrosch, der sich im Schlamm vergraben hatte. Nur noch seine Augen waren zu sehen, sie starrten mir träumend ins Gesicht.

Ich wurde geweckt, weil mich jemand mit großer Gewalt am Haar zerrte. Das schmerzte fast, aber ich spürte nicht viel. Jemand hatte seine Hand in meine Strähnen gekrallt und riß mich vom schlafenden Frosch weg. Dann tauchte ich auf. Ich sah durch die halboffenen Lider den Biologielehrer stehen, in Unterhose, sonst war er nackt. Seine sehnigen Beine sind mir in genauster Erinnerung geblieben, mein Wasserauge hielt alles fest, wenn auch halb schlafend. Sie waren voll Taumelkäfer, die sich an seine wärmende Haut geklebt hatten. Fluchend riß er sich Pflanzen vom Leibe, es war das krause Laichkraut. Dann griff er sich meinen Oberkörper, legte ihn auf sein Knie und begann zu pressen. Als kein Wasser aus mir herausrann, legte er mich wieder hin, unschlüssig, was jetzt zu tun sei. Endlich untersuchte er meinen Hals, fand meine Wunde und stieß einen Finger hinein. Dann übergab er sich stehend, gelbe Galle tropfte auf den Schlamm.

Neben ihm Gesichter von Kommilitoninnen und Kommilitonen voller Wasserschreck. Einige kamen mir bekannt vor, auch Jakobs Grinsen war darunter. Dann das Blaulicht eines Krankenwagens. Ich wurde eingeladen und weggefahren. Endlich Dunkelheit, trübes Versinken.

Ich bin nicht lange im Krankenhaus geblieben, mir

fehlte ja nichts außer einem Teich. Zudem fand ich nach wenigen Tagen Tiefschlafs überhaupt keine Ruhe mehr. Ganze Horden froschgrün gekleideter Damen und Herren sind an mir vorbeigezogen, mit staunendem Interesse meine Wunde anstarrend, sorgfältig befühlend und ausmessend. Ich wurde fotografiert und geröntgt, durchleuchtet und analysiert. Das Ergebnis war gleich Null, wenn ich das stete Geraune richtig verstanden habe. Dank meiner perfekten Lateinkenntnisse bin ich sehr bald hinter ihre sprachlichen Schliche gekommen. Sie standen vor mir wie der Esel am Berg beziehungsweise der Molch vor der Unke. Sie hatten keine Ahnung, was sie anfangen sollten mit mir.

Ich habe die ganze Zeit kein Wort geredet mit ihnen. Ihre Fragerei war mir zu blöd. Nur mit der Krankenschwester, die mir das Essen brachte – ich wurde wie nie sonst verwöhnt, hatte ein Einerzimmer mit Wässerwanne und Blick auf vernebelte Bäume –, habe ich mich unterhalten. Sie kam aus Neapel und kicherte dauernd, wenn sie mir mit dem feuchten Lappen über den Hals fuhr. Sie hat mir vom bärtigen Neptun erzählt und von den schönen Nereiden, die schon manchen braven Mann in den nassen Tod gezogen hätten. Attenzione, Signore, Attenzione!

Nach zwei Wochen erklärte ich, daß ich heimkehren wolle. Dem stand nichts im Wege, außer daß einer der Grünfrösche angerannt kam und unbedingt meine Unterschrift auf einem Blatt Papier haben wollte, worauf zu lesen war, daß sich unterzeichneter Moses Binswanger weiterhin der Forschung zur Verfügung zu stellen gedenke, indem er schriftlich bestätige, er werde allmonatlich zu noch festzusetzender Zeit hierselbst auftauchen zwecks Untersuchung seiner ichthyologischen Halsöffnung.

Ich unterschrieb nicht und konnte gehen.

Als ich unsere Kate betrat, der Nebel hing zum Greifen nahe vor den Augen, kam Mutter aus der Stube und fiel mir schluchzend um den Hals. Ich hätte sie am liebsten weggestoßen, in eine Ecke geworfen, zertreten wie eine schreiende Kreuzkröte, die verfluchte Wassergebärerin, die mir die Wunde in den Hals und die Kältesehnsucht in die Eingeweide gepflanzt hatte. Aber ich hob sie auf, sie war wie ein Vogel so leicht, trug sie in die Küche und setzte sie auf die Eckbank. Ich brauchte nichts zu erklären, sie wußte alles, hatte sie doch mit Rektorat und Krankenhaus telefoniert. Und was sie hierbei nicht erfahren hatte, hat sie aus eigener Anschauung gewußt.

Sie weinte die ganze Zeit, sie wässerte mit ihren Tränen Küche und Stube. Zwischendurch goß sie sich chinesischen Rauchtee auf, der im Städtchen in einer neu eröffneten Filiale einer Großladenkette erhältlich war. Sie trank ganze Krüge aus, wohl um den enormen Flüssigkeitsverlust in ihrem Körper zu ersetzen. Wenn ich mich auf die Eckbank legte, um einzudämmern, wieselte sie flink heran, beugte sich über mich und ließ ihr Augennaß auf meinen Hals niedertropfen. Wenn ich wegschlich unters Dach, um mich auf der Heumatratze einzurollen, kroch sie die Stiege herauf, und ihre Tränen rieselten in meine Ohren.

Nach zwei Wochen hatte sie mich weichgeweint. Ich zog das Nylonhemd an samt Krawatte, schlüpfte in Flanellhose und federnde Schuhe. Ich verabschiedete mich von ihr unter der Tür, sie drückte mir einen Kuß auf die Stirn. Ich sah, wie es in ihren Augen funkelte. Die fatale Weibergewißheit, der verdammte Frauentriumph, dem ich zeitlebens nichts entgegenzusetzen gewußt habe!

Als ich das Gymnasium betrat – ätzender Salmiakduft der Putzmittel, eingetrockneter Schweißgeruch –, kam der

Pedell herangerannt und bat mich ins Rektorat. Ich erschrak, denn dies mußte Verweisung bedeuten. Ich wollte schon umkehren und weglaufen zur Aare hinunter, aber Jakob Hufnagel, mein treuer Begleiter und Mentor, schüttelte grinsend den Kopf.

Mach keine Dummheiten, sagte er, laß dich von den Söldlingen des Monopolkapitals nicht wegrelegieren.

Froschbein empfing mich mit hängender Zigarette. Sein linkes Auge tränte. Er hieß mich freundlich willkommen, bat, mich zu setzen. Dann schrieb er weiter in ein Heft, griechische Buchstaben, wie es schien.

Ich schaute zum Regal hinüber, wo die ausgestopften Vögel standen. Graureiher, grünfüßiges Teichhuhn, Storch, Stelzenbein an Stelzenbein, alle bis auf schäbige Federreste gerupft von unbotmäßigen Flossenhänden. Daneben die abgestoßenen Häute von Ringel- und Äskulapnattern. In einem Spiritusglas hing ein Grasfrosch, ich sah seine dunklen Brunftschwielen.

Froschbein legte seinen Federhalter hin, hob den Kopf und deklamierte: Es ist das Feuer der Erde Tod, und die Luft ist des Feuers Tod, das Wasser ist der Luft Tod, die Erde ist der Tod des Wassers.

Heraklit, sagte ich.

Stimmt, sagte er, ich habe mir gedacht, daß du das weißt. Weiter: Das Kalte wird warm, Warmes wird kalt, Feuchtes wird trocken, Trockenes wird feucht. Ist es das, was du willst?

Er hatte mich geduzt, das fiel mir sofort auf, denn das Duzen zwischen Lehrern und Schülern war äußerst verpönt.

Ja, sagte ich.

Er faßte mich genau ins Auge, schweigend, sein Blick war kühl wie Lagunenwasser. Mein langes, strähniges Haar,

die tiefliegenden Augen, die schmalen Wangen, das flaum-
lose Kinn.

Du brauchst dich nicht zu rasieren, nicht wahr?

Nein, aus meinem Kinn wächst kein Haar.

Er nickte, Asche fiel auf seinen Rockkragen.

Nimm den Schal weg.

Ich knotete den Schal auf, nahm ihn weg, hob das Kinn
hoch und zeigte ihm die Wunde. Er beugte sich vor und
schaute hin, nur kurz, dann war er zufrieden.

Eine Wasserwunde, nichts weiter. Zieh ihn wieder an.

Ich band den Schal um und schaute zu, wie er etwas auf
ein Papier mit amtlichem Briefkopf schrieb. Er schob es in
einen Umschlag, verschloß ihn und überreichte ihn mir.

Wenn es wieder Schwierigkeiten gibt, sagte er, zeigst du
diesen Brief. Hier drin steht, daß man dich jederzeit und
unter allen Umständen in einem Gewässer deiner Wahl
abtauchen lassen soll. Besser wäre allerdings, wenn du dich
so wässern würdest, daß es niemand sieht.

Ich nickte, denn ich wußte, daß mein Abtauchen während der Deutschstunde ein Fehler gewesen war.

Er nickte kurz, griff zum Federhalter und senkte den
Kopf. Ich ging hinaus, auf sehr leisen Sohlen.

Ich habe jenen Brief stets mit mir herumgetragen. Er hat
mir enorm geholfen. Nicht, daß ich ihn tatsächlich vorge-
wiesen hätte, so weit ist es vorerst nicht gekommen. Aber
die Gewißheit, daß ich vom Rektorat aus das Recht hatte, jederzeit und allerorten, wo ich wollte, abzutauchen,
bedeutete eine psychische Stütze beziehungsweise ein
rettendes Oberwasser für mich, das mich in Sicherheit
wiegte.

Es kommt indessen immer so, wie es kommen muß.
Alte Altachenweisheit, wie oben erwähnt, aber in keiner
Weise zu widerlegen. Da hilft keine Theorie des freien

Willens, kein cogito, ergo sum, keine ausgeklügelte Dialektik.

Ich habe an jenem Morgen nach der Sitzung mit Froschbein den Unterricht wieder besucht, als wäre nichts geschehen. Ich habe mich weiterhin einer Unauffälligkeit befleißigt, die mir als Sonderling zustand. Ich habe mich nur auf ausdrücklichen Wunsch zu Wort gemeldet, was sehr selten geschah. Stets habe ich mit Akribie darauf geachtet, daß ich der schlechten Benotung durch Glatzkopf und Konsorten mit guten Zensuren in anderen Fächern Paroli zu bieten vermochte.

Ich muß allerdings sagen, daß mir die gesamte Lehrerschaft seit jenem Vorkommnis im Teich mit heimlicher Hochachtung begegnet ist, die sich in höflicher Distanz ausdrückte. Jedenfalls ist es nie mehr geschehen, daß mich einer der Luftschnäbler am Schal gerissen hätte, wenn mein Kopf auf die Tischplatte sank. Sie ließen mich schlafen, wann und wo ich wollte.

Auch die Kommilitonen ließen mich in Ruhe, was ihnen hoch anzurechnen war. Keiner hat mich gehänselt, niemand ist mir mit abgestandenen Wasserwitzen zu nahe getreten. Ich war für sie ein fremdes Wesen, eigenartig und nicht assimilierbar, ein eigensinniges Schalentier.

Die Kommilitoninnen haben mich behandelt, als wäre ich gar nicht anwesend gewesen. Sie, die sonst stets kicherten und bei jeder Gelegenheit überraschte Schreie ausstießen, sind an mir vorbeigegangen, als wäre ich ein Schatten gewesen, den man wie Luft durchstoßen konnte. Offenbar war für sie mein Einwässern im Teich eine existentielle Bedrohung gewesen, ein Aufreißen ihrer Netzhaut, so daß ihr angeborener Wasserblick zum Vorschein gekommen war. Sie behalfen sich gegen diese ihre Entblößung, indem sie erschreckt den Vorhang sogleich wieder zuzogen vor ihrer Iris und mit unschuldigen Luftaugen die Arschkriecher anhimmelten.

Nur ab und zu traf mich überraschend ein Melusinenblick, wenige Momente lang bloß, voll Wassersehnsucht an meinem Schal hängend. Ich habe sie alle gesehen, diese süßen Augen der Nymphen. Ich habe nie reagiert.

Einmal im Frühling, als ich unter den Ulmen spazierte, um meine Hände auszulüften, ist eine blondgelockte Jungfrau auf mich zugekommen und hat sich mir in den Weg gestellt. Ihr Gesicht war gerötet, sie nahm all ihren Mut zusammen und sprach mich an.

Ich möchte dir helfen, sagte sie, ich möchte dich einladen und eine Nacht lang mit dir tanzen.

Ich kann nicht tanzen, nur hopsen und hüpfen.

Ich habe damals am Teich deinen Hals gesehen, erklärte sie. Ich finde ihn überhaupt nicht so schrecklich.

Sie hatte goldene Augen, wie Honig. Ihr Hals war rein, und ein Sonnenstrahl, der durch das Laub fiel, ließ ihre braunen Achseln aufleuchten.

Im Wasser ist meine Heimat, behauptete sie. Ich spüre das, wenn ich an der Aare spazierengehe. Es zieht mich hinein, ich weiß nicht warum.

Sie war eine tapfere junge Frau. Und plötzlich teilte sich der Schleier, ihr Wasserauge erschien und entließ einen durchsichtigen Tropfen.

Ich riß mich los von ihrem Anblick und rannte quer durch den Park, um mich zu retten.

Ich habe ausgesprochen zurückgezogen gelebt damals. Ich bin nicht tanzen gegangen und nicht Bier saufen mit den Kommilitonen, sondern habe mich außerhalb der

Schule bloß in der näheren Altachenumgebung herumge-
trieben. Dortselbst hatte, von der einheimischen Bevölkerung fast unbemerkt, der hochkonjunkturelle Entwässe-
rungsvorgang eingesetzt, heimlich und leise vorerst. Auf
sanften Pfoten sind die Beton- und Wüstenwölfe herange-
schlichen. Man hat sie in Niklausens Matten stehen sehen,
zusammen mit Geometern, die durch seltsame, auf Stel-
zenbeine geschraubte Okulare schauten und unverständ-
liche Worte ausstießen. Einige Wochen später sind dann
Lastwagen vorgefahren, vollbeladen mit süditalienischem
Arbeitervolk, das armdicke Baustangen aufstellte.

Niklausens hatten ihr Land verkauft. Man munkelte,
der Mammon sei schuld dran gewesen. Hätten die Baulö-
wen doch mit Dutzenden von Tausendernoten vor der
Bäuerin herumgewedelt.

Ich wußte es indessen besser. Diese Frau hätte niemals
ihre Einwilligung gegeben, das Land zu verhökern, wären
nicht ihre beiden Söhne gestorben. Sie liebte Hof und Leute zu sehr. Dies war ihr altvertrauter Lebensbereich, der
sich über Generationen vererbt hatte bis auf sie und den sie
weiter vererben würde auf ihren jüngsten Sohn. Nur ein
Lehen war dieses Anwesen für sie, nicht Besitz, der gegen
Geld veräußert werden durfte. Was waren denn schon einige Tausendernoten, auch wenn sie gebündelt unter der
Roßhaarmatratze lagen und jederzeit gegen Lustbarkeiten
aller Art wie Lebkuchenherzen, Vierwaldstättersee-Rund-
reise und Alpenflug hätten eingetauscht werden können?
Luftraschelnder Firlefanz, eitler Tand.

Da das Schicksal sie aber mit aller Macht geschlagen und
ihr die Kinderseuche ins Haus geschickt hatte, die den
Fortbestand ihrer Dynastie, hier galt noch das Matriarchat,
innerhalb nur einer Woche für immer unterbrach, hatte
sie keine Lust mehr, Land, Vieh und Leute an irgendwel-

che Nichten und Neffen zu vererben. Sie saß meist in der Küche am Tisch, die Ellbogen aufgestützt, den fast kahl gewordenen Schädel in den abgearbeiteten Händen haltend, und wiegte sich vor und zurück, langsam, fast unmerklich. Neben ihr Annerös, die unaufhörlich schwatzte von allerlei Unglücksfällen und Verbrechen, von denen sie im Tagblatt gelesen hatte. Marie am Herd, die Katze auf dem Schoß. Fridolin mit dem Einspänner unterwegs, um zwei Säcke Kartoffeln abzuliefern. Der Bauer auf der Weide, wo er im Schlamm versunkene Zaunpfähle aufrichtete. Den Melker hatten sie entlassen, es wurde elektrisch gemolken.

Als die ersten Bulldozer auffuhren, welcherlei Ungetüme man hierzulande noch nie gesehen hatte, die ganze Küche erzitterte in ihren Grundfesten, wenn sie vorbeirasselten, starb die alte Marie. Sie lag eines Morgens leblos in ihrem Lehnstuhl am Herd, auf dem Schoß die schlafende Katze. Diese sei, wie Annerös erzählte, kaum von der Toten herunterzubringen gewesen, sie habe gefaucht und gebissen. Fridolin habe sie am Genick gepackt, habe sie mit dem Beil erschlagen und auf den Miststock geworfen. Maries Leichnam sei federleicht gewesen, wie eine Gänsedaune, hergeweht vom Wind. Er habe ohne weiteres in einem Kindersarg Platz gefunden. Bereits kurz nach Mittag sei er von einem schwarzen Auto abgeholt und zur Kremation gefahren worden.

Ich habe es sehr bedauert, daß ich die Tote nicht mehr sehen konnte, war ich doch an jenem Tag in der Knochenmühle. Auch war es mir ein widerlicher Gedanke, daß die alte Frau, die mich mit ihrem Wasser gegen jede Unbill imprägniert hatte, eingeäschert wurde. Sie war mit Sicherheit eine Wasserfrau gewesen, die ihre endgültige Bleibe im Altachenmoor hätte finden müssen.

Kurz darauf wurde das Hornvieh verkauft, Milchkühe samt besamendem Stier, Rinder und Kälber. Zweimal fuhr ein Kastenwagen vor, schluckte muhende Mäuler und tropfende Euter, karrte sie weg zur Verwurstung. Zurück blieb ein verwaister Hof. Sind doch die eigentlichen Königinnen aller einheimischen Bauerngüter, sei es im Tiefland, im Hochwald oder knapp unterhalb des Alpenfirns, die stolzen Euterträgerinnen, die geduldig und zäh und stundenlang wiederkäuend aus Gras und Heu sanft fließende Milch herstellen, eine Labe für Mensch und Tier. Und wird doch kein anderes Haustier von hiesigen Bauersleuten so gehegt und gepflegt wie die Kuh. Glaukopis hat Homer seine Göttin der Weisheit genannt, die kuhäugige Athene. Wie recht er hatte, der weise Hellene!

Indes wollten Niklausens nicht gänzlich verzichten auf grunzende, krähende, wiehernde Habe. So behielten sie Schweine, Geflügel, Fanny und einige Ziegen, deren Milch wir nur noch halbliterweise zugeteilt erhielten. Meine Mutter hat sie mit Wonne getrunken, behauptete sie doch, diese Milchmeckerinnen seien die humorigsten Vierbeiner überhaupt, sie könnten lachen und Witze erzählen. Mir hat ihr Saft rote Pickel auf Gesicht und Hals gepflanzt, aber in der Not frißt der Teufel ja Fliegen.

Es begann die Melioration der Altachen. Die Wässermatten wurden drainiert, Bagger fuhren heran, um die Röhren zu legen. Die Zähne ihrer Schaufeln fraßen sich metertief in Lehm und Kies, zermantschten, was kriechend und hüpfend zu fliehen versuchte, luden Feuchtkraut und Wurzelwerk auf schwere Laster, von deren Brücken es tropfte. Auf Reifen fuhren die alle, auf wasserdichten Luftstelzenprofilen, und hinten furzten sie stinkendes Abgas hinaus. Kein Kraut war dagegen gewachsen, kein Weidengeflecht, kein Wuhr. Mehrstöckige Häuser schossen aus dem Boden, alimentiert von Betonkübeln, die am Luftarm der Krane heranschwebten und ihren versteinernden Inhalt in die Verschalungen entließen. Dreizimmerwohnung an Dreizimmerwohnung mit Eßnische und Nierentischecke und grinsendem Porzellanfrosch in der Wohnwand. Arschkriecher an Arschkriecher samt Arschkriechergattinnen und Arschkriecherkinder, vom trockenen Keller aus zentralbeheizt und von der Fernsehantenne auf dem Dach ferngesteuert.

Da alle diese Familienvorstände dringend eines Autos bedurften, sei es, um zur Arbeit zu fahren, um Gattin und Kinder auszuführen oder schlicht um einen guten Eindruck zu machen, besaß bald jeder seinen eigenen Gasfurzer. Das hatten die kleinstädtischen Denker und Planer, schlau, wie sie waren, vorausgesehen, und folglich beschlossen sie, die Straße zu verbreitern. Also weg mit dem Amazonas, weg mit der Eisenbrücke, weg mit Schlammbank und Lilie. Sie haben das Altachennaß vom hohen Wehr aus umgeleitet durch den Mühlebach und so das mäandernde Bett trockengelegt. Das ist erstaunlich schnell vor sich gegangen, die Eisenbrücke haben sie innerhalb eines einzigen Tages entfernt. Nach wenigen Monaten nahm der Bach wieder seinen Lauf durch den neuen Kanal, der weiter vorn unter einer breiten Betonbrücke hindurchführte.

Es scheint mir, sehr geehrter Herr Seelendoktor, daß ich an dieser Stelle meiner Aufzeichnungen darauf hinweisen sollte, daß ich kein blinder Eiferer bin, kein tobender Zelot, der aus seinem wasserdichten Einfamilienhaus heraus samt Tiefkühltruhe, Geschirrspül- und Waschmaschine das immergrüne Paradies beschwört. Was sein muß, muß sein, auch das ist eine Altacher Weisheit, an die ich mich halte. Daß damals Mehrfamilienhäuser gebaut werden

mußten, war durchaus notwendig. Hat sich doch die tiefländische Bevölkerung nach den Jahren der kriegsbeding-
ten Zeugungsabstinenz im neu aufgeblühten Frieden zu
wahren Brunftklumpen zusammengeballt und, pflichtbewußt draufloskopulierend, für reichlichen Nachwuchs ge-
sorgt. Dieser wollte nicht nur ernährt, sondern auch mit
wärmendem Obdach versehen sein. Folglich brauchte es
Wohnungen zuhauf.

Das wäre aber auch anders möglich gewesen. Wenn
man mich nur gefragt hätte. Aber mich hat nie jemand gefragt, meine Wasserintelligenz hat ungenutzt brachgele-
gen. Ich hätte diesen Luftakrobaten gezeigt, wie sie ihre
Häuser hätten bauen können, ohne die Feuchtpopulatio-
nen zu zerstören. Auf Stelzen natürlich, auf Luftstelzen!
Warum muß sich denn jedes neue Dürrbeinerhaus klaftertief in den Lehmboden bohren, wenn dort doch schon jemand wohnt? Warum nehmen sich diese Luftstelzer nicht
beim eigenen Wort und bauen, ihrer eigenen Gestalt ent-
sprechend, in luftiger Höhe? Auch die Straßenverbreite-
rung wäre möglich gewesen, ohne den Amazonas trocken-
zulegen. Man hätte die Fahrspur bloß balkonartig ein
Stück weit über die Wildnis ziehen müssen, so wäre der
Bachlauf geblieben, wie er war. Aber das wollte man nicht,
das wollte man ums Verrecken nicht. Sondern man wollte
dem Wasser an die Lebensgurgel.

Desgleichen die Arschkriecherei, wenn Sie mir diesen
Einschub gestatten. Auch diese müßte nicht sein, ließe
man bloß die heranwachsende Jugend auswässern, wie sie
will. So würde unsere Zukunft azurblau aufleuchten, und
bald wäre unser aller Luftgegenwart durchfeuchtet. Kein
vereinsamtes Glotzen mehr vor der Flimmerkiste, sondern
heiteres Spielen und Plantschen an Bach und Teich.

Ich habe, als damals die Armada der Bulldozer und Bagger auffuhr, mehrfach versucht, der Patin habhaft zu werden, um sie zu retten. Die Lagune war noch da, sie blieb während der ganzen Bauerei unangetastet, da sie nicht ohne Entfernung des hohen Wehrs hätte ausgehoben werden können. Was nicht möglich war, da dieses das Wasser in den Mühlebach umzuleiten hatte. Aber wie hatte sich das Schwarzwasser verändert! Kein Quirlen mehr, keine aufsteigenden Blasen, nur Dumpfwasser, Trübwasser, Faulwasser. Zur Hydrierung mochte es mir zwar noch dienen. Auch Molch und Unke bot es rettenden Unterschlupf, wessen ich mich mit eigenen Augen versichern konnte. Aber eine Bachforelle konnte daselbst unmöglich überleben.

Ich habe das ganze Becken abgesucht, habe gefüßelt und gefingerlt, um sie aus ihrem Versteck zu locken, habe in jede Höhle geschaut und hinter jede Wurzel. Sie war nicht aufzuspüren. Ich hoffte schon, sie sei bachabwärts entwichen.

Dann, eines frühen Abends, als der zunehmende Mond den Tümpel verzauberte, habe ich ihren Leib aufschimmern sehen. Er trieb an der Oberfläche, Bauch nach oben, beide Seitenlinien aufgeplatzt, mit milchig weißen Augen.

Zu jener Zeit habe ich meinen Wässerplatz an die Aare hinunter verlegt, dorthin, wo die Wigger einmündete. Eine Landzunge lag dortselbst, weit hinausreichend ins kühle Alpenfirnnaß, eine Sandzunge, Schlammzunge, über welche das Wiggerwasser warm dahinrieselte. Dort stieg ich ein und trieb auf dem Bauche, den hellen Grund besamend. Dann plötzlich und beinahe erschreckend die Grenze zum Kaltwasser, die ich durchstieß. Es ergriff mich, riß mich mit, trieb mich hinunter der Brücke von Aarburg entgegen, über der auf einem Kalksporn sich Kirche und Festung erhoben.

Die Aare durchstößt dort den ersten Jurariegel, und knapp vor dieser Stelle hat sie rechter Hand eine Bucht ins Land gefressen, in der sie sich, eine sogenannte Waage bildend, im Kreise dreht. Eine Schlüsselstelle für jeden Flußnautiker, ein Tummelplatz früher für Aal und Lachs, in neuerer Zeit zum Festplatz dumpfer Bierseligkeit geworden. Mehrere Weidlinge trieben dort an schönen Abenden im Kreis herum, voll besetzt mit Jungvolk. Ich ließ mich jeweils mittreiben, unerkannt unter den Booten schwebend, ein dunkler Schatten, der sich nicht zu erkennen gab, bis ich wegtauchte, um das andere Ufer zu gewinnen. Dort erhob sich ein Kalkfelsen, Muttergüttsch genannt, an dessen Fuß sich die Aare brach. Dortselbst lag eine Sandbank, wo ich ausstieg.

An jenem Spätsommertag, an dem das Unglück geschah, fand an der Waage das alljährliche Flußfest statt. Das war der einzige gesellschaftliche Anlaß, an dem ich teilzunehmen pflegte, war er doch von feierlicher Wasserschönheit. Der gurgelnde, sanft drehende Fluß, darauf die mit Fackeln und Lampions geschmückten Weidlinge. Die elegant geschwungene Brücke, rechts die bestrahlte Kirche samt Festung, links der schwarz ansteigende Bornberg. Der violette Himmel darüber, der langsam erlosch.

Ich stand in der Menge am Ufer, mit Krawatte und Schal, versteht sich. Ein kühler Wassergeruch stieg aus dem Fluß auf, es roch nach Fisch und faulendem Schlamm. Plötzlich schwang ein feiner Algenduft mit. Ich drehte den Kopf und sah neben mir das kurzgeschorene Mädchen aus der Eisenbahn stehen. Sie war sehr dürr, ihre Schlüsselbeine stachen deutlich hervor. Am linken Ohrläppchen hatte sie, kaum sichtbar im Abendlicht, etwas wie Schuppen.

166

Ich wollte sogleich weglaufen, ich wollte vor ihr fliehen, aber sie hängte sich bei mir ein und hielt mich zurück. Sie hatte einen seltsam siegreichen Zug um die Lippen, das fiel mir auf, aber ich habe zuwenig darauf geachtet. Ich bedaure das zutiefst, aber ich kann das, was geschehen ist, nicht zurücknehmen.

Ich blieb also stehen neben ihr, ihre kühle Hand auf meinem Arm. Ich spürte ihre Nähe wie diejenige einer Katze. Es war mir ausgesprochen wohl neben ihr, das gebe ich gern zu, als wäre die Patin wiederaufgetaucht, um mir zuzufächeln.

Wir haben lange nichts gesprochen. Bis sie mich fragte, ob sie meine Wunde sehen könne. Ich wollte mich loszerren, aber sie schaute mich aus engen, goldgelben Pupillen an und sagte: Hab keine Angst, bitte.

Wir gingen zusammen über die Brücke zum Muttergüttsch hinüber, wo wir uns auf die Sandbank setzten. Sie senkte die Zunge in meine Wunde, und nach einer Weile küßte ich ihr Ohrläppchen. Es waren tatsächlich Schuppen, ein bißchen glitschig, aber zart und kühl. Das geschah ebenso selbstverständlich wie heimlich, waren wir doch vor dem Schein der draußen auf den Weidlingen vorbeitreibenden Fackeln geschützt durch die Zweige einer Erle, die aus dem Uferwasser wuchs.

Dann sprach sie den ominösen Satz: Nimm mich ins Wasser, bitte.

Ich hätte gewarnt sein müssen, gewiß. Ich hätte voraussehen müssen, daß diese unsere Liebschaft wiederum im lähmenden Wasserschreck enden würde, tauchte ich mit der jungen Frau ab. Aber die Verführung war eine schleichende, nicht sprunghaft hüpfend, sondern langsam kriechend auf sich festsaugenden Haftballen bis zum Punkt, wo es keine Landflucht mehr gab, nur noch den Klammergriff unter Wasser. Hat doch die Natur alle Lebewesen so geschaffen, daß sie im Zeugungsakt jede distanzierende Vernunft ausschalten, um sich zu reproduzieren.

Wir sind ziemlich weit den Fluß hinabgeschwommen, eng umschlungen dem Kiesbett entlangtreibend, das Geräusch des rollenden Geschiebes in den Ohren. Wieder spürte ich die Haut auf meinem Bauche, die Hände an meinem Hinterkopf, das Rieseln in den Adern. Und wiederum kam der Tritt zwischen meine Beine, diesmal allerdings beinahe zu spät. Man muß wissen, daß jener Flußlauf das einzige Teilstück der Aare ist, wo sie noch frei fließt. Es wimmelt von unberechenbaren Strömungen und Strudeln dort, und jeder andere, sogenannt normale Mann wäre, so behaupte ich aus meinen nautischen Kenntnissen heraus, mit der Geliebten ertrunken.

Es gelang mir, uns beide auf eine Kiesbank zu retten. Im Hintergrund hatten bierselige Festbrüder unter Erlen einen Tanzboden aufgestellt, auf dem sie zu Ziehharmonikaklängen herumhopsten. Erhellt wurde die Szenerie von wenigen im Laub hängenden Lampions.

Ich weiß noch, wie ich die schon unter Wasser erschlaffte Frau auf den Kies bettete, wie der Lampionschein über ihr bläulich angelaufenes Gesicht tanzte, wie ich versuchte, ihr das Wasser aus der Lunge zu pressen, und wie ich dann über ihrer flachen Brust zusammensank. Ich merkte, daß mir Tränen aus den Augen fielen, Wasser rann aus meinem Kopf und tropfte auf die ohnmächtige Frau.

Einen Augenblick dachte ich daran, meiner Luftexistenz ein Ende zu setzen und mich an der nächsten Weide aufzuhängen. Aber dann schrie ich um Hilfe. Glücklicherweise war ein Pikett des Pontoniervereins zum Flußfest aufgeboten worden. In wenigen Minuten waren die Männer da mit ihrem Beatmungsgerät. Sie konnten das Leben der jungen Frau retten.

Sie kennen die Akte, die Sachlage schien eindeutig zu sein. Trotzdem will ich noch einmal zurückkommen auf das Geschehen, auch und insbesondere zuhanden der Staatsanwaltschaft, die ja jenen beinahe letal endenden Wassergang erschwerend zum Tötungsdossier gelegt hat und mich als gemeingefährlichen Wiederholungstäter zu bezeichnen beliebte, der wenn nicht entmannt, so doch unbedingt hinter Schloß und Riegel gehöre.

Erstens will ich noch einmal mit allem Nachdruck darauf hinweisen, daß nicht ich Trudi Hechel, so hieß die junge Frau, wie ich im Verhör vernahm, ins Wasser gebeten habe, sondern sie mich, und zwar mit dem klar und deutlich ausgesprochenen Satz: Nimm mich ins Wasser, bitte. Auch hat sie schon vorher, als wir noch im Menschengewühl standen, die für mich wesentlich bedeutsameren Worte gesagt: Hab keine Angst, bitte. Dies war der eigentliche Angelhaken, mit dem sie mich gefangen hat, an dem ich zappelte bis zum Abtauchen auf den Grund. Wäre ich doch ohne diese mütterlich begütigende Aufforderung, mich nicht vor ihr zu fürchten, sogleich geflüchtet und der Wigger entlang nach Hause getrabt, um mich auf meiner Heumatratze einzurollen. Zugegeben, da waren die silbernen Schuppen an ihrem Ohrläppchen, kaum erkennbar dem kommunen Luft- und Landauge, aber meinem geschulten Wasserblick auffällig. Von diesem hinreißenden Bild hätte ich mich indessen mit Sicherheit sogleich zu trennen gewußt, hätte sie mir nicht mit ruhiger Stimme die Angst genommen. Trudi Hechel hat ja diese beiden Sätze auch eingestanden und von sich aus zu Protokoll gegeben, nachprüfbar in den Akten, lesen Sie, lesen Sie! Sie hat keinesfalls versucht, ihre Einladung abzustreiten und mir alle Schuld zuzuschieben. Nur was nach dem Abtauchen geschah, sei äußerst unerwartet gewesen, vor allem die zupackende Umklammerung, der sie sich nicht mehr habe entwinden können. Im übrigen sei sie dem Delinquenten nicht mehr gram, kenne sie doch jetzt die wunderbar träumende Tiefe der Aare.

Dem hatte ich nichts beizufügen, außer daß sie mir schon längst aufgefallen sei, da sie mich in der Eisenbahn mit senkrechtstehenden Pupillen gemustert habe, was gemeinhin ein sicheres Merkmal der Geburtshelferkröte sei. Auch habe sie mehrmals eigentümlichen Algengeruch verbreitet, der sehr gut geduftet habe.

Zweitens beharre ich darauf, daß in der hiesigen Feuchtpopulation keine einzige Spezies bekannt ist, bei der das Männchen das Weibchen kürt. Immer ist es das Weibchen, welches das Männchen auserwählt. Lustmord und Vergewaltigung gibt es in Bach und Teich nicht, das muß mit aller Deutlichkeit betont werden. Es gibt zwar die oben erwähnten Unglücksfälle, bei denen sich fremde Nutznießer an ein kopulierendes Paar heften. Aber ein alleinstehendes Männchen, und das war ich an jenem Flußfest, hat nicht die geringste Chance, sich an ein alleinstehendes Weibchen zu klammern, wenn dieses nicht will. Da mag es seine Schallblasen blähen, wie es will, und unken und quaken und knarren, vergebliche Liebesmüh alles, brotlose Kunst! Und ich behaupte, daß ich damals keinen einzigen Lockton von mir gegeben habe. Nicht einmal meine Augen habe ich wandern lassen.

Es war also ein durchaus lächerlicher Luftprozeß, den man mir gemacht hat. Vorgeworfen wurde mir Vergewaltigung mit Tötungsabsicht. Für ersteres Delikt war kein Indiz vorhanden, wies doch Trudi Hechel im Bereich ihres Hymens keine Spuren irgendwelcher Verletzungen auf.

Als hätte ich, der Flußbesamer, je eine Frau defloriert! Für letzteres Delikt hingegen sprach der mehrminütige Unterwasseraufenthalt. Und warum, so die Logik des vorsitzenden Dürrschwänzlers, hätte der Delinquent sein Opfer so lange unter die Oberfläche gedrückt, wenn nicht, um es zu betäuben und so seinem penetrierenden Willen gefügig zu machen, eine kriminelle Absicht, welche nur dank der Kühle des Firnwassers vereitelt worden sei, die das erigierte Glied zum stumpfen Werkzeug eingeschrumpft und so die Penetration verhindert habe. Als ob mich je die Kühle eines Baches beim Absamen geschreckt hätte!

Dann ergriff der Gerichtspsychiater Ledermann das Wort, ein junger Universitätsabgänger der fortschrittlichen Art. Er versuchte, das unglückliche Vorkommnis, wie er es nannte, ins soziale Umfeld der verlogenen Sexualmoral und Triebunterdrückung zu stellen und als Hilfe- und Befreiungsschrei zweier sich in sexueller Not befindlicher Pubertierender umzudeuten, die sich nicht mehr anders zu helfen gewußt hätten, als sich wie weiland Romeo und Julia auf dem Dorfe in Gottfried Kellers Novelle im nassen Grab der Aare zu vereinigen. Ein Zeichen von der um sich greifenden Entsittlichung und Verwilderung in der Tat, wie der große Tieflanddichter dies am Schlusse seiner Erzählung nenne, aber einer Verwilderung nicht der Sitten der Jugend, sondern der repressiven Erzieher und Moralapostel. Sei es doch nichts als natürlich, wenn junges Volk sich paare in Flur und Au, und dürfe man doch keineswegs den jugendlichen Sexualtrieb unterdrücken, wenn man nicht schwerste Neurotisierung der gesamten Tieflandgesellschaft riskieren wolle.

Dies ist die letzte Verteidigungsrede des Gerichtspsychiaters Ledermann gewesen, wie ich später gehört habe. Er wurde umgehend durch einen bodenständigeren Arzt ersetzt.

Ich wurde für schuldig befunden und, da ich noch minderjährig war, zu zwei Jahren Korrektionsanstalt auf der Festung Aarburg verurteilt.

Damit war mein Schicksal besiegelt. Meine Wassergenese hatte mich eingeholt. An einen allfälligen Weiterbesuch des Gymnasiums nach Absitzen der Strafe war selbstverständlich nicht zu denken. Auch eine sogenannt gutbürgerliche Anstellung mit Eigenheim und Krawatte war in unerreichbare Luftferne gerückt.

Ich habe mir damals geschworen, nie mehr eine Wasserliebe zu versuchen und allen Möchtegernnymphen und angeilenden Sirenen fortan Trotz zu bieten. Keine Frau sollte mehr ihre Zunge in meine Wunde senken, kein Fisch mehr durch mich hindurchschwimmen. Ein frommer Wunsch, in der Tat.

Während der Zeit der richterlichen Untersuchung war ich im Gefängnis meines Heimatstädtchens inhaftiert gewesen. Kein schlechter Ort für mich, hatte doch vor Jahren ein Luftbeiner mit offenbar sensiblem Geruchsorgan, der hierselbst die Oberaufsicht gehabt hatte, alle Gelasse mit blaugeplättelten Wässerwannen ausstatten lassen, um dem aus den Zellen dringenden Schweißgeruch zu entgehen. So lag ich stundenlang in der Wanne, sachte füsselnd und das Drängen auskostend, das zwischen meinen Fingern hervorwachsen wollte. Es war zwar kein Altachennaß, aber immerhin vom Hägeler gespiesen und sanft beruhigend.

Einmal hat mich Jakob Hufnagel besucht, mit immer noch überlegenem Grinsen, ein bißchen bleicher indessen als sonst, da er die vergitterten Fenster sah. Er hat ein kurzes Seminar abgehalten mit mir über die Folgen der Klassenjustiz, von der man sich keinesfalls das eigene Klassenbewußtsein wegkriminalisieren lassen dürfe. Gelte es doch unter allen Umständen, die revolutionäre Stoßkraft beizubehalten. Er hat mir ein paar Schachteln Zigaretten mitgebracht, was ich nicht recht begriff, da ich zeitlebens den heißen, giftigen Rauch des Tabaks verabscheut habe.

Auch meine Mutter war mehrmals zu Gast. Stets trug sie das rosa geblümte Kleid und den Kirschenhut, wenn ich den Besuchsraum betrat, in dessen Mitte sie auf dem Taburett saß. Sie hat jeweils meine Hände ergriffen und sie zum Munde geführt, um sie zu küssen. Gleichzeitig hat sie, mein Wasserauge hat das genaustens registriert, flink zwischen meine Finger gespäht, ob dazwischen etwas wachse, was keineswegs der Fall war. Geweint hat sie selten, es wäre vergebliche Wassermüh gewesen. Gefragt hat sie nichts, sie wußte schon alles. Ein einziges Mal hat sie meine Wunde begutachtet und zufrieden genickt, als ich ihr von der Wanne erzählte.

Sie selber berichtete von der müden Fanny, die kaum noch den Einspänner zu ziehen vermöge. Von Annerös, die den ganzen Tag dummes Zeug rede und stets in schrillerem Ton. Wenn das nur gut gehe, aber es komme, wie es müsse. Von den Kohl- und Blaumeisen in der Stube, denen sich nun auch noch Hauben- und Schwanzmeisen zugesellt hätten. Wenn bloß die Haselnüsse reichten bis ins Frühjahr, aber alles gehe schließlich zur Neige. Und wer denn in der kalten Jahreszeit den Ofen einheizen solle?

Einmal hat sie mir ein Dutzend Pfirsiche mitgebracht, deren Saft schon beim bloßen Anfassen der prall gespannten Haut herauszuspritzen drohte. Ich habe sie mit Wonne gegessen.

Nach Aarburg verlegt wurde ich vom selben Polizisten, der mir damals an der Wigger nach dem Abtauchen mit Joseph die Ohrfeige verpaßt hatte. Er hat mich offenbar bemitleidet, was ich seinem ständigen Kopfschütteln entnehmen konnte. Gesagt hat er kein Wort. Aber auch er hat mir eine Schachtel Zigaretten zugesteckt.

Von der Korrektionsanstalt selber will ich, wenn Sie gestatten, nur das Nötigste berichten. Es war die Lufthölle, ich habe Tantalusqualen gelitten.

Da die Festung auf einem hohen Kalksporn direkt über der Aare errichtet worden war, um Schiffahrt und Uferweg kontrollieren zu können, war die Sicht durch die vergitterten Fenster frei auf den Fluß hinunter. Auf die Sandbank oben bei der Einmündung der Wigger. Auf das Quirlen dem Bornberg entlang. Auf die im Kreise treibenden Weidlinge am Abend, auf die Erle beim Muttergüttsch. Das alles lag Tag für Tag vor meinem Wasserauge, nur während der Kaltmonde vom Nebel verhüllt.

Zudem ist Kalk ein wasserdurchlässiges Gestein, es kann keinen Tropfen zurückhalten. Ein Trockenstein, Hartstein. Kein Unken, kein Knarren.

Die Frau des Anstaltsdirektors Wollschläger hat mich schon bei meinem Eintritt dortselbst ins dürre Auge gefaßt. Ich habe sie sogleich bemerkt, wie sie unter ihrer Wohnungstür stand und den neuen Pflegling musterte. Ich muß sagen, mir schwante nichts Frommes.

Wollschläger selber war wohl ein rechtschaffener, bodenständiger Kerl zu nennen, der das Herz auf dem rechten Luftfleck hatte. Ein rund sechzigjähriger Mann mit kurzem Grauhaar und kräftigen Wurstfingern, mit denen er ab und zu einen der Pfleglinge – welch schändlicher Euphemismus auch dies! – am Ohrläppchen riß, so daß dieses rot aufglühte. Geschlagen hat er nie, das war unter seiner

Würde. Hingegen hat er eine außerordentlich laute Stimme gehabt, die sich in hohe Falsettöne überschlug, wenn er zu schreien begann. Das geschah oft, schien er doch stets kurz vor dem Bersten zu sein, die Halssehnen gespannt, die Schläfenadern geschwollen, was ihm das Zerevis Singschwan eingetragen hatte. Das war keineswegs boshaft gemeint, sondern durchaus respektvoll.

Man muß wissen, daß dortselbst auf dem Trockenfelsen mehrere Dutzend Burschen eingesperrt waren, sechzehn- bis zwanzigjähriges Jungvolk, eben erst den Feuchtwiesen entstiegen, Nacht für Nacht die Leintücher wässernd und Samenpakete absondernd. Es ging zwar das Gerücht, daß dem Anstaltsfraße regelmäßig Soda aus den nahen Rheinsalinen beigemischt würde, um die Pfleglinge nicht nur von der Trockenluft her, sondern auch von innen heraus zu entwässern, was angesichts ihrer nie versiegenden Wasserpotenz von vorneherein als vergeblicher Eindürrungsversuch bezeichnet werden mußte. So fand denn im Schlafsaal allnächtlich das Brunftkonzert statt, ein Grunzen und Stöhnen.

Fast alle saßen sie wegen Sexual- und Eigentumsdelikten hier ein, weil sie sich ein noch nicht dem Schutzalter entwachsenes Mädchen angeknarrt hatten oder ihre Flossenfinger derart hatten ausufern lassen, daß eine Zehner- oder Zwanzigernote daran kleben blieb. Schwere Delikte in den Augen der Dürrschwänzler, die dringend der Sühne bedurften.

Anzumerken ist, daß alle diese Delinquenten der sogenannt minderen Gesellschaftsschicht entstammten, dem Lumpen- und Subproletariat, wie Jakob Hufnagel moniert hätte. Ich war der einzige Gymnasiast. Hinzuweisen wäre gewiß auch darauf, daß von wirklicher Korrektion, sprich Verbesserung von Fehlern bisheriger Erziehungsversuche, in keinem einzigen Falle die Rede sein konnte. Keiner von uns verließ diese Anstalt als verbesserter Mensch. Vielmehr waren wir alle als unverbesserliche Straftäter gezeichnet.

Das wußte der Singschwan genau. Er hat sich gegen diese Fehlentwicklung gestemmt, so gut er konnte. Aber selbstverständlich stand er auf verlorenem Luftposten.

Auch Ledermann, der inzwischen zum Anstaltspsychiater degradiert worden war, hat vergeblich gegen die endgültige Kriminalisierung der jungen Feuchthäute gekämpft. Er hat stundenlange Gespräche mit den Delinquenten geführt und anschließend mehrseitige Berichte zuhanden der Jugendstaatsanwaltschaft geschrieben des Inhalts, oberwähntenorts einsitzende Pfleglinge seien nach den neusten Forschungsergebnissen der Seelenkunde keinesfalls in dehydrierender Weise auf lufttrockenen Kalkfelsen klumpenweise von der übrigen Gesellschaftsschicht fernzuhalten, sondern unter kundiger, begütigender Führung liebevoll in dieselbige wiedereinzugliedern. Auch sei es von gesellschaftspolitisch verantwortungsvollem Standpunkte aus falsch, das Auge des Gesetzes ausschließlich auf Mundraub und unerlaubte Adoleszentenliebe zu richten, während Wirtschaftsimperialismus und Ausbeutung der Dritten Welt von demselbigen unbemerkt blieben. Nicht die den Wässermatten entsteigende Jugend sei der Feind der Zivilisation, sondern das akkumulierte Kapital, welches jedes Feuchtbiotop gewinnträchtig zum Austrocknen bringe. Sei doch das Wasser bei Sigmund Freud das Traumbild für das Unbewußte schlechthin, was ergo bedeute, daß Entwässerung der neurotisierenden Verdrängung gleichzusetzen sei.

Diese Berichte seien, wie er mir später geklagt hat, den langen Marsch durch irgendwelche Institutionen gegangen, bis sie in einem Abfalleimer entsorgt worden seien. Bewirkt hätten sie nichts, die Zeit sei eben noch nicht reif für die psychologische Revolution gewesen.

Er hat mir mehrere Sitzungen gewidmet, in denen er sich intensiv um meine Halswunde gekümmert hat. Diese ist zunehmend verkrustet und schmerzvoll aufgerissen infolge des Sprühwassers der Duschen, die dortselbst meine einzige Wässermöglichkeit waren. Habe ich doch nie die Erlaubnis zum Ausgang an die Aare hinunter erhalten wie meine Kollegen, da ich als besonders gefährlicher Triebtäter eingestuft worden war, von dem man unbedingt annahm, er würde sich in der ersten, unbewachten Sekunde aufs nächste Weibsbild stürzen, um dieses ins Wasser zu zerren. Eine Verdächtigung, unter der ich enorm gelitten habe, da sie in keiner Weise der Wahrheit entsprach.

Es blieb die Brause, die entsetzliche Tropfenversprüherin. Immer am Samstagabend von zwanzig Uhr bis zwanzig Uhr fünfzehn. Fünf Dutzend Pfleglinge unter acht Duschen. Nur Kaltwasser, um ja das jugendliche Blut nicht zu erhitzen. Ein Geschrei, ein Gestampfe, ein Schubsen und Kneifen. Die Kernseife im Auge, den Kühlstrahl im Ohr. Die glitschigen Fliesen, hinfallende Körper, grapschende Hände. Keinerlei Begütigung war daselbst möglich, keine Wasserandacht. Meine Wunde platzte auf zum Trockengeschwür.

Ledermann hatte meine Halsöffnung zuerst als archetypisches Wassermal definiert, das von uralter, atavistisch zu nennender Hydrogenese zeuge, welche keinesfalls schlimm, sondern durchaus unbedenklich sei, trügen wir doch alle eine heimliche Sehnsucht nach trägem Warmwassersuhlen in der Seele. Als dann aber die Wunde aufbrach und zu wuchern begann, schienen genauere Diagnose und spezifischere Therapie angezeigt. Er erkannte

177

jetzt eine psychosomatische Ausuferung der Klaustrophobie und verschrieb mir ein neu auf den Markt gekomme-
nes Psychopharmakon, um die Auswucherung zu stoppen.
Was keineswegs nötig gewesen wäre, konnte ich doch jenen mir bestens bekannten Dämmerzustand durch bloßes
Drosseln der Herzschlagsfrequenz herbeiführen. Das Wuchern jedenfalls hörte nicht auf.

Bis er sich zu durchgreifender Remedur entschloß und
ultimativ verlangte, der Pflegling Moses Binswanger müsse
Zugang zu einer Wässerwanne erhalten. Andernfalls könne
keine Gewähr für sein Weiterleben geboten werden.

Diese Forderung war eine Ungeheuerlichkeit sonder-
gleichen, befand sich doch die einzige Wanne in der Wollschlägerschen Wohnung. Wir Pfleglinge hatten bloß Zugang zu Schlafsaal, Eßsaal und Werkstätten, in denen wir
Fronarbeit leisteten. Ich selber war Sattler und hatte ge-
gerbte Trockenhäute zuzuschneiden, zehn Stunden am
Tag, bis die Brunftschwiele platzte. Keiner von uns hatte
die Direktorswohnung von innen gesehen. Es waren diesbezüglich die wildesten Gerüchte im Umlauf. Eine Haus-
bar besitze der Singschwan mit echtem schottischem
Whisky und französischem Cognac, ein Badezimmer mit
Warmwasserbrause, womit er allabendlich die Wollschlägerin abdusche. Über einen geheimen Höhlengang aus
dem Mittelalter verfüge er, durch welchen er direkt ins
Bordell am Fluß unten hinuntersteigen könne, das manche
wenigstens von außen zu kennen behaupteten.

Zu aller Überraschung willigte der Singschwan ein,
mich wöchentlich einmal in seinem Badezimmer abtauchen zu lassen, und zwar jeweils am Mittwochmorgen von
sieben bis zehn. Drei Stunden seien das Minimum, hatte
Ledermann gedroht, andernfalls würde Moses Binswanger
krepieren.

Zur verabredeten Stunde fand ich mich ein. Die Wollschlägerin führte mich ins Badezimmer und legte ein Handtuch hin. Sie sah nicht aus, als hätte sie sich jeden Abend abduschen lassen. Ziemlich verhärmt, mit dürrem Blick.

Als sie hinausgegangen war – entschuldigen Sie bitte die Akribie meiner Notierung, aber ich will darlegen, wie es war, insbesondere zuhanden der Staatsanwaltschaft –, zog ich mich aus und ließ Wasser ein. Es war eine gewöhnliche Metallwanne, keineswegs blaugeplättelt wie im Gefängnis meines Heimatstädtchens. Das Wasser mußte aus dem Juragestein kommen, vermutlich vom Engelberg herunter, herb und sperrig. Aber zur Not mochte es mir dienen.

Ich lag auf dem Rücken, spürte das Wasser in meine Öffnung einrieseln. Ich wurde sanft und schwer. Langsam spreizte ich die Zehen und begann zu füßeln und zu fächeln. Da erkannte ich über mir das Gesicht der Wollschlägerin, seltsam verzerrt. Ich tauchte nicht auf, ich erblickte alles durchs Wasser, wie sie sich meinen Fuß griff, ihn herauszog und auf ihren Bauch legte. Ich füßelte weiter und sah, wie der Fuß abwärts glitt, geführt von ihrer Hand, und zwischen ihren offenen Schenkeln verschwand. Ich spürte den großen Zeh eintauchen in sie. Sie schloß die Augen, preßte die Knie gegen die Wanne, bog sich wie eine Weide im Sturm. Dann legte sie den Fuß behutsam zurück ins Wasser, beugte sich nieder zu meinem Kopf und hob ihn heraus. Sie drückte ihn an ihre Brust, um ihn zu herzen. Als sie mich feuchten Blickes auf die Lippen küssen wollte, erkannte sie meine Wunde. Ich sah, wie der Schreck in sie einfuhr, ihre Netzhaut zog sich zusammen. Sie ließ mich los, starrte mir in die Augen, dann auf die Wunde, wandte sich ab und ging hinaus.

Ich habe mich in den folgenden Tagen mehrmals gefragt, ob ich nicht mehr hingehen sollte. Unangenehm war mir ihr Bauch keineswegs gewesen, im Gegenteil. Auch ihre nassen Augen hatte ich geschätzt, als sie mich hatte küssen wollen, ihren scheuen Blick, halb offen zwar, aber ungefährlich, weil unentschlossen, sehnsüchtig dämmernd. Dann aber der Wasserschreck plötzlich in ihrem Gesicht, das kalte Entsetzen, der geschockte Rückzug. Der wäre nicht nötig gewesen in jener Wanne, es hätte der fehlenden Tiefe wegen zu keinerlei klammerndem Abtauchen gereicht.

Ich bin mir mißbraucht vorgekommen damals, ausgebeutet wie ein Wasserprolet, welcher der direktorialen Luftdame zu Diensten zu sein hatte. Als aber die Wunde wieder zu wuchern begann, bin ich nochmals hingegangen.

Sie hat mir wie zuvor freundlich zugenickt, als ob nichts geschehen wäre, und mir das Handtuch hingelegt. Erst nach drei Stunden hat sie an die Tür geklopft, um anzuzeigen, daß die Wässerzeit vorbei war. So blieb es bis zu meiner Entlassung. Geredet haben wir nie ein Wort zusammen.

Sie war eine jener unentschlossenen Ehefrauen, von denen es im Tiefland geradezu wimmelte. Sie waren lieb und liebesbedürftig, hätten gern Liebe gegeben, konnten sie aber bloß empfangen, zum Beispiel von füßelnden Zehen. Traurige Trockengestalten, von ihren Luftherren eingedörrt, eine letzte Pfütze Feuchtigkeit in der Seele, die spärlich aus ihren Augen drückte. Und dann plötzlich das Entsetzen, wenn sie die Wasserwunde erkannten.

Hinweisen möchte ich noch auf die Tatsache, daß ich die Wollschlägerin in dankbarer Erinnerung trage, da sie mir in zuvorkommender Weise ihr Badezimmer zur Verfügung gestellt und mir dadurch das Leben gerettet hat.

In den zwei Jahren meines Einsitzens auf der Festung Aarburg habe ich ein einziges Mal Ausgang erhalten.

Es war am zweiten Heiligen Abend, den ich dortselbst mitgefeiert habe. Ein Tannenbaum im Eßsaal mit wenigen Kerzen, drei silberne Kugeln dran, drei blaue. Ein paar Geschenke davor, in grünes Papier eingepackt, auf dem rote Kerzen abgebildet waren. Ein Haufen Socken daneben, gestrickt vom Aarburger Frauenverein, für jeden ein Paar.

Ein Pfarrer hat die Predigt gehalten. Er sprach von der Geburt Christi, von der Futterkrippe im Stall, von Kuh, Ochs und Esel, vom trauten Paar. Die Engel, die Hirten. Eine schöne, wahre Geschichte.

Dann kam er seltsamerweise auf die Auferstehung zu sprechen, obschon noch lange nicht Ostern war. Ein Wunder, wie er sagte.

Gott, dem Allmächtigen, habe es gefallen, die Kerkermauern des Grabes zu sprengen und seinen Sohn auffahren zu lassen in den Himmel. Ein sinnreiches Gleichnis für uns alle, die wir hier versammelt seien, um dieses Wunders zu gedenken. Seien wir doch alle auch in Kerkermauern begraben hierselbst in dieser Korrektionsanstalt, und würden wir allesamt ebenfalls auferstehen nach unserer Strafverbüßung, geläutert und entsühnt durch die Gnade Gottes. Ein Wunder gewiß auch dies, denke man nur an unsere schweren Verfehlungen, aber die Liebe Gottes sei eben unermeßlich.

Ich döste vor mich hin, unauffällig in die Starre absinkend. Ich hatte mir schon längst eine diesbezügliche Technik angeeignet, die es mir erlaubte, jederzeit einzudämmern, ohne daß dies jemand bemerkte. Zuhören mochte ich dieser Christenmär nicht mehr, die hatte ich über. Geschahen nicht in Bach und Teich tagtäglich die auffallendsten Auferstehungen, vom Laich zur Kaulquappe, von der

Larve zur Imago, ohne daß irgendein Schwarzfrack anbetend davor niedergekniet wäre? Warum denn dieses Geschrei beim Nazarener?

Erst als die Geschenke verteilt wurden, linste ich nach vorn, ob auch eines für mich da wäre. Es war keines da außer den Socken, wie im vergangenen Jahr. Ich hatte es nicht anders erwartet, wir hatten uns in unserer Familie nie etwas geschenkt. Der Bottensteiner der Mutter nicht, die Mutter mir nicht, und was hätte ich dem Bottensteiner schenken können? Er hat sich die Dinge, die er brauchte, selber gekauft.

Da klopfte es an die Tür. Der Singschwan, wutentbrannt, ging selber hin, um den Störenfried sogleich mit hohem Falsett in den Senkel zu stellen.

Es war ein Polizist. Er meldete, die Mutter von Moses Binswanger sei seit Tagen verschwunden, was noch keinerlei Anlaß zur Beunruhigung gegeben habe, da, wie der ortsansässige Stadtpolizist erzählt habe, diese Weibsperson in letzter Zeit des öfteren umhergeirrt sei. Nun aber sei heute morgen bei leichtem Nebel eine jenem Signalement entsprechende Person auf der Aarebrücke gesichtet worden, in rosa geblümtem Sommerkleid und mit Strohhut auf dem Kopf, was zu dieser Jahreszeit auffällig gewesen sei. Sie sei mehrmals auf und ab geschritten, sei dann zum Muttergüttsch hinuntergestiegen und in die Aare gegangen. Sie hätten sie mit mehreren Weidlingen und sogar mit dem Motorboot des Fischereiaufsehers gesucht. Auch ein Trupp des Tauchvereins Neptun sei aufgeboten worden. Vergeblich, es müsse leider mit dem Schlimmsten gerechnet werden.

Sie ist nicht wieder aufgetaucht. Weder wurde sie geländet auf einer der Sandbänke, die sich wegen des winterlich tiefen Pegelstandes Hunderte von Metern dem linken

Ufer entlangzogen, noch trieb sie im Stauwasser des Elektrizitätswerks weiter unten.

Ich erhielt erst nach fünf Tagen, an denen ich jede Nahrungsaufnahme fester und flüssiger Art verweigert hatte, die Erlaubnis, nach ihr zu suchen. Zuvor mußte ich schwören, mit allen drei Flossenfingern, senkrecht in die Luft gestreckt, nichts anderes zu suchen als meine Mutter und unter allen Umständen wieder aufzutauchen, und zwar in der Nähe des Bootes.

Es war ein eingenebelter Morgen, als wir ablegten. Am Außenbordmotor der Polizist, in der Mitte des Bootes Wollschläger, stehend, einen Armeefeldstecher in der Hand, obschon man keine zehn Meter weit sehen konnte. Wir fuhren über die drehende Waage, fanden die reißende Strömung und hielten auf den Muttergüttsch zu. Dort band mir Wollschläger eine Nylonleine um die Brust, an deren Ende ein Korkenstück hing. Dann hieß er mich abtauchen.

Ich trieb unter der Brücke durch und löste als erstes die Leine. Dann suchte ich den Grund, die Steine, die selbst bei diesem fahlen Winterlicht bunt aufleuchteten. Die Sicht hier unten war jedenfalls besser als oben, kein Nebel, nur Leben. Kein Laut außer dem Geräusch des Schiffsmotors, der sich flußabwärts entfernte, und dem Geschiebe der Kiesel. Ich ließ mich gleiten, wohin es mich trieb, durch quirlende Strudel der Strömung entlang.

Sie lag unter einer Weide im Faulschlamm der unterhöhlten Böschung, festgehalten von mächtigen Wurzeln. Das geblümte Kleid bewegte sich langsam im Widerwasser. Der Hut war weg. Das Fleisch an den Fingern war abgefressen vom Aal, die Knochen lagen blank. Im Sand glitzerte der Ehering. Ich nahm ihn und schob ihn in meinen Mund. Ruhe sanft, Old Motherhand.

Hier lag sie sicher, wasserbestattet. Kein Strudel würde sie wegreißen können, keine Schneeschmelze, kein abtauender Firn. Und der Aal würde seine Arbeit in wenigen Wochen beendet haben.

Ich wollte schon abdrehen, da sah ich hinten in der Dunkelheit einen Fischbauch aufblitzen. Es war eine alte Forelle, die hier ihren Standplatz hatte. Sie fächelte träge, als hätte sie die Leiche begütigen müssen.

Ich bin dann aufgetaucht und habe mich auf eine Kiesbank gesetzt, die dortselbst mitten im Fluß lag. Ich war voller Trauer, ich habe geweint wie ein Sohn, der seine Mutter verloren hat. Hatte sie doch allezeit zu mir gehalten, mir geholfen, mich geliebt.

Endlich war das Geräusch des Außenbordmotors zu hören, das sich flußaufwärts näherte. Das Boot tauchte aus dem Nebel, der immer noch stehende Wollschläger, die Leine mit dem Korkenstück in der Hand.

Dort hockt er, schrie er, wir haben ihn!

Es hat ein kurzes Verhör gegeben. Warum ich die Leine weggerissen hätte? Sie sei weggerutscht, sagte ich. Ob ich hätte fliehen wollen? Aber nein. Ob ich fündig geworden sei und den Leichnam geortet hätte? Leider nicht, antwortete ich.

Wenige Tage später hat mich Fridolin auf der Festung besucht. Ich schnitt in der Sattlerei Trockenhäute zu, als der Singschwan mich herauswinkte. Eine halbe Stunde, sagte er, mehr nicht. Es ist einer aus der Altachen da.

Er öffnete die Tür zum Innenhof, ich trat hinaus. Ein alter, trauriger Mann erwartete mich, die erloschene Tabakspfeife im Mund. Neben sich hatte er einen Einachstraktor stehen.

Was treibt der junge Herr immer? fragte er und versuchte zu lächeln.

Ich zuckte mit den Achseln, zeigte dann auf sein Gefährt. Wo ist Fanny? fragte ich.

Tot, verwurstet.

Wieder versuchte er zu lächeln, es ging noch immer nicht. Umständlich zog er sein Taschentuch hervor und schnupfte hinein. Dann hob er den Blick und faßte mich ins Auge.

Hast du Trudi Hechel ersäufen wollen?

Nein, nie und nimmer. Das weißt du doch.

Man wird unsicher, sagte er, wenn man die Zeitungen liest. Annerös hat jetzt eine Illustrierte abonniert. Dort drin steht, du seist ein Triebtäter.

Wieder zuckte ich mit den Achseln. Was hätte ich sagen sollen? Wir schwiegen ziemlich lange, bis er endlich zum Thema kam, dessentwegen er hergefahren war.

Wir konnten ihr nicht helfen, unmöglich. Wir haben getan, was wir konnten.

Ich schwieg und schaute ihm in die Augen, aus denen dicke Tränen drückten.

Annerös hat ihr jeden Morgen Ziegenmilch und ein Stück Brot gebracht. Ich selber habe ihr jeden zweiten Tag den Kachelofen eingefeuert. Sie hat nicht auf mich geachtet. Sie ist den ganzen Tag am Stubenfenster gesessen und hat Meisen gefüttert. Sie ist auch in der Nacht dort sitzen geblieben, bei offenem Fenster, in ihrem alten Sonntagsmantel. Der ist jetzt bei uns, du kannst ihn abholen, wenn du hier herauskommst.

Ich schüttelte den Kopf, ich wollte diesen Mantel nicht haben.

Sie hat auf dich gewartet, glaube ich. Auf die Wiederkunft ihres Sohnes Moses. Dann ist sie dich suchen gegangen, draußen an der Wigger und weiter. Wir haben jeweils erst am andern Morgen gemerkt, daß sie nicht da war, und ich bin mit dem Einachser ausgefahren, um sie zu suchen. Ich habe sie jedesmal gefunden und heimgebracht. Bis sie offenbar der Wigger entlang nach Aarburg gewandert ist. So weit weg habe ich sie nicht vermutet.

Das ist ein weites Stück zu Fuß, sagte ich.

Er nickte und sog an seiner Pfeife, als ob sie gebrannt hätte. Umständlich nahm er von seinem Gefährt eine Papiertüte und gab sie mir.

Glockenäpfel, die sind für dich. Und einen schönen Gruß von allen.

Danke, sagte ich.

Er setzte sich auf sein Gefährt und versuchte, den Motor zu starten.

Wenn du sie nicht hast umbringen wollen, sagte er zwischendurch, und ich glaube dir das, kannst du jederzeit zurückkommen. Wir schauen derweilen zur Hütte, damit sie nicht abgerissen wird. Sie machen sonst alles kaputt.

Endlich begann der Einachser zu knattern. Der alte Mann legte den Gang ein und gab Gas, so daß der Motor aufheulte.

S ie fragen, wie ich das alles überlebt habe, sehr geehrter Herr Seelendoktor? Fragen Sie, fragen Sie nur! Sie werden von mir keine Antwort erhalten, ich weiß selber keine.

Mehrmals habe ich vorgehabt, mittels eines eigens für mich aus einer Trockenhaut zugeschnittenen Lederriemens die Luftzufuhr zu unterbrechen und dadurch sowohl meinem Wasser- wie auch Landleben ein Ende zu setzen. Eine Absicht, die wegen Feigheit vor dem Tod immer wieder vereitelt worden ist. Hängt doch keine Kreatur gerne als Dörrwurst am Strick, solange in ihrem Leib noch eine Ader schlägt.

Meine Situation war katastrophal. Erstens hatte ich Trudi Hechel mit dem Tod bedroht. Zweitens hatte ich mich damit auf die Festung Aarburg gebracht. Drittens war meine Mutter in die Aare gegangen. Viertens war meine Zukunft zu Schanden geworden. Und warum all das? Weil mich Trudi Hechel gebeten hatte, sie ins Wasser zu nehmen.

Warum hatte sie das getan? Und warum hatte ich ihrer Bitte Folge geleistet?

Ich kam zu keiner befriedigenden Konklusion, mochte ich mein Gehirn noch so anstrengen. Ich hatte mir diese Fragen schon anläßlich des unglücklichen Abtauchens mit Dora Schädler gestellt und war auch damals zu keinem Ergebnis gekommen. Ich wußte bloß, daß etwas nicht stimmte mit mir.

Meine Kollegen haben sich vorbildlich verhalten. Darauf möchte ich mit aller Deutlichkeit hinweisen, galten doch diese Burschen als asoziale Elemente, denen nicht über den Weg zu trauen war. Keine Rede davon, mit Verlaub. Sie haben sich um mich bemüht wie liebende Brüder, haben mir des Morgens, wenn ich mich nicht erheben konnte, den Kakao ans Bett gebracht und die Wolldecke zusammengelegt, haben mich, wenn ich zu spät in die Sattlerei kam, entschuldigt und meine Arbeit übernommen. Sie wußten alle, was eine Mutter im Leben eines Adoleszenten wert sein konnte, hatten doch die meisten die ihre schon früh wegen Todesfalls oder zerrütteter Familienverhältnisse verloren.

Auch die Wollschlägerin hat sich nobel gezeigt. Anläßlich meiner nächsten Wässerung in ihrer Wanne, zu der ich, da ich nichts mehr von Abtauchen wissen wollte, von

Ledermann überredet worden war, hat sie mich umarmt und an ihre Brust gedrückt. Ihr Auge war naß, nicht aus Wassergier, wie ich genau bemerkt habe, sondern aus Trauer, und auf einem Taburett hat eine Vase mit roten Nelken gestanden.

Ledermann hat mich mehrmals ins Arztzimmer gebeten, wo ich mich auf eine Couch legen mußte. Ich solle mich entspannen, sagte er, und drauflosphantasieren, was mir so einfalle. Er wolle mich psychoanalysieren und mir dadurch helfen, die tragischen Geschehnisse zu verarbeiten.

Ich legte mich hin, rollte mich ein und dämmerte weg. Kein Wort hat er aus mir herausgebracht, es kam mir nichts in den Sinn außer Kälte und Schwärze. Er hat jeweils die allergrößte Mühe gehabt, mich wieder zu wecken, und mehrmals die Wollschlägerin bemühen müssen, die mir Bohnenkaffee braute.

Ich bin verstummt wie ein Fisch. Kein Wort kam aus mir heraus, kein Ton. Meine Altacher Herkunft hatte mich eingeholt, es war gekommen, wie es mußte. Mutter hatte am Bach gesessen, Vater hatte sie heimgeführt, sie hatte ein Kind geboren, Vater hatte sie erzürnt, sie war in den Fluß gefallen, und nur ich hatte ihre Leiche gefunden.

Es war die längste Kältestarre, die ich je erlebt habe. Sie dauerte den Frühling und Sommer hindurch bis zu meiner Entlassung im Spätherbst. Gewiß war ich nicht gänzlich inaktiv, ich habe funktioniert, so weit ich mußte. Ich habe mich erhoben mit den andern und habe wieder gelernt, den Kakao im Eßsaal zu trinken und mein Bett selber zu machen. Ich habe die Trockenhäute zurechtgeschnitten und am Sonntagmorgen die Predigt besucht. Auch gewässert habe ich mich regelmäßig in der wollschlägerschen Wanne. Zu Klagen habe ich keinen Anlaß gegeben. Aber gelebt habe ich nicht.

Bei meiner Entlassung hat mich derselbe Polizist abgeholt, der mich schon hergebracht hatte. Wiederum hat er mich bemitleidet, wohl wegen meiner auffälligen Magerkeit. Als er mich beim Holzsteg aussteigen ließ, hieb er mir einen wohlmeinenden Schlag auf die Achsel. Kopf hoch, Junge, sagte er, das wird schon gehen.

Die Kate, die jetzt mir gehörte, sie war meiner Mutter überschrieben worden, und ich war ihr einziger Erbe, war in elendem Zustande. Die südwestliche Ecke war eingeknickt, vom Hochwasser unterhöhlt. Die Stube kaum mehr betretbar, der Fensterrahmen vermoderte draußen im Schlamm. Auf dem Dach Wellblech, von Fridolin über die schadhaften Stellen gelegt. Nur die Küche war noch intakt, die Eckbank, der Tisch, der Ofen.

Ich habe ihn den ganzen Winter hindurch kein einziges Mal eingefeuert. Meist lag ich auf der Bank und starrte auf die Kacheln hinüber, auf die Nixen mit ihren runden Brüsten, bis sie zu lächeln begannen und ihre beiden Schwänze bewegten, als würden sie fächeln. Dann schloß ich die Augen und dämmerte weg.

Ab und zu hörte ich das Pfeifen der Meisen aus der Stube, neugierig aufmunternd. Dann blieb auch dieses aus.

Was ich zum Überleben brauchte, habe ich bei Niklausens geholt. Der Lebensbereich der Hofleute hatte sich fast ganz auf die Küche beschränkt, um den wärmenden Herd, die Glühbirne im grünen Schirm über dem Tisch. Gearbeitet wurde nur noch das Nötigste. Annerös ging die Eier greifen und brachte den Schweinen die Tränke. Fridolin fuhr auf seinem Einachser kleinere Mengen von Gemüse aus dem Krautgarten aus. Der Bauer döste in einer Ecke, die Bäuerin saß am Tisch, den kahlen Schädel in den Händen. Am Herd zwei junge Katzen, eingerollt im

Winterschlaf. Eine Umgebung, die meinem Zustand entsprach, hat sie ihm doch auch optisch überzeugend Ausdruck gegeben.

Kurz vor Weihnachten hat mich Jakob Hufnagel besucht. Er trat nach knappem Anklopfen in die Küche, wo ich am Tisch Kartoffeln aß, und schaute sich um. Sein Grinsen war noch da, aber nicht mehr so überlegen. Auch hatten sich Falten beidseits seiner Nase eingegraben, was ihm ein strenges Aussehen gab.

Du läßt dich gehen, Genosse, sprach er, du verkommst zum Biest.

Ich schaute ihn an und nickte.

Die Frauen sind nicht dazu da, sie zu ersäufen, fuhr er weiter. Daß ihre Heimat das Wasser sei, ist nichts als ein bourgeois-patriarchalisches Vorurteil. Ihre Produktivkraft kann sich nur zu Lande in der Luft entfalten, mit beiden Füßen auf der Erde, aufrechten Ganges, mit klarer Vernunft. Hast du das nicht begriffen?

Wieder nickte ich. Doch, ich hatte das begriffen.

Warum machst du denn solchen Scheiß? Erst Trudi Hechel, dann die Mutter. Was suchst du im Wasser?

Ich zuckte mit den Achseln, ich wußte es nicht.

Warum sagst du kein Wort?

Ich senkte den Blick und spürte, wie mir das Altachennaß in die Augen drang.

Deine Tränen sind nichts als klassenfeindliche Sentimentalität, sagte er. Hör auf mit diesem Kitsch.

Ich fuhr mit dem Ärmel über meine Augen und wartete, was er vorschlagen würde.

Verlasse diese Hütte. Ziehe in eine Stadt, womöglich ins Ausland, wo dich niemand kennt. Dort läßt du dich schulen. Tu was, mach was, laß dich vom Kapital nicht auf alle viere relegieren.

Ich nickte, ich wollte mich nicht auf alle viere relegieren lassen.

Kopf hoch, Genosse, sprach er, das wird schon gehen.

Damit ging Jakob Hufnagel hinaus. Ich habe ihn nie mehr gesehen.

Einmal in der Altjahrswoche, kein Mistelbusch mehr über Niklausens Küchentür, kein Erröten, kein Küssen, habe ich es im Keller unten grunzen gehört. Ich dachte an ein entlaufenes Schwein, ein Ferkel, das nach seiner Mutter rief. Als ich schauen ging, sah ich hinten in der Ecke zwei listige Äuglein aufleuchten. Sie gehörten einer jungen Wildsau, wie ich erkannte, einer Bache, die bis zum Bauch im Schlamm stand und mich mit schräggestelltem Kopf reglos beobachtete. Sie hätte ohne weiteres fliehen können, die Kellertür war längst aus den Angeln gefallen. Zudem hatte das Wasser ein Loch in die Backsteinmauer gerissen, durch das der Altachenbach zu sehen war. Aber sie blieb stehen und schaute mir neugierig entgegen.

Ich kauerte mich nieder und wartete. Sie wartete auch, wir hatten beide Zeit. Ein freundlicher Gast, eine Kundin aus Hochwald oder Napfgebiet., hergetrabt durch die Neubauquartiere in mein Kellerloch, um mir Gesellschaft zu leisten.

Endlich fing sie an zu schmatzen, schüttelte kurz den Kopf und stieß den Rüssel ins Wasser. Sie bohrte im Grund herum, half mit der Haxe nach und brachte eine verfaulte Sellerieknolle zum Vorschein. Die fraß sie mit Lust, ihre Äuglein schienen zu kichern, haha, Bottensteiner, hihi!, sie bohrte nach und holte Karottenreste und Kohlköpfe heraus. Sie verschlang das alles, nicht ohne mich zwischendurch mit aufmunternden Äuglein zu mustern, warum ich nicht mitfressen wollte. Dann drehte sie ab und verschwand Richtung Bach.

Sie kam jeden Abend, ich hörte sie jeweils in der Dämmerung grunzen. Ich stieg stets hinunter, um sie zu begrüßen. Sie wurde zutraulich, ich konnte sie nach wenigen Tagen im dichten Fell hinter den Ohren kraulen, so daß sie es genoß. Sie schnüffelte zwischen meinen nackten Zehen herum, ob dort etwas wachse, was fressenswert wäre. Es wuchs nichts Derartiges dort.

Als nach dem Dreikönigstag der große Schneefall einsetzte, ist sie ganz bei mir geblieben. Sie legte sich auf die Kiesbank direkt unter der Küche, wenn sie sich satt gefressen hatte, und ich schmiegte mich an ihr Fell, um bei ihr zu schlafen. Nie hat sie mich mit abrupter Bewegung aufgeschreckt. Einmal hat sie an meiner Wunde geschnüffelt, hat aber bald abgelassen davon.

Sie hat mich wieder zum Wässern gebracht, und zwar in jenem Kellerloch unten, das für kurze Zeit unser gemeinsames Zuhause geworden war. Ich ließ mich des Morgens von der Kiesbank hinabrollen ins Wasser, während sie ihren Rüssel in den Schlamm gebohrt hat.

Bis der Himmel aufklarte. Ich hörte es tropfen vom Dach, als ich erwachte. Ich lag allein auf der Kiesbank. Kein Grunzen, kein atmendes Fell. Draußen ein Himmel wie Schwarzeis, eine Sonne wie Pfirsich. Und im Schnee eine vierfüßige Spur, die bachaufwärts führte.

Ich war in jenem Winter nahe am Abschrammen, am endgültigen Absumpfen und Einwässern. Liebend gerne ich versunken samt Kate und Niklausenhof durchs Schottergeschiebe auf den Felsgrund hinunter, ein Altacher Atlantis gründend im Tränenmeer, bevölkert von Wasserleuten. War doch meine Luftexistenz gänzlich gescheitert, von Wassersehnsucht stigmatisiert und kriminalisiert. Von aufrechtem Gang konnte keine Rede sein, nicht einmal vom Gehen auf allen vieren, wie Jakob moniert hatte. Ich kroch auf dem Bauch wie ein Aal.

Herausgezogen aus dem Trauersumpf hat mich meine Beiständerin Marianne Bohnenblust. Sie war mir amtlich zugewiesen worden, um mich zu überwachen. Bevormundet worden war ich nicht, was ich, wie Ledermann mir erzählt hat, dem alten Froschbein zu verdanken hatte, der um ein Gutachten meine Person betreffend angegangen worden war.

Marianne hat mich gleich bei ihrem ersten Besuch geduzt. Es war ein Nebeltag, als jemand an die Tür klopfte, mehrmals hintereinander mit großer Kraft, bis ich aus meinem Dämmerschlaf erwacht war. Ich habe geöffnet und draußen eine rund vierzigjährige kleine Frau stehen sehen in Mantel und Hut, mit einer Hornbrille vor den grauen Augen. Sie hat gesagt, ich solle bitte nicht erschrecken, sie sei bloß meine neue Freundin, die mit mir reden müsse. Ich wollte sogleich die Tür zuschlagen. Sie aber stellte geschickt den Fuß in den Spalt und lachte.

Hab keine Angst, sagte sie, ich will nicht mir dir ins Wasser.

Sie ging, ohne zu zögern, zur Eckbank, setzte sich und schaute mich an.

So sieht also ein Wassermörder aus, barfuß in der Kälte, mit Pilzen im Haar. Könntest du nicht heizen und ein bißchen aufräumen?

Ich stand vor ihr, mich mühsam aufrecht haltend. Ich schüttelte den Kopf, ich wollte nicht heizen.

Du könntest ruhig ein bißchen freundlich sein zu mir, ich bin dein Beistand, amtlich beglaubigt.

Sie zog ein Formular hervor und hielt es mir unter die Nase.

Gedenkst du wirklich, hierzubleiben und langsam im Bach zu verschwinden?

Ich nickte, genau das wollte ich. Sie lachte, ein lautes, herzliches Kichern, das ansteckend wirkte, aber ich hielt an mich und kicherte nicht mit. Sie erhob sich und öffnete die Tür des Kachelofens. Eine Rußwolke füllte die Küche, angetrieben vom Wind im Kamin. Schnell schloß sie wieder zu.

Hier kann ja keine Sau leben, behauptete sie.

Doch, sagte ich, eine Wildsau. Sie ist hergekommen, um das Gemüse des Bottensteiners zu fressen.

Schau an, du kannst also reden. Ich rate dir, dich gut zu stellen mit mir, sonst kommst du in Teufels Küche. Jetzt will ich deine Wunde sehen.

Ich drehte mich nach rechts, hob das Kinn an und zeigte ihr meinen Hals. Ich ließ sie nicht aus den Augen. Ein leichtes Flimmern glitt über ihre Iris, gleich wieder verweht vom Luftzug, der aus der Stube hereinstrich.

Ein bißchen sexy ist das schon, sagte sie, aber es wirft mich nicht um. Wegen mir brauchst du keinen Schal zu tragen. Ich finde den Übernamen Schalentier übrigens saublöd. Ich sage zu dir Moses.

Ich nickte, und sie gab mir die Hand.

Am andern Tag habe ich in Niklausens Küche gehört, daß sie angerufen und sich nach mir erkundigt habe. Was ich tue den ganzen Tag, von was ich lebe, ob mir zu trauen sei. Gewiß sei mir zu trauen, hat Annerös geantwortet, kein Falsch, kein Hehl. Nur die Wässerei, die sei mir nicht auszutreiben.

Diese Anrufe haben sich in regelmäßigen Abständen wiederholt, stets mit demselben Bescheid. Moses hocke drüben in der Hütte, was er tue, wisse man nicht genau, vermutlich schlafe er den ganzen Tag. Milch hole er, ja, auch Kartoffeln. Im übrigen liege auf Bach und Matte kniehoher Schnee.

Sie hat mich nie mehr besucht bis zum Hochwasser, das Mitte März die Kate samt Keller und Garten den Bach hinuntergerissen hat. Das war ein Zerstörungswerk von wenigen Minuten. Ich bin gegen Morgen erwacht auf der Eckbank, weil sich der Küchenboden hob. Ich hörte das Wasser tosen. Ich war sofort hellwach, zog Hose und Schuhe an, holte Mutters Lederkoffer in der einbrechenden Stube und stopfte Bücher, Papiere und wenige Kleider hinein. Dann ging ich hinaus und schaute zu, wie die Kate langsam in den Bach kippte und verschwand. Ich ging über den Holzsteg, der, weil höher gebaut, noch einige Stunden standgehalten hat, setzte mich in Niklausens Küche und habe gewartet.

Der Altachenbach hat in jener Nacht mit aller Gewalt einen Teil seines Reiches zurückerobert, für Stunden nur, aber das hat genügt. Er hat das hohe Wehr überflutet und die obersten Eichenbalken weggerissen, hat den neuen Kanal bis obenauf gefüllt und die Gasfurzerstraße unterhöhlt, so daß sie an mehreren Stellen abkippte. Die Betonbrücke hat zwar gehalten, einer ihrer Pfeiler indessen nicht. Er stand schräg in die Luft. Zwei sich noch im Rohbau befindliche Mehrfamilienhäuser weiter oben hingen schief über dem weggerissenen Ufer. Alle Keller, die wasserdichten, zentralbeheizten, waren eingewässert. Von meiner Kate war nichts mehr zu sehen.

Nur Niklausens Haus und die Nachbarhöfe hatten unbeschadet standgehalten. Das Naß lag zwar in den Baum- und Krautgärten, aber dicht vor Kellerabgang und Küchenschwelle hatte es haltgemacht, als ob ein kunstvoller Wuhrsetzer es umgeleitet hätte.

So etwas Wüstes habe sie noch nie gesehen und erlebt, hat Annerös gesagt, als sie mir an jenem Morgen Kaffee einschenkte und Brot abschnitt, ihr Lebtag lang habe der Bach nie so böse getobt. Aber so komme es halt, wenn es müsse, das Wasser drücke durch, wenn es durchdrücken wolle. Das sei bei den Augen so, sie schnupfte kurz ins Taschentuch, um ihre Trauer anzuzeigen, und bei den Wässermatten genau gleich. Sei es doch ein Unsinn zu glauben, man könne das, was seit Menschengedenken naß gewesen sei, austrocknen von einem Tag auf den andern wie den Berg Sinai, auf welchem Moses die Gesetzestafeln erhalten habe, die heute noch Geltung hätten, obschon sich die Menschen saudumm anstellten, als wären sie selber nicht wassergeboren. Aber so komme es eben, wenn Leichtsinn und Luftübermut die Oberhand gewännen, die Bäume wüchsen nicht alle in den Himmel, sondern manch einer versinke im Schlamm wie ein Zaunstecken auf der Weide.

Gegen Mittag ist die Feuerwehr angerückt, um die Keller trocken zu pumpen. Da die Betonbrücke unpassierbar war, hat sie dortselbst ihr Saugrohr in den Bach gehängt und gepumpt, bis sie dies wegen augenscheinlicher Sinnlosigkeit einstellte.

Nach drei Tagen war das Wasser abgeflossen. Um Mittag kam Marianne Bohnenblust über den Notsteg angeradelt. Sie hat mich gefragt, was ich zu unternehmen gedächte, ob ich wirklich wie eine More abschlammen wolle? Sie habe eine Mansarde angemietet für mich in der Stadtmauer gleich neben dem Pulverturm. Auch eine Arbeitsstelle habe sie ausfindig gemacht beim Forstamt der städtischen Waldungen, ich könne am Montag als Waldarbeiter dortselbst anfangen.

Ich habe den Lederkoffer genommen und bin mitgegangen, nicht ohne bei Niklausens Anlaß zu reichlichem Tränenvergießen gegeben zu haben.

Dies war mein Abschied von der Altachen.

Was anschließend noch folgte in meinem bisherigen Erdendasein, zu Wasser und zu Lande daselbst, war fast nur noch Abklatsch und seichte Wiederholung und ist nicht mehr großer, ausufernder Rede wert. War doch das Wuhr gestellt, das meinen Lebenslauf in einheimische Gefilde einwässern ließ, beschaulich zwar meist und nicht unangenehm vor sich hinplätschernd, aber vom großen Strom, der in die Metropolen der Macht geführt hätte, für immer abgeschottet. Zudem finden die entscheidenden Innovationen in der Jugend statt und nicht im sogenannt reifen Alter, wessen ich mich zu wiederholten Malen durch eigene Beobachtung versichern konnte.

Es ist ein gängiger Irrtum der Luftbeiner zu meinen, das Menschenleben strebe mit zunehmender Vergreisung der Reife, der abgeklärten Weisheit entgegen. Ein Euphemismus der übelsten Art ist dies, der nichts anderes bezweckt, als die Machtausübung von Hängebauch und Zitterbein über Schnellfuß und Prallarsch zu bemänteln und schönzureden. Ist doch das Altern keineswegs ein Prozeß der Vollendung, sondern ausschließlich der Eindürrung und geistigen Verblödung. Was ergo bedeutet, daß nicht die ergrauten Trockenwackler und Luftschnäblerinnen das Regiment im Tieflande übernehmen sollten, sondern die wässernde Jugend. Möge sie sich dies hinter die Feuchtohren schreiben, damit sie es nicht vergißt, wenn sie dermaleinst selber austrocknet.

Ich bin also Waldarbeiter im städtischen Forst geworden. Ein durchaus sinnvoller Beruf für einen Hydrophilen wie mich, sind doch die Wälder des Tieflandes bis hinauf zum Arvenhain dicht unterhalb des Alpenfirns wahre Wasserschlösser, die das Naß des Himmels horten und bewahren. Was wären ohne diese behütenden Gehölze denn unsere Täler anderes als kahle Canyons, was unsere Flußläufe anderes als Creeks wie im wilden Westen, bald trocken, bald wieder von alles mitreißenden Fluten erfüllt?

Auch gab es in jenem Stadtforst verschwiegene Weiher, die von lärmendem Biervolk und angeilenden Feuchtweibern kaum besucht wurden, ideale Wässerstellen für mich, der ich jeden Werktag in ihrer Nähe arbeitete. Zu nennen wären hierbei der Pfaffenweiher, der Gigerteich und das Riedmoos. Ihr Wasser war von sanfter Klarheit und, was besonders wichtig war, unbeschadet von den neuartigen Phosphaten, die sämtlichen Waschmaschinen der Arschkriecherwohnungen entströmten und Wigger und Aare zum Aufschäumen brachten. Nur oben im Hochwald zum Bottenstein hin gab es kein offenes Wasser, ein Umstand indessen, der leicht zu verschmerzen war, kam ich doch beim Aufstieg dorthin stets am Pfaffenweiher vorbei.

Wir waren unser vier. Reist, der Bannwart, Gerber, der Vorarbeiter, und Fretz. Hinzu kam meine Wenigkeit. Alle drei waren sie Motorradfahrer, Reist auf NSU, Gerber auf BSA, Fretz auf Jawa, und alle rauchten sie Pfeifentabak, Burrus Spezial. Letzterem Hobby frönten sie deshalb, um alle fünf Minuten mit der Arbeit innehalten und die erloschene Pfeife mit dem Daumen neu stopfen und anzünden zu können, was jeweils eine geraume Weile in Anspruch nahm. Reist hatte den Gummiring eines Bierflaschenverschlusses über seinen Pfeifenstiel gestülpt, damit dieser nicht seinem Maule entfiel, war er doch bei einem Sturz von der NSU in einen Reisighaufen gesegelt, der ihm sämtliche Zähne in den Rachen gestoßen hatte.

Zu tun gab es mancherlei. Wege ausbessern, Jungwuchs von den Dornen befreien und mit Kuder vor Rehverbiß schützen, im Winter Holz schlagen. Das geschah bei meinem Antritt noch mit der langen Blattsäge, die zwei Mann hin- und herzogen und geduldig in den Stamm hineinfrästen, bis die Tanne erbebte, sachte ihr Haupt senkte und donnernd zu Boden krachte. Doch schon in meinem zweiten Jahr hatte Reist eines Morgens, als er heranfuhr, eine armlange Motorsäge auf seinen Soziussitz geschnallt. Er nahm sie herunter, startete ihren Motor und schnipselte vor unseren staunenden Augen in knapp einer Minute eine mannsdicke Fichte um.

Da der Rückweg ins Städtchen selbst für rasende Abfahrer wie Reist zu lang gewesen wäre, wurde das Mittagessen aus dem Tornister verzehrt. Speck und Käse und Brot. Milchkaffee aus der Thermosflasche. Da sie es alle im Rücken oder in der Hüfte oder im Kreuz hatten – Reist schwor auf Dachsfett, Gerber auf Balsam, Fretz hatte sich ein Katzenfell ins Kreuz gebunden –, kreiste im Winter der Flachmann mit Träsch von der billigsten Sorte. Der wärme, behauptete Fretz, der öle und schmiere die Gelenke. Ich, der ich nie fror, auch bei schärfster Bise nicht, habe wacker mitgetrunken. Zwar hat der Obstler nicht meine Gelenke geölt, wohl aber hat er meine Phantasie geschmiert und mich wach gehalten. Bin ich doch ohne Schluck aus dem Flachmann am Mittagsfeuer alsbald eingedämmert und bei Wiederbeginn der Arbeit nur äußerst mühsam zu wecken gewesen, was Gerber einmal zum Witz veranlaßt hat, mein Vater sei wohl ein Murmeltier gewesen.

Meine Halswunde, die ich beim Pickeln und Sägen nur notdürftig verbergen konnte, hat hierselbst kaum Aufsehen erregt. Jeder von uns hatte ein Bresten. Reist fehlten neben den Zähnen zwei Finger an der linken Hand, ein Unfall beim Holzhacken, Gerber hatte sein rechtes Auge verloren, ein Steinplitter, beim Meißeln hineingespritzt, Fretz hatte eine Hasenscharte, die ihm das deutliche Artikulieren erschwerte. Zudem kamen sie alle aus altem Bauernstand und waren Versehrung gewohnt. Die Hauptsache sei, so meinten sie, daß man dabei gesund bleibe.

Nur mein Wässern hat sie ein bißchen verstört. Ich habe es so einzurichten versucht, daß ich nicht während der Arbeitszeit abtauchen mußte, bin oft vor Tagesanbruch zum Pfaffenweiher getrabt und eingestiegen, um bei Arbeitsbeginn bereit zu sein. Aber hin und wieder bin ich eben doch zu lange unten geblieben, und sie haben es gemerkt. Fretz hat listig gekichert und vielsagend den Kopf geschüttelt. Gerber hat gesagt, bei ihnen in der Schormatt habe auch so einer gelebt, der sei schon in jungen Jahren vom Wassermann geholt und für immer in die Tiefe gezogen worden. Nur Reist, unser Chef, hat streng dreingeschaut und gemeint, das gehöre sich nicht, wir Waldarbeiter seien anständige Leute und keine Feuchtbrüder, die nichts anderes im Sinne hätten, als abzusumpfen und einzuwässern.

Mit der von Marianne Bohnenblust angemieteten Mansarde bin ich zufrieden gewesen. Sie lag unter dem Dach eines Riegelhauses gleich neben dem Pulverturm, der im Mittelalter aus schweren Sandsteinquadern, gehauen im Hochwald oben, errichtet worden war zwecks Lagerung des Schießpulvers, das man für die Geschütze der Stadt benötigte. Nach dem Zweiten Weltkrieg war der Dachstock vom lokalen Artillerieverein, lauter Pseudoobristen und Trockenübungsstrategen, zur Feststube ausgebaut worden, in der sie an den Wochenenden zu Ehren der heiligen Barbara, der Schutzpatronin der Kanoniere, Bier in sich hineinzuleeren pflegten, bis ihre Trommelfelle zerplatzten und es gelb aus ihren Ohren schoß.

Mich hat das nicht groß gestört, ich war gut aufgehoben in meiner Kammer. Eine Matratze am Boden, ein Tisch, ein Stuhl. Der Lederkoffer in der Ecke, Glühlampe an der Decke. Das Plumpsklo war auf der Laube draußen, der

Wasserhahn im Gang. Mutters Ehering hing an einem Nagel an der Wand.

Das Haus war bevölkert von Männern aus Süditalien, die man damals noch Fremdarbeiter nannte. Das war vor der allgemeinen Euphemisierung der Arbeitswelt, heute heißen diese Sklaven ja Gäste! Nette, fröhliche Leute, die mich il Signore colla ciarpa nannten, was zu deutsch der Herr mit dem Halstuch hieß.

Am Abend nach der Arbeit bin ich meist die wenigen Schritte zum Café Fédéral in der Oberstadt gegangen. Eine Kneipe der gemütlichen, kleinstädtischen Art mit Fußballkasten gleich rechts vom Eingang und dem General Guisan an der Wand. Die Luft abgestanden, zum Schneiden, wie man sagte, am Fenster vergilbter Tüll, die Toilette im Hinterhof. Am runden Tisch neben der Theke saßen die Trinker, denen ich mich beigesellt habe. Bier in Halblitergläsern, Wein aus dem Tirol, Kräuterschnaps und Träsch, von der Wirtin mit stämmigem Oberarm Runde um Runde kredenzt. Geredet wurde nicht viel, es gab nichts zu sagen, was man nicht schon gewußt hätte. Hingegen wurde häufig genickt und geseufzt, gestöhnt und gegruchst, ein stetes, betuliches Quaken, bis endlich wieder jemand den Arm hob zum Zeichen, es sei eine neue Runde aufzufahren. Dann nickten alle, hoben die Gläser und wünschten gute Gesundheit.

Wie ich Sie kenne, sehr geehrter Herr Seelendoktor, werden Sie dieses gemeinsame Einwässern am Stammtisch wieder einmal kritisieren und als geisttötende Sucht abzutun versuchen, mokant monierend, Freund Alkohol habe schon manchen aufrechten Zweibeiner in Schieflage gebracht und ihn, blühende Wiesen vorgaukelnd, im trübsten Sumpf versinken lassen.

Genau hier, sage ich, spricht der Luftbeiner aus Ihnen,

der unverbesserliche Trockenkomantsche, der von Gurgeln und Quaken keinen blauen Dunst hat. War doch hierselbst nicht der Alkohol der Grund des Elends, sondern umgekehrt das Elend der Grund des Einsumpfens. Auch blühten in diesem Trauergewässer, in das wir Runde um Runde tiefer abtauchten bis zur endgültig schwarzen Eintrübung, Blumen, die jeder Feuerlilie und Luftorchidee Hohn sprachen. Ich nenne hier nur das Sumpfblutauge mit den purpurnen Blättern, den Drachenwurz mit dem aufragenden Kolben und die Armleuchteralge mit ihren Eiknospen.

Man muß wissen, daß an diesem Tisch keinesfalls die gesellschaftliche Elite saß, sondern das, was vom gemeinen Luftstelzer wohl als Abschaum bezeichnet wurde. Der Bauämtler Kurt, dessen Frau vor der eigenen Haustür von einem Lastwagen zerquetscht worden war und der seither kein Wort mehr sprach, nur noch nickte. Inge aus Friesland, vom Nordwind ins Städtchen geweht, die einem Gewerbeschullehrer den Haushalt besorgte und bei zunehmender Einwässerung, sie trank Korn, den die Wirtin eigens für sie besorgt hatte, von schrecklichen Kriegsgreueln berichtete. Die Schmuckverkäuferin Erika, eine charmante Person bis zum fünften Glas Auslese, den Wiedertäufern entlaufen. Coiffeurmeister Felix, der Bankrott gemacht hatte und jetzt mit zittriger Hand in entlegenen Höfen auf Stör arbeitete. Der ewige Student Gaudenz, ein adretter Muttersohn, im 36. Semester den endgültigen akademischen Durchbruch vorbereitend.

Hinzu kam eines Abends der ehemalige Anstaltspsychiater Ledermann, der entlassen worden war, weil er sich nicht entblödet hatte, des öftern mit den Pfleglingen zu duschen, nackt und mit unsittlicher Absicht, wie im Tagblatt zu lesen gewesen war. Ein himmelschreiender Schwachsinn, wie er nach dem dritten Zweier losbrüllte, wer nur einmal unter jenem Eiswasser gestanden habe, der könne unmöglich auf solch hirnrissig perverse Gedanken kommen.

Er arbeite jetzt an einem Monumentalwerk über die Perversion des Strafvollzugs, erzählte er, der aus Zufallstätern in konsequenter Folgerichtigkeit Serientäter produziere, unter besonderer Berücksichtigung des Kaltbrausebadens in Jugendkorrektionsanstalten, welches den Pflegling nicht nur sich selbst entfremde, sondern darüber hinaus auch seinem wesenseigenen Elemente, dem Wasser schlechthin. Die Gesellschaft dürfe keineswegs einen solchen Pflegling eines einzelnen Fehltritts wegen kalt abduschen, sondern müsse ihn mit liebender Wärme aufnehmen und begütigend umhüllen, damit er wieder zu sich selber zurückfinden könne. Dieses sein Werk, so krähte er nach dem sechsten Zweier, werde die gesamte bourgeois-patriarchalische Scheißgesellschaft aus den Angeln heben und umstürzen, so daß endlich Platz geschaffen werde für eine neue, selbstbestimmte Sozietät, die allein das Überleben der Menschheit gewährleisten könne. Nicht mit dem Kühlstrahl sei dies möglich, schrie er, sondern allein mit der Sanftbrause!

Solche Ausbrüche waren wir gewohnt, wir ertrugen sie kameradschaftlich besänftigend. Wußten wir doch, daß sie mit der Zeit verebben und ins Trauergewässer einsumpfen würden, verdämmernde Blasen bildend, die an Fieberklee und Spierstaude entlang hochstiegen und oben sanft verpufften.

Ich habe mich später übrigens wiederholt nach Ledermanns Buch erkundigt, bin aber nicht fündig geworden. Vermutlich sucht er noch immer einen Verleger, was ich zutiefst bedaure. Hat er mir doch damals aus der Seele gekräht.

Von den Frauen habe ich mich mit einigem Erfolg ferngehalten. Manchmal bin ich zwar nach Wirtschaftsschluß mit der Wirtin hochgestiegen in ihre Wohnung, um dortselbst ein kurzes Bad zu nehmen und anschließend zu übernachten. Was sehr angenehm war, hat sie mir doch am Morgen jeweils ein reichhaltiges Frühstück zubereitet. Auch hat sie mir, wenn es nötig war, die Haare geschnitten, wobei sie sich von meiner Halswunde keineswegs stören ließ. Ihr Mann war vor Jahren an Speiseröhrenkrebs gestorben, was sie zur Aussage veranlaßte, sie kenne Schlimmeres als ein harmloses Loch im Hals.

Es hat auch einige weitere Begegnungen gegeben mit Frauen, meist übers Wochenende, wenn ich am Waldrand saß und auf den Bornberg hinüberschaute. Sie haben sich zu mir gesetzt und angefangen zu erzählen von Mann und Kind, bis sie mich zu sich heim einluden, um ein Bad zu nehmen. Oft habe ich nachgegeben und bin mitgegangen. Aber von Wichtigkeit war das nicht. Dies zuhanden der Staatsanwaltschaft, die mich als animalisch getrieben zu bezeichnen beliebt hat.

Mit Marianne Bohnenblust habe ich glänzend verkehrt. Sie hat mich jeweils ins Blaukreuzhaus eingeladen zu Apfelkuchen und Milchkaffee, was mir in keiner Weise widerwärtig war. Wir haben beste Konversation getrieben zusammen, und sie hat mehrmals behauptet, ich sei ihr Musterkunde.

Einmal an einem warmen Märztag, als ich von der Arbeit heimtrabte am Pfaffenweiher vorbei, in dem die Grasfrösche knarrten, sah ich am Ufer eine Frau stehen. Sie hatte mich kommen sehen, sie erwartete mich. Ich verlangsamte den Schritt und ging auf sie zu. Sie hatte schwarzgekraustes, stumpfes Haar, verschwommene Augen, im Gesicht war ein grober Zug. Dann aber leuchtete ihr Wasserblick auf. Ich sah, daß es Dora Schädler war.

Komm mit, sagte sie, ich will noch einmal deine Wunde küssen.

Nein, sagte ich, das geht nicht mehr.

Ich wollte vorbeigehen an ihr Richtung Stadt, aber sie nahm mich am Arm. Eine allerliebste Hand, runde Achsel, sanft geschwungener Hals.

Warum nicht? fragte sie, und ihr Auge stand weit offen. Ich senkte den Kopf und sah ihre Füße. Sandalen, zwei Riemen, und vorne die nackten Zehen. Sie kniete sich in den Ufersand, um ihren Mund spielte die Siegesgewißheit. Ich setzte mich zu ihr und wandte ihr den Hals zu. Behutsam knüpfte sie meinen Schal los und näherte ihre Lippen meiner Wunde. Sie senkte die Zunge hinein, es rieselte wie Flußgeschiebe. Ich schaute ihren Zehen zu, die sich langsam spreizten. Dann hob sie den Kopf.

Ich bin schwanger, sagte sie, und heirate am nächsten Wochenende. Aber vorher möchte ich noch einmal mit dir ins Wasser.

Da riß ich mich los. Ich sprang auf, zerrte ihr den Schal aus der Hand und rannte heim in die Ringmauer, um mich auf der Matratze einzurollen.

Ich habe meine feste Fährte gehabt damals, eine gesicherte Umgebung, eine Beiständerin, die mich an langer Leine sorgsam geführt hat. Am Morgen von der Mansarde in den Wald, am Abend in die Kneipe, um Mitternacht heim auf die Matratze. Übers Wochenende ein kurzes Wannenbad manchmal mit einem Trockenweib. Ein geregeltes Leben, wie man sagte, luftgenormt, saubergespült wie ein ausgewrungenes Leintuch. Das wenige Geld, das ich verdiente, habe ich für Träsch ausgegeben, der mich wach hielt.

Eines Abends im November, der Nebel hing zum Schneiden in den Gassen, ging ich am Café Fédéral vorbei über den Kirchplatz die Unterstadt hinab bis zum Ochsen. Ein mächtiges Gebäude aus dem 17. Jahrhundert, ein angesehener Gasthof vormals, jetzt mit erbärmlicher Fassade in der grauen Watte stehend. Hinter dem Fenster links vom Eingang glänzte ein schmales Licht. Darunter ein Fahrrad, dreigängig, mit weißgelb gestreiften platten Reifen. Die rostige Kette ausgehängt, der Gepäckträger schräg über das Schutzblech ragend, der Ledersattel zerrissen.

Ich ging hinein und sah am Stammtisch den Bottensteiner sitzen, ein leeres Schnapsglas vor sich. Er schaute nicht auf, als ich hereinkam, er schien einem Gedanken nachzuhängen, den Blick auf das Tischblatt geheftet. Als ich nähertrat, sah ich, daß er schlief. Ich setzte mich ihm gegenüber, behutsam den Stuhl heranschiebend, und betrachtete ihn. Sein Gesicht war bleich und aufgedunsen, der Schädel kahl. Der Nacken wölbte sich fett aus der schmalzigen Jacke, den Ohren entwuchs graues Haar. Die Hände lagen auf dem Tisch, schwer und klobig. An der linken Hand trug er den Ehering.

Ich regte mich nicht, ich schaute nur. Das schmale Licht über dem Zapfhahn, die schmutzigen Gläser in der Anrichte. Das dürre Brot daneben, der aufgerissene Schachtelkäse. Die Träschflasche, die flach in den Abguß tropfte. Der Eimer am Boden, in dem noch der Schrubber steckte.

Dann hörte ich Schritte. Sie kamen von hinten, wo ein leichter Luftzug hereinwehte. Eine Frau erschien in gelbem Morgenmantel, mit breitem Gesicht und großen, hellen Augen. Sie ging zur Anrichte, griff sich ein Stück Käse und schob es in den Mund. Sie kaute langsam, schaute aufs Brot und überlegte, ob sie sich ein Stück davon abbrechen sollte. Dann hob sie den Blick und sah mich an. Sie hörte auf zu kauen und sagte: Binswanger, ein Gast.

Der Bottensteiner stöhnte, griff zum Glas und sah, daß es leer war. Feierabend, sagte er, darf ich bitten, die Herrschaften! Dann nickte er wieder ein.

Die Frau, es war die Polin, das sah ich sofort, ein fremdes, hübsches Weib, trat hinter ihn und strich ihm mit der linken Hand über den Schädel. Nicht schlafen, sagte sie, es ist ein junger Herr da.

Er runzelte die Stirn, schnaubte laut durch die Nase und richtete den Oberkörper auf, so daß sein Hinterkopf an ihrer Brust lag.

Was willst du? fragte er.

Ein Glas Träsch.

Gut. Zwei Glas Träsch.

Die Krakauerin ging nach hinten und schenkte ein. Sie brachte die Gläser, vorsichtig lächelnd.

Zum Wohl, sagte der Bottensteiner und kippte sich den Schnaps in die Kehle. Die beiden starrten mich an, unsicher, was ich für ein Gast sei.

Das Fahrrad, sagte ich, das möchte ich haben.

Nun glitt ein Grinsen über meines Vaters Züge, das seinen Unterkiefer verschob und die gelben Zähne zum Vorschein brachte. Das ist mein Sohn Moses, sagte er, man sieht es an dem Schal. Er will mein Fahrrad haben.

Aber gern, sagte die Polin, es steht neben der Haustür.

Sie lächelte offen und nickte mir zu, eine freundliche Frau, die gerne etwas verschenkte. Ich nahm mein Glas und trank, es war der allerletzte Fusel.

Der Keller, sagte mein Vater, stand immer unter Wasser. Wir haben Karrette um Karrette Kies hineingefahren, es hat nichts genützt. Das haben wir doch, oder haben wir das nicht?

Doch, das haben wir.

Aber das Gemüse ist alles ertrunken, krächzte er, ertrunken ist es, mit Kraut und Stiel.

Kürzlich war eine Wildsau da, sagte ich, die hat noch Reste gefunden.

Er hob den Kopf, seine Augen wurden hell.

Ist das wahr?

Ja, eine junge Bache.

Schau an, die hat also den Braten gerochen. Er nickte mehrmals. Dann senkte er den Kopf. Eine dicke Träne fiel auf das Tischblatt. Ich sah, wie die Hand der Krakauerin seinen Nacken streichelte. Ich erhob mich und suchte ein Abschiedswort.

Verabschiede dich von deinem Sohn, sagte die Frau, wie es der Anstand will.

Jetzt erhob sich der Bottensteiner, reckte sich auf, die Hände auf den Tisch gestützt, ein krummer, kleiner Mann.

Kopf hoch, Junge, sagte er, und fahr gut. Zieh neue Reifen auf.

Ich nickte und ging hinaus.

Den Dreigänger habe ich heimgetragen, da beide Räder von zerbrochenen Speichen blockiert waren. Ich habe ihn später im Hof unten geflickt, beraten und fachmännisch unterstützt von den Italienern, die mich fortan nur noch Campionissimo nannten. Es war beste Vorkriegsware, verchromter Stahl, der nach kurzem Polieren aufglänzte. Verrostet war nichts außer der Kette, die war neueren Datums. Gelbweiße Reifen waren nicht mehr zu haben, wir zogen rote auf. Ein sehr hübsches Gefährt war es nach der Renovation, einwandfrei funktionierend.

Ich besitze es heute noch, wenn auch in polizeilicher Behändigung, wie mir amtlich mitgeteilt wurde, und würde es gerne hierher verbringen lassen, um es im Radständer vor der Friedmatt zu parken und hin und wieder zur Fremdwässerung ins benachbarte Elsaß ausfahren zu können, wenn dann endlich durch vorliegende Aufzeichnungen meine Unschuld zutage getreten sein wird.

Als erstes bin ich damals an die Waage hinuntergeradelt und abgetaucht bis zur Weide, unter deren Wurzelstock Mutters Gebeine ruhten. Ihr Schädel war noch zu sehen mit den wenigen Zähnen, die ihr verblieben waren. Alles andere hatte der Sand zugedeckt.

Zur Arbeit habe ich mich stets zu Fuß begeben. Stieg doch der Pfad an einigen Stellen so steil an, daß ich das Rad hätte stoßen müssen, was keinerlei Zeiteinsparung gebracht hätte. Zudem liebte ich es, durch den Tann zu traben, an Farren und Nesseln vorbei, durch Jungwuchs und Buchengehölz. Hydriert habe ich mich meist im Pfaffenweiher, der Einfachheit wegen, er lag gleich hinter dem Waldrand in beschaulicher, ruhiger Mulde.

Ab und zu bin ich allerdings auch in den Gigerteich eingestiegen, ein altes Steinbruchgewässer, aus dessen beachtlicher Tiefe eine Sandsteinwand aufragte, dunkel und von Feuchtmoos bewachsen. Eine entlegene, versteckte Örtlichkeit war dies gegen den Hochwald hinauf, märchenhaft verwunschen. Keine einzige Feuerstelle zeugte von sommernächtlichem Wurstbraten und Biersaufen, nur Schachtelhalm, Sumpfwurz und Blutweiderich blühten. Ich bin jeweils an die tiefste Stelle getaucht am Fuß der Steinwand, wo eine Höhlung sich öffnete, deren Tiefe ich nie ganz erkundet habe. Es war dortselbst in diesem Tiefwasser, wo mir das Fischweib begegnet ist.

Man muß wissen, daß ich damals ohne Träsch nicht

mehr funktioniert hätte. Ich wäre der harten Arbeit im Forst nicht gewachsen gewesen, hätte mich nicht um fünf in der Früh erhoben, wäre nicht bis um Mitternacht in der Stammrunde gesessen, wenn ich nicht ab und zu einen Schluck Schnaps zu mir genommen hätte. Das hat angefangen mit dem kreisenden Flachmann am winterlichen Mittagsfeuer. Das hat sich fortgesetzt in der Wirtschaft. Bis ich mir selber einen Flachmann gekauft und stets mit mir herumgetragen habe.

Die Folge der Sucht, werden Sie mokant monieren. Erst gibt man dem Teufel den kleinen Finger, dann nimmt er die ganze, zitternde Hand. Stimmt, sage ich. Aber wie, frage ich, hätte ich den zehnstündigen Arbeitstag – mit Hin- und Rückweg zwölfstündig, der Samstagmorgen siebenstündig – aufrechten Ganges durchstehen können, hätte ich mich nicht mit Alkohol eingewässert? Es kam ja bei dieser Arbeit nicht darauf an, etwas zu leisten und möglichst viel zu verrichten. Wer hätte denn dies kontrollieren können in jenem weitläufigen Forst? Es ging bloß darum, aufrecht zu bleiben wie eine Tanne und sich außerhalb der zur Labung der Leibeskräfte vorgesehenen Pausen unter keinen Umständen in die Horizontale zu begeben. Meine Kollegen wußten das genau, hatten sie sich doch eine spezielle Schlaftechnik angeeignet. Sie standen zum Beispiel im Jungwuchs, den geschärften Gertel in der Hand, und jeder uneingeweihte Beobachter hätte geschworen, dieser würde gleich niederfahren wie ein Blitz und das verhaßte Dornengestrüpp wegsäbeln. Weit gefehlt, sage ich, die Männer dösten. Oder sie lauerten mit dem Ziehmesser vor einer gefällten Fichte, scheinbar bereit, die Rinde sogleich wegzuschnipseln. Wer ihnen indessen in die Augen sah, der merkte, daß sie schliefen.

Ich hatte am Anfang alle Mühe, mich dieser Usanz anzupassen. Habe ich mich doch zu wiederholten Malen an einen Wurzelstock gelegt, um ein bißchen einzudämmern und mich so zu erholen. Was Reist gar nicht gefallen hat. Auch war es mir, vor allem im Spätherbst, wenn der Nebel bis in den Hochwald hinaufkroch und Föhre und Birke eintrübte, beinahe unmöglich, der Starre nicht nachzugeben und auf den Beinen zu bleiben.

Da half ein Schluck Träsch. Der schmierte zwar nicht meine Gelenke, wie Fretz behauptet hatte, aber er steifte die Beine, so daß ich stundenlang am selben Ort stehend ausharren konnte, ohne niederzusinken, ein Männlein im Walde, so still und stumm.

Es war ein Septembermorgen, als ich der Fischfrau begegnet bin. Ich war früh erwacht, weil zittrig in den Gelenken. Ich nahm gleich einen tüchtigen Schluck Träsch und machte mich auf den Weg. Der Himmel war mattdunkel, im Westen schimmerte der Neumond. Im Wald hing Dunst, aufgestiegen aus dem Feuchtboden. Wir hatten oben im Hochwald zu tun beim hohen Markstein, also trabte ich Richtung Gigerweiher. Beim Chrätzerweg mußte ich mich übergeben, was in letzter Zeit des öftern vorgekommen war, mich aber nicht groß beunruhigte. Die Wahrheit, nichts als die Wahrheit zuhanden der Staatsanwaltschaft!

Über dem Gigerweiher lag eine meterdicke Nebelschicht, weiß wie Schnee, die Wand darüber schwarz wie Kohle. Ich stieg ein und tauchte ab in die Höhlung, aus der silberne Blasen aufstiegen. Ich fing an, mich zu hydrieren, ließ Wasser einströmen, dachte an die Patin, an ihren aufblitzenden Leib.

Da sah ich vor mir in der Dunkelheit zwei Augen aufleuchten, grüne Lichter, ruhig und schön. Sie blieben, wo sie waren. Ich rührte mich nicht. Sie erloschen, ich lag in der Schwärze. Ich spürte den Druck zwischen den Fingern wie lange nicht mehr, bewegte die Zehen, füsselte sachte. Eine Blase stieg auf, zerplatzte oben, entließ weißes Licht, das sekundenlang aufschien und erlosch. Dann wieder die Lichter, grün und sanft, dicht vor mir, zum Greifen nahe. Ein Leib schob sich heran, eine weiche Strömung, ich spürte Schuppen am Bauch. Zwei Hände an meinem Hinterkopf, zart wie Flossen, die Lichter direkt vor mir, zwei kreisrunde Augen, grün phosphoreszierend. Ein Frauengesicht, umflossen von schimmerndem Haar. Zwei Lippen, die sich öffneten. Sie küßten mich auf den Mund, sanft wie Tiefwasser, kühl wie die Nacht.

Dann fiel der erste Glanz des Tages ein. Die Lippen ließen ab von meinem Mund, die runden Augen erloschen. Der Leib drehte weg, ich spürte eine Dünung. Eine letzte Blase stieg hoch, zerplatzte im Morgenlicht.

Entzugserscheinung, werden Sie sagen, Halluzination, eine Kateridee. Wenn es nur so wäre, sage ich, ich würde noch heute ruhiger schlafen.

Ich habe diese Augen gesehen, so wahr ich hier sitze und akribisch genau notiere, was damals geschah. Die grünen, runden Lichter, das hell fließende Haar, die offenen Lippen, die meinen Mund trafen zum ersten, richtigen Kuß meines Lebens, meine Wunde hat sie nicht interessiert. Sie hat mich gemeint, mich, Moses Binswanger, geboren in der Altachen, als Waldarbeiter eingestiegen in ihren Weiher, um zu wässern. Sie hat mich geortet mit ihrem Lichte, sie hat mich gefunden. Sie ist zu mir herangeschwommen, hat ihren Schuppenleib an mich geschmiegt, meinen Kopf umarmt. Ich habe ihr in die Augen geschaut, habe ihr Leuchten gesehen, dann ihr Erlöschen. Ihr Abdrehen im ersten Dämmer, ihr Verschwinden in der Höhlung.

Ich habe gewartet, verzaubert von Liebe, gelähmt von der aberwitzigen Hoffnung, sie würde wieder erscheinen, ein zweites, ein drittes Mal.

Dann die Strahlen der Sonne, die schräg durchs Laub einfielen und das Wasser zum Aufschimmern brachten. Ich regte mich nicht, blieb schweben, wo ich lag. Ich rührte keinen Zeh, keinen Finger.

Plötzlich fiel ein Stein ins Wasser. Ich hörte ihn aufklatschen, sah ihn herabtrudeln zu mir auf den Grund. Ein zweiter Stein, ein dritter. Ich stieg hoch und habe am Ufer Reist stehen sehen, meinen Tornister in der Hand, mein Hemd, meine Hose. Ob ich übergeschnappt sei, schrie er, endgültig verrückt geworden, das Wasser sei doch saukalt. Ob er mir Beine machen müsse, ich solle endlich mit diesem verdammten Absumpfen aufhören, den Gertel in die Hand nehmen und den Dornen zu Leibe rücken.

Dies war das Ende meiner Laufbahn als Waldarbeiter. Ich habe das schon bei meinem Ausstieg dortselbst gewußt. Im Jungwuchs schlafend herumzustehen und von allerlei Nixen und zweischwänzigen Wasserjungfrauen zu träumen, das war erlaubt. Aber sich von einem Fischweib tatsächlich küssen zu lassen, das war verboten.

Ich habe sie immer wieder gesucht, bis in die heilige Zeit hinein, jeden Morgen. Ich bin jeweils einige Meter weit in die Höhlung getaucht, aber nie so tief, daß ich sie hätte erschrecken können. Als der Weiher zufror, habe ich ein Loch hineingehackt, um einzusteigen. Sie hat sich nie mehr gezeigt.

Ende Jahr hat mir Marianne Bohnenblust die Kündigung wegen Alkoholabusus und geistiger und körperlicher Wassersucht überreicht. Sie hat sich Sorgen gemacht um mich, als wir damals im Blaukreuzhaus saßen. Ich habe das ihrem strengen Blick entnommen. Was mir das bringe, fragte sie, dieses stets wiederholte Einsuhlen und Abschlammen? Ob ich nicht lassen könne davon? Vielleicht finde sich ja etwas im Waldtal drüben für mich. Dort gebe es alte, hochgelegene Höfe, die einen Wasserschmecker wie mich vielleicht gebrauchen könnten.

Im Frühjahr bin ich Brunnenmacher geworden in den Tälern der Uerke, der Suhre und der Wyna. Dies geschah in meinem dreißigsten Lebensjahr, im Monde wohl, in dem ich gezeugt worden war. Neun Jahre lang war ich Waldarbeiter gewesen, meist dösend und träumend, aber stets pflichtbewußt auf den Beinen, bis mich das Wasserweib auf den Mund geküßt hat. Anschließend neunzehn Jahre lang Brunnenbohrer, auf die Knie niedergezwungen vom drohenden Bergdrucke, doch immer im Bau. Zuletzt sieben glückliche Jahre als Weiherwart und Wasserbiologe am Rhein unten. Macht zusammen dreieinhalb Jahrzehnte im Dienste der Hydrologie. Eine stolze Lebensbilanz, auf die ich, sehr geehrter Herr Seelendoktor, mit aller Deutlichkeit hinweisen möchte, betrachte ich mich doch in keiner Weise als gescheiterte Luftexistenz, wie das die Staatsanwaltschaft expressis verbis insinuiert hat. Bin ich doch im Stadtforst damals mitnichten wegen Abkippens aus der Vertikale entlassen worden, sondern ausschließlich wegen Einwässerns auf der Suche nach dem Fischweib.

Es war ein verregneter Morgen, als wir losfuhren. Marianne auf ihrem neuen Moped, den Sturzhelm im Grauhaar, ich mit dem Dreigänger, den Lederkoffer hintendrauf. Wir durchquerten den Hochwald und stießen hinunter zur Pintenwirtschaft, wo wir uns beide Kaffee mit Träsch genehmigten. Das Waldtal lag in leichtem Nebel, es tropfte von Busch und Dach. Zwei Rehe ästen hinten beim Waldrand, leichtfüßige Schnellbeiner, ihre Spiegel zwei helle Flecken.

Meine Füße steckten in alten, genagelten Ordonnanzschuhen, die Beine in braunem Drillich. Ein blaues Bauernhemd, die Jacke aus schottischer Wolle, der Schal aus Leinen. Der grüne Soldatenmantel hing am Kleiderhaken, der Hut lag auf dem Tisch, der Koffer daneben auf dem Boden.

Marianne schaute mich aufmunternd an. Ein schneller Blick dann, ein kurzes Aufreißen der Pupillen, das anzeigte, sie könnte sich unser Beistandsverhältnis auch anders vorstellen. Sie zeigte zum Fenster hinaus nach hinten zu den Rehen, die im Nebel langsam verschwanden.

Wir stiegen hoch zum Flückigerhof, der im gerodeten Hochwald stand. Ein steiles Studdach, über die Fenster des ersten Stockwerks hinuntergezogen. Darunter Scheune und Tenn, der Stall und die Küche.

Wir wurden hereingebeten und tranken vom schwarzen Gesöff. Das Wasser sei knapp gewesen, seit der Brunnen eingebrochen sei, erzählte die Bäuerin – ihr Kropf pendelte wie ein Kürbis, hin und her, auf und ab –, die Quelle habe sich einen anderen Ausgang gesucht. Ein schwaches Rinnsal nur noch drücke hervor, kaum genug für die Menschen, geschweige denn für das Hornvieh. Jetzt gehe es ja wieder, seit das Tauwetter eingesetzt habe, jetzt fließe der Bach im Moos unten, und die Lebendware könne hinabgehen und saufen. Im Winter aber, als Stein und Bein gefroren gewesen sei, hätten sie nicht mehr gewußt, wo aus und ein. Der Gemeinderat bestehe eben aus Lumpen, die alles versprächen und nichts hielten. Habe er doch an der letzten Versammlung steif und fest behauptet, im Frühjahr würden die Röhren bis zu den entlegensten Höfen hinaufgezogen, um Mensch und Tier mit Grundwasser zu versorgen. Aber nichts dergleichen. Bis jetzt sei kein einziger Graben gezogen, kein einziges Loch gebohrt worden. Kost und Logis könne sie bieten, einen Hunderter Handgeld im Monat, Träsch und Holunderschnaps nach Belieben.

Wir wurden uns schnell einig. Marianne wünschte mir alles Gute und fuhr durch den Regen davon.

Ich habe über ein halbes Jahr im Brunnen hinter jenem Steildache verbracht. Er hatte ehedem an die sechzig Meter tief in den Sandstein hineingeführt, ein nicht ganz mannshoher Gang, unmerklich ansteigend, damit die Quelle im Berginnern abfließen konnte in die Röhre, die das Wasser zum Trog vor dem Stall leitete. Dieser Gang war eingebrochen bis zuhinterst, und niemand hatte sich bis jetzt an die Arbeit gemacht, ihn freizulegen und abzustützen mit Balken. Ein Skandal, gewiß, aber der ökonomischen Situation wegen, in der die alten Bauersleute sich befanden, verständlich, ja gar verzeihlich. Stand ihnen doch in dieser Beziehung das Wasser tatsächlich bis zum Halse. Und niemand hat ihnen geholfen, niemand der pekuniären Austrocknung hierselbst gewehrt. Im Aaretal vorn haben sie Milliarden verloch, um die Gasfurzerbahn zu bauen. Hier oben ging die alte Bauernkultur der endgültigen Eindürrung entgegen.

Ich habe mich wacker an die Arbeit gemacht, das hydrologische Umfeld gefiel mir. Das Werkzeug hat mir der Bauer zur Verfügung gestellt. Stemmeisen und Pickel, Karrette und Schaufel, eine Karbidlampe zum Sehen, zwei Stück eines alten Autoreifens für die Knie. Zu Beginn war es eine angenehme Arbeit, das Tageslicht schien an die zwanzig Meter tief herein. Dann aber knickte der Gang ab und führte ins Dunkel. Mein Vorgänger, der hier gegraben hatte, war offenbar kein erstklassiger Wasserschmecker gewesen, sonst hätte er die Quelle gleich zu Beginn gerochen und schnurgerade gegraben. Vielleicht hatte ihm aber auch einfach der Holunderschnaps den Geruchssinn geraubt, was mir ohne weiteres möglich schien. Stand doch auch bei mir die Flasche stets in Reichweite.

Man muß wissen, daß der Holunder ein besonderer Busch ist, der bei unseren Vorfahren mit Recht als heilig galt. Er wuchs an jedem Brunnen, erhob über jeder Quelle sein rundes Haupt. Er sog die heilende Kraft des Tiefwassers ans Tageslicht, leitete es durch pfirsichweiches Mark in die duftenden Blüten hinaus und ließ diese im Hochsommer zu schwarzglänzenden Beerendolden ausreifen, eine Labe für Vogel und Mensch.

Mich hat sein Schnaps damals über Wasser gehalten, so daß ich nie eingebrochen bin. Nie bin ich ernstlich erkrankt, nie ist die Schachtdecke auf mich niedergestürzt, was ich – gestatten Sie mir bitte für einmal ein Eigenlob! – allerdings auch auf meinen Wasserinstinkt zurückführen möchte. Ich habe stets im voraus gewußt, wo das Naß durchdrücken, der sandige Stein abbröckeln würde.

Mein Tagewerk bestand aus Losstemmen, Einschaufeln, Hinauskarren und sicherndem Abstützen. Zu Beginn ging mir dies alles flott von der Hand. Ich sank des Abends, von Kartoffeln gesättigt, die ich in der Küche gemeinsam mit den Hofleuten einnahm, müde und zufrieden auf das Strohlager im Stall. Das Wässern war kein Problem, ich war an der Quelle und wußte mir wannenartige Vertiefungen zu schaufeln, in die ich hineinkroch.

An den Wochenenden bin ich ab und zu in die Pintenwirtschaft hinuntergefahren, habe Kaffee und Träsch getrunken und zum Waldrand hinübergeschaut, wo meist die beiden Rehe ästen. Zweimal bin ich auch im Neudorf gewesen und habe die tanzende Jugend betrachtet, die zu elektrisch verstärkten Gitarrenklängen Hüfte und Bein verrenkte.

An menschlichen Kontakten hat es mir auch tagsüber nicht gefehlt, wurde ich doch des öftern besucht von den Hofleuten. Einzeln sind sie zu mir hereingekommen, um zu schauen, wie es mir gehe, wie weit ich sei mit der Grabung. Sie haben mir verschrumpelte Glockenäpfel gebracht und dürre Bisquits. Stets haben sie angefangen zu erzählen, den Blick auf den hellen Fleck des Ausgangs gerichtet, ob dort jemand auftauche und sie belausche. Die Bäuerin hat über den Bauern geklagt, der Bauer über die Bäuerin. Beide haben über die Magd geschimpft. Die sei blöde im Kopf, man wisse nicht mehr, was anfangen mit ihr, behalte sie nur noch, weil man von der Gemeinde pro Monat zwei Hunderter Pflegegeld beziehe, aber sie schade mehr, als sie nütze. Die Magd, eine stämmige Person mit dunklen Augen, hat über Bauer und Bäuerin geklagt und gesagt, sie halte es nicht mehr aus, sie renne weg, jetzt gleich, sonst gebe es ihr noch etwas. Dabei stand sie breitbeinig geduckt vor der Karrette, den Blick auf die Karbidlampe gerichtet, dann plötzlich auf meinen verrutschten Schal. Was das sei, dieses Loch, fragte sie, ob sie es genauer anschauen dürfe. Ich schüttelte den Kopf, und sie hat nie mehr darüber geredet.

Ich kannte in Kürze alle Geheimnisse des Hofes, das Elend, die hilflose Liebe und vor allem den Haß, den die engen, armseligen Verhältnisse erzeugten. Der Bauer fuhr zwar morgens und abends mit dem Traktor in die Hütte hinunter, um zwei Brenten Milch abzuliefern und ein bißchen zu schwatzen. Die Frauen hingegen waren hier oben eingesperrt, wochenlang, monatelang.

So ist es mir stets gegangen auf jenen Höfen oben, ich war die Klagemauer für alle. Ich könnte Bücher schreiben darüber, dicke Bände, mache dies aber nicht, will ich doch niemandem zu nahe treten.

Nachdem ich aber den Holunderknick passiert hatte, so benannt zu Ehren meines Vorgängers, stand ich allein in der Schwärze. Weder Bäuerin noch Bauer noch Magd tauchten mehr auf, es war ihnen im Gang zu unheimlich. Kein Schwatz mehr, kein Apfel, kein Bisquit. Draußen der strahlende Frühsommer, hier drin die Nacht. In freier Luft Vogelgesang und das Summen der Bienen, im Loch drin das Tropfen des Wassers. Im Baumgarten die springenden Kälber, der Wald blühte auf, im Moos unten quakten die Frösche. Um mich nur feuchter Stein, notdürftig erhellt vom Karbid.

Wäre es Spätherbst gewesen, so hätte mir diese meine Höhleneinsamkeit nichts anhaben können. Ich wäre kurzweg eingesumpft und in die Starre verfallen, was wohl nicht groß Aufsehen erregt hätte, war man in jenen Waldtälern doch von früheren Brunnenbohrern her solches Wegtauchen gewohnt.

Wenn ich indessen eine vollbeladene Karrette durch die Schwärze um den Holunderknick stieß und den hellen Ausgang erblickte, schloß ich geblendet die Augen. Hatte ich endlich das Freie erreicht, prallte die ganze Schönheit des Hochwaldsommers auf mich nieder, so daß ich mich setzen und erst erholen mußte. Die dunkelgrünen, langezogenen Wellen der Tannen, der Bornberg im Norden, der Alpenfirn im Süden, der seidenblaue Himmel. Bei Regen das milde, gleichmäßige Prasseln der Tropfen, das hellgraue Licht, die mattglänzenden Farben. Dann wieder der Einstieg ins Loch, der Zugriff der Schwärze, das Ducken des Kopfes.

Nicht zu vergleichen war dieser Wechsel mit dem Übergang vom Wasser aufs Land. Ist doch vom Wasser aus stets auch der Himmel zu sehen, selbst in der Nacht, wenn fast kein Licht mehr einfällt. Ein Schimmer ist immer noch da, der die Konturen zum Vorschein bringt. Und das Wassertier, das an Land kriecht, hat allezeit auch den nahen Bach oder Teich im Auge, um zu sehen, was dort in der Tiefe geschieht. Diese Grenze ist nicht starr wie eine Mauer, sondern durchsichtig fließend und leichten Sprunges zu durchstoßen, ohne Schaden für Auge und Hirn. Ja es kann sogar eine Lust sein, die Elemente zu wechseln.

Hier aber im Stein drin war ich vom Licht abgeschnitten. Nur das Karbid und das stete, eintönige Tropfen von der Decke. Ich gehörte nicht zu den Bergleuten, wie sie Paracelsus oberwähnt geschildert hat, denen das Gemäuer wich, die keiner Tür bedurften, keines Lochs, die durch Mauern und Wände gingen, ohne etwas zu zerbrechen. Ich bedurfte des Lochs, des Ausgangs, und wenn ich hinaustorkelte, brach ich geblendet zusammen.

Ich begann, ganze Tage im Berg drin zu bleiben, häufte Geröll an, um es erst am Abend, wenn draußen die Landschaft eindunkelte, Karre um Karre hinauszuschieben. So wurde ich langsam zum Höhlenolm, den kaum mehr ein Sonnenstrahl traf, mit weißem Gesicht und violetten Fingern, zwischen denen es juckte und drängte.

Ich habe es erst nach mehreren Wochen gesehen. Es war an einem Sonnabend, als ich den Dreigänger bestieg, um ins Neudorf zu fahren. Die linke Hand lag auf dem gelbweißen Lenkergriff, und zwischen den Fingern, kaum sichtbar in der Dämmerung, schimmerten rötliche Schwimmhäutchen auf.

Ich bin gleich wieder abgestiegen, bin in den Stall gegangen und habe mich dortselbst im Stroh eingerollt. Dies hatte ich um jeden Preis verhindern wollen, diese amphibische Veränderung, vor der mich Mutter stets gewarnt hatte, trug ich doch schwer genug an der Halswunde. Ich dachte daran, jetzt gleich zu verschwinden, mit dem Rad abzuhauen, die Nacht durchzufahren in eine ferne Stadt, wo mich niemand kannte. Die Schwimmhäutchen indessen hätte ich mitgenommen, das war mir klar. Ich wußte auch, daß ich es nicht fertigbringen würde, sie wegzuschneiden. Sie waren aus mir herausgewachsen und gehörten zu mir.

Am Tag darauf, es war Sonntag, und selbst die Brunnenbohrer pflegten für einmal der Ruhe, fuhr ich nach Uerkheim hinunter, wo Markttag war. Ich fand einen Herrenstand mit Rasierklingen aus Schwedenstahl, echt Kölnisch Wasser, Stellmessern und Seidenkrawatten. Ich kaufte ein Paar Glacéhandschuhe aus feinstem Nappaleder. Ich habe sie gleich angezogen, erst dann habe ich bezahlt, einen halben Monatslohn notabene.

Seitdem habe ich immer, wenn ich unter Leute ging, schwarze Glacéhandschuhe getragen, was mir dortselbst den neuen Übernamen Handschuhschwab eingebracht hat, ebenso lächerlich und dumm wie der frühere. Aber lieber dies als die nackte Flossenwahrheit!

Erwähnen möchte ich auch noch, daß mir die Schwimmhäute weitergewachsen sind während der Arbeit in den Schächten, auf Himbeerlänge. Sie haben mich nie im geringsten gestört, waren mir im Gegenteil oft von Nutzen, vor allem in der späteren Zeit als Weiherwart. Mit zunehmendem Alter sind sie braun verledert und heute kaum mehr auffällig. Bei geschlossener Faust sind sie gänzlich unsichtbar.

Im Spätherbst stand ich dicht vor der Quelle. Ich sah das an den durchdrückenden Tropfen, hörte es am Rieseln hinter dem Stein. Ich stemmte das Eisen in einen Spalt, um eine letzte Schicht wegzuräumen. Ich drückte mit aller Kraft, bis der Fels nachgab. Da erlosch die Lampe. Eine Angst fuhr in mich, der Wasserschreck, wußte ich doch, daß das Karbid noch für Stunden hätte reichen müssen.

Zwei grüne Lichter leuchteten auf, direkt vor mir im Stein, zwei runde Augen. Ein Frauengesicht, umrandet von schimmerndem Haar. Zwei Hände griffen nach meinem Kopf, zart wie Flossen. Dann erloschen die Lichter.

Ich hörte ein Rauschen, ein Fließen und stand plötzlich bis zu den Knien im Wasser. Ich spürte Schuppen am Bein, die sich anschmiegten. Eine Blase stieg auf, zerplatzte silbern an der Decke und erleuchtete sekundenlang den Schacht. Ich sah einen Leib, der langsam vorbeiglitt durch den Gang und um den Holunderknick verschwand Richtung Ausgang.

Der Brunnen war offen, und ich hatte das getan. Ich ging gleich in den Stall, um mich hinzulegen und einzurollen. Ich dämmerte weg, sumpfte ab, klaftertief in noch nie erreichte Schwärze hinein. Nicht tot war diese, wie ich das gewohnt war von meinen Starrzeiten, sondern lebendig bewegt. Tiefe Räume, schwachglänzend, bestirnt, sanfte Dünung. Durchsichtige Flosse, helles Haar. Zwei grüne Lichter, aufleuchtend plötzlich, dann wieder erlöschend. Ein Mund, der meine Lippen suchte und nicht mehr fand.

Die Folgen des Holunders, gewiß, der ja nicht nur heilende Kraft hat, sondern auch halluzinative Macht, die jede aufscheinende Wirklichkeit zu durchlöchern vermag und die Traumwelt dahinter zum Aufleuchten bringt.

Ich war auf dem Entzug, zitternd an allen Gliedern wie das Laubwerk der Espe. Zwischendurch, wenn ich wieder auftauchte und die Augen öffnete, kroch ich zur nächsten Kuh und saugte an ihrem Euter. Sehr zum Gaudium des Bauern, der meinte, ich mache es wie der Aal, der krieche manchmal auch aus dem Moos herauf, um eine Kuh zu melken. Einmal habe ich bemerkt, wie die Magd eine Pferdedecke über mich legte, was keineswegs nötig gewesen wäre, hat doch das Hornvieh eine angenehme Wärme verbreitet.

Ich lag etliche Wochen dortselbst im Stroh, träumend und halluzinierend. Josephs Augen erschienen, erlöscht und stumpf, Doras Zehen. Mutters Schädel im Sand, die fächelnde Forelle dahinter. Silberne Blasen, die träge zerplatzten und weißes Licht freigaben. Der große, eisige Mond.

Als ich erwachte aus dem Tiefschlaf, lag ein weißer Schein im Mistgraben. Ich hörte das Schnaufen der Kühe, das Rascheln einer Maus. Ich erhob mich und trat auf wackligen Beinen hinaus vor den Stall. Das Wassergestirn hing am Himmel, durchsichtig und rund. Darunter lag die verschneite Landschaft mit hellbestrahlten Flächen und schwarzen Abgründen, scharf geschieden.

Ich merkte, daß ich mich kaum mehr auf den Beinen halten konnte, so sehr war ich abgemagert. Ich kroch zurück aufs Stroh und schlief bis in den Morgen hinein. Der Bauer, der die Melkmaschine anstellte, weckte mich, und ich ging in die Küche, um mit den Frauen zu frühstücken.

Bis in den Sommer hinein habe ich nur noch Milch und Kaffee getrunken. Hatte ich doch genug von zerplatzenden Silberblasen mit ihrer gleißenden Helle, von grünen Lichtern. Erst gegen den Herbst zu, als ich bereits im nächsten Schacht stand, habe ich wieder zum Flachmann gegriffen. Aber von da an nur noch so, daß ich Herr meiner Phantasie blieb und nicht mehr absumpfte in fiebrigen

Wahn. So habe ich es seither stets zu halten versucht. Und ich möchte nicht ohne Stolz darauf hinweisen, daß mir dies gelungen ist.

Ein wichtiger Grund, das Einwässern in Holunder und Träsch einzudämmen, war gewiß auch mein Schreiben. Ich weiß, daß wir bezüglich meines literarischen Ausstoßes keineswegs einhelliger Meinung sind. Wie oberwähnt haben Sie mehrmals geruht, meine lyrische Produktion als Kitsch zu bezeichnen. Ein Diktum, welches allerdings mein Seelenfaß, in das Sie gemeinsam mit mir abzutauchen beliebten – gegen gute Entlöhnung notabene, sehr geehrter Herr Abfallsack! –, beinahe zum Überlaufen, ja zum Bersten gebracht hätte. Habe ich doch stets mit meinem eigenen Herzblut geschrieben, und immer nur dann, wenn die Verse aus mir herausdrücken wollten. Nie und nimmer habe ich billige Machwerke verfaßt, bloß irgendeiner gängigen Wassermode gehorchend. Das tropfte alles aus mir heraus wie köstliches Naß aus einem eingebrochenen Brunnenloch, erst mühsam den Ausgang suchend, dann plötzlich unter Überdruck hervorschießend und zur sprudelnden Quelle aufwallend, eine Leselabe für jung und alt. Wie wäre es denn möglich, daß im Schwarzwasser aufleuchtende grüne Lichter sich als Kitschaugen zeigen könnten? Wie das, woher dieses Verdikt bitte? Hier spricht der Luftibus aus Ihnen, der ahnungslose Großstadtkomantsche, der Asphaltdürrbeiner, der meint, die Wasserweisheit mit der Schöpfkelle gefressen zu haben! Habe ich mich doch durch meine Sprachkunst eigenhändig aus den dunklen Schächten hinausgeschrieben an die frische Luft, indem ich mich zum Wassersänger schlechthin emporgeschwungen habe, bekannt in den Waldtälern bis zur Aare hinunter und darüber hinaus.

Das hat angefangen nach dem Tiefschlaf auf dem Strohlager in jenem Stall. Feiner Duft von Dung und Jauche, das zärtliche Mampfen des Hornviehs, ein weißer Mondstrahl im Mistgraben. Zwischendurch einige Stunden läuternden Einnickens. Die Handgriffe des Bauern, das regelmäßige Saugen der Melkstutzen. Das Tropfen des Schmelzwassers draußen vom Dache, das erste Schlagen der Buchfinken, die den nahenden Frühling anzeigten. Und durch alles hindurch die Lichter der grünen Augen.

Eines Morgens erhob ich mich, ging zum Trog vor dem Stall, in den es munter hineinplätscherte, und schnitt mir Haare und Nägel. Ich schrubbte mich von oben bis unten ab mit Kernseife und Reisigbürste. Dann ließ ich mir von der Magd ein weißes Leinenhemd und die gestreifte Sonntagshose des verstorbenen Knechts geben und zog die schwarzen Glacéhandschuhe an. Um den Hals band ich mir ein rotweiß kariertes Taschentuch des Bauern, an den Füßen hatte ich immer noch die unverwüstlichen Milizschuhe. So fuhr ich mit dem Dreigänger hinunter ins Tal. Ich kaufte einen Seidenschal italienischer Fabrikation und einen Borsalino, ein Schulheft, eine Füllfeder mit Goldspitze und Tinte. Auf dem Rückweg mußte ich das Rad den steilen Kiesweg hinaufstoßen durch den Tann, wo das Eis spiegelblank lag, am Moos vorbei, aus dem es lockknarrte, durch den Baumgarten dem Haus entgegen. Dort setzte ich mich in die Küche neben die Magd, die Kartoffeln schälte, zog die Handschuhe aus, öffnete das Glas mit der Tinte, steckte die Feder hinein und fing an zu schreiben.

Ich schrieb drei Wochen lang, ruhig und voller Konzentration, alles gereimt. Zwischendurch, wenn mir das passende Wort nicht einfiel, unternahm ich kleinere Wanderungen über den abtauenden Höhenzug zur Hochwacht hinauf, wo ich zum Bornberg hinüberschaute, zum Kalksporn, worauf die Festung stand, zur Brücke darunter. Stets ist mir dortselbst der gesuchte Vers in den Sinn gekommen, herbeigeläutet wohl vom Gleichklang von Seele und Landschaft.

Es war ein beglückendes Schreiben damals, ein lockeres Tröpfeln von Wörtern aus meiner Hand heraus ins Heft hinein, fast ohne Anstrengung. Offenbar hatte das alles bereitgelegen in mir, aufgestaut vom Wuhr meines Schweigens, damit es sich läutern und von unnötigem Ballast befreien konnte, hundertfach durchgeträumt und reduziert aufs Wesentliche. Die Geburt im Innern der Erde, die Jugend im smaragdenen Wasserschloß, das Spielen mit Nymphen und Melusinen. Später der Abschied von den Gespielinnen, das Tauchen durch die dunklen Grundwasserströme, die weiß aufplatzenden Blasen, die grünen Augen. Das erste Auftauchen im Weiher, das Erschrecken über die fremde Luftwelt. Der Rückzug ins Schwarzwasser, das Warten dortselbst auf die Liebe. Das Schmiegen des Schuppenleibs an Menschenhaut, der Kuß auf den Mund. Das Aufglänzen der Sonne, die erneute Flucht ins Erdinnere hinein. Endlich die Befreiung in lichtlosem Brunnenschacht aus Schwärze und Stein, die liebkosenden Flossenhände, das Wegschwimmen um den Holunderknick herum hinaus ins Freie, um als sprudelnder Bronn in die Landschaft zu fließen und die Erde zu wässern.

So entstand das dramatische Poem »Die Wasserfrau«, mein erstes lyrisches Werk.

Da die Magd, die mir beim Schreiben tagelang schweigend zugeschaut hatte und, was ich ihr vorlas, immer hinreißend fand, der Meinung war, so etwas Wahres und Schönes gehöre unbedingt veröffentlicht, schickte ich das vollgeschriebene Heft an die Redaktion des Waldtälerboten. Und schon nach einem Monat erhielt ich Bericht, daß selbiger Zeitungsverlag gedenke, meine Verse herauszugeben, und zwar in einer Auflage von dreihundert Exemplaren, gedruckt auf handgeschöpftem Büttenpapier.

Im nächsten Frühjahr, als ich bereits auf dem Engelhof oben in meinem dritten Schacht arbeitete, wurde das Werk tatsächlich ediert, mit hübschem Deckblatt versehen, das eine Nymphe mit leuchtend grünen Augen und sehnsüchtig geöffneten Lippen zeigte, und auf dem zarten, leicht gemaserten Papier, als glitte ein Windhauch darüber, standen in großen Druckbuchstaben meine Verse.

Dies hat mein Leben auf einen Schlag verändert. Man muß wissen, daß jene Gegend durchaus eine lieblich poetische zu nennen war. Das Dach stand am Bach, der Hain am Rain, der Apfelbaum am Waldessaum. Die Kuh auf der Weide, die Blume auf der Heide. Das Kälbergebimmel, das Bienengewimmel, darüber der blaue Zwetschgenhimmel. Das hat sich alles gereimt, und diese Harmonie hat sich in den Seelen der Menschen niedergeschlagen. Sie haben alle mitgereimt, mehr oder weniger heimlich. Die mutigeren unter ihnen haben den Weg der Verlautbarung beschritten, indem sie ihr Selbstgedichtetes in den verschiedenen Organen der Waldgegend veröffentlichten und somit einem breiteren Publikum zur Lektüre anboten. Alle diese Blätter, angefangen beim Waldtäler über den leicht frömmelnden Hirtenruf bis hin zum freidenkerischen Echo vom Maiengrün waren stets zur Hälfte gefüllt mit einheimischer Dichtung, die wacker gelesen wurde. Und wer über mehrere Strophen hinweg zu reimen verstand, ohne den thematischen Zusammenhang zu verlieren, gelangte als Dichterfürst zu hohem Ansehen.

Ich hatte das schon bei der Niederschrift meines Poems in der Küche dortselbst mit Genugtuung zur Kenntnis nehmen dürfen, wurde ich doch dabei kein einziges Mal gestört. Wenn der Bauer hereintrampte, um einen Schluck Milchkaffee zu sich zu nehmen, und er sah mich schreibend am Tisch sitzen, ging er leise wie eine Katze zum Herd und trank, ohne nur einmal zu schlürfen. Geredet wurde nicht, der Rundfunkapparat blieb stumm. Nie hat jemand gefragt, was ich hier eigentlich noch zu suchen hätte, der Brunnen sei längst offen, ich solle endlich verschwinden. Wußten diese Leute doch, daß die Poesie die edelste Äußerungsart, die Muttersprache des Menschengeschlechts darstellt, welcher alles andere Gefasel und Gequake ohne weiteres unterzuordnen ist.

Als dann mein Werk erschien, ging ein Raunen durch die Waldtäler. Ich behaupte das durchaus ohne jede falsche Scham, schlug doch mein Buch tatsächlich ein wie der Blitz in die Jauchegrube, so daß es dampfte und zischte. Auf der Titelseite des Waldtälerboten war mein Konterfei abgebildet, darunter in lobenden Worten meine Person beschrieben. Der letzte Brunnenmacher sei ich in der Gegend, der den armen Hochwaldbauern die eingebrochenen Schächte öffne, damit auch diese endlich wieder in den Genuß kühlen Quellwassers kämen, was ja – Skandal, Skandal, aber nicht verwunderlich angesichts der Zusammensetzung des profitorientierten Gemeinderates! – allzu lange nicht mehr der Fall gewesen sei, da besagte Bauersleute des öftern trübes Moorwasser hätten schlürfen müssen, um nicht elendiglich zu verdursten. Nun aber habe Moses Binswanger aus der Altachen in uneigennütziger Pionierarbeit Remedur geschaffen und bereits zwei Schächte geöffnet, was durchaus als leuchtendes Vorbild dienen könne für lokale Basishilfe und Fundamentaldemokratie, gelte es doch, die starren Strukturen von Mineralwasser-konzernen und Monopolkapital aufzubrechen und dem einzelnen Rinnsal, so klein es auch sei, wieder zum Durchbruch zu verhelfen. Zurück zu den Quellen also, zur Selbstversorgung in allem und jedem. Zurück auch zur autonomen Poesie, in der Hersteller und Produkt eine überzeugende Einheit bildeten wie beim oben abgebildeten Handschuhschwab, einem Original durch und durch, aus dessen Feder nur Originales fließe. Habe doch besagter Poet eine lange verschüttete Mär, die nur noch in wenigen Spinnstuben entlegenster Hochwaldheimstätten unkenderweise tradiert worden sei, ans Tageslicht der Öffentlichkeit befördert, eine Pioniertat gewiß auch dies, die um so höher zu veranschlagen sei, als dieses Werk sich durch hohe Sprachkraft und fast besessen zu nennende Wasserphantasie auszeichne. Ein Meisterwerk schlechthin, erschienen selbstverständlich im Waldtälerboten. Endlich besitze die Waldgegend den Dichter, auf den sie so lange gewartet habe.

Mir hat jener Zeitungsartikel durchaus gefallen, mit einigen Abstrichen allerdings, das muß ich leider sagen. So war meine Geschichte ja keineswegs eine lange verschüttete Mär, die nur noch in wenigen Spinnstuben entlegenster Hochwaldheimstätten unkenderweise tradiert worden war. Was schon allein deshalb unmöglich war, weil in diesen Heimstätten kein Spinnrad mehr lief. Mein Poem beruhte im Gegenteil ausschließlich auf persönlichem Erleben und Erleiden, habe ich es doch aus meiner privaten Erfahrung beziehungsweise aus meinem Flossendasein gesogen.

Solcherlei Einwände schob ich indessen beiseite, da der Grundtenor des Skriptums durchaus positiv war, was mich außerordentlich gefreut, ja geradezu erschüttert hat. Meine ganze hydrophile Abartigkeit, unter der ich zeitlebens gelitten hatte, schien plötzlich ihren auch gesellschaftlich relevanten Sinn zu erhalten, da ich zum geschätzten Dichter der ganzen Waldgegend erkoren worden war.

Eine Ehre in der Tat, aber auch eine Last, wobei ich behaupten darf, daß ich beides mit Anstand und Würde zu tragen gewußt habe.

Als erstes organisierte der Waldtälerbote in der Pintenwirtschaft unten eine öffentliche Lesung, anläßlich derer ich mein Werk vorzutragen hatte. Ich löste diese Aufgabe mit Bravour, war ich doch des mündlichen Vortrages durchaus fähig, wie schon meine oberwähnte Taucher-Rezitation in Bollers Deutschstunde bewiesen hatte. Aufgetreten bin ich in Leinenhemd und gestreifter Sonntagshose, an den Händen das schwarze Nappaleder, um den Hals den Schal, auf dem Kopfe den Borsalino, den ich bei der Lektüre nicht abnahm, was sich bestens bewährt hat. Gab doch dieser steife Hut meinem nunmehr schon fast kahlen Schädel einen edlen Anstrich, was sich umgehend auf meine Dichtung zu übertragen schien. Jedenfalls nahm die Zuhörerschaft, eine Versammlung von zwölf Frauen, unter denen ich zu meiner Freude auch Marianne Bohnenblust entdeckte, meine Darbietung mit konzentriertem Interesse und an einigen Stellen sogar mit Zeichen von Ergriffenheit auf, was als großer Erfolg gebucht werden konnte.

Anschließend durften Fragen gestellt werden. Eine junge Dame, mit nebligem Schleier vor den Augen, wie mir schien, erkundigte sich mit leiser, weicher Stimme, warum denn der Vortragende so eingeschalt daherkomme, was doch zu dieser Frühlingszeit äußerst behinderlich sich auswirken müsse. Ob er darunter etwas zu verstecken gedenke, und wenn das der Fall sei, was? Worauf ich nichts zu antworten wußte.

Das zögernde Schweigen des Referenten, fuhr die Frau weiter, scheine ihr zu beweisen, daß die Frage berechtigt gewesen sei. Ich solle doch bitte Schal und Handschuhe ausziehen und zeigen, was darunter zum Vorschein komme. Sie wüßte gerne, mit wem sie es zu tun habe, mit einem normalen Mann oder mit einem abgefeimten Lustmolch, der nichts anderes im Sinn habe, als das Weib schlechthin ins nächste Wasser zu zerren, im Sumpf zu bodigen und dergestalt untertan zu machen dem männlichen Lustgewinn. Sie habe, wenn es ihr recht sei, vor wenigen Jahren diesbezüglich etwas unken gehört. Im übrigen sei das Weib nicht dazu da, um vom Manne aus dem amorphen Erdinnern erlöst zu werden zur aufrechten Luftgestalt. Im Gegenteil sei der Mann verkrustet und versteinert in atavistischen Machtvorstellungen und bedürfe dringend, wie der soeben vorgelesene Text aufs neue beweise, der wässernden Aufweichung durch sanfte Frauengewalt.

Der Leiter der Veranstaltung, es war Alleinredaktor Schrag, zugleich mein Herausgeber und wohlmeinender Kritiker, welche Doppelfunktion gar nicht so unüblich ist in diesem Geschäft, zuckte hilflos mit den Achseln, mit hochrotem Kopf zu mir herüberblinzelnd, ob ich Antwort wüßte auf den vernichtenden Angriff der frechen Dame.

Nein, sagte ich, ich ziehe weder Schal noch Handschuhe aus, weil ich tatsächlich etwas zu verbergen habe, was ich niemandem zumuten will.

Hierauf herrschte eine Stille, daß man eine Nadel hätte zu Boden fallen hören. Niemand rührte sich, keine rückte den Stuhl, kein Räuspern, kein leises Schlucken. Schrag sah sich schon um den Lohn für seine gesammelte Kunstanstrengung gebracht, er hatte den Blick gesenkt und schüttelte traurig den Kopf.

Es war Marianne Bohnenblust, die mich gerettet hat. Sie erhob sich vom Stuhl, stand da auf festen Beinen, eine kleine, grauhaarige Gestalt, den Sturzhelm vor sich auf dem Tisch.

Es stimmt, sprach sie, daß Moses Binswanger eine schwierige Jugend gehabt hat. Vater Alkoholiker, Mutter depressiv, sie ist in die Aare gegangen. Beides ist amtlich durchaus bekannt.

Es stimmt auch, daß Moses zusammen mit einer jungen Frau die Aare hinuntergeschwommen ist in der eindeutigen Absicht, im strömenden Wasser Liebe zu machen. Was dazu geführt hat, daß jene Frau beinahe ertrunken wäre. Er hat dafür gebüßt, zwei Jahre lang auf der Festung Aarburg.

Des weitern ist richtig, daß er am Hals ein Geburtsmal hat wie andere Leute am Bauch. Einen vernarbten Nabel, der bei allzu großer Dürre aufzubrechen droht, weshalb sich Moses regelmäßig ins Wasser legen muß, um zu hydrieren, wie er sagt.

Auch ist wahr, daß er verbeiständet ist. Ein sehr spezieller Mensch tatsächlich. Ein Wassertier, wie er sich selber zu bezeichnen pflegt, das aus dem Wasser kommt und ins Wasser zurückkehren will, was ihn dazu befähigt, verborgene Brunnen zu finden und herrliche Wasserlyrik zu schreiben. Wie er soeben in ergreifender Weise bewiesen hat. Es gibt überhaupt keinen Grund, ihm diese hydrophile Eigenart in aller Öffentlichkeit vorzuhalten in der leicht durchschaubaren Absicht, auf diese Weise sein poetisches Werk zu kriminalisieren. Er ist ein begnadeter Wasserdichter, und die Waldtäler dürfen mit Recht stolz auf ihn sein.

Zustimmendes Murmeln und Kopfnicken. Schrag griff zum Bierglas und kippte es leer, die Frauen lächelten mir aufmunternd zu. Die impertinente Dame ging wortlos hinaus, nicht ohne mit einem eigentümlich forschenden Blick meinen Hals zu streifen.

Anschließend gab es noch einen gemütlichen Hock in der Pinte, wobei mir Schrag stolz versicherte, ich sei sein bestes Pferd im Stall. Marianne Bohnenblust teilte mir mit, ich sei wegen guter Führung aus dem Beistandsverhältnis entlassen, sie würde sich aber trotzdem freuen, mich hin und wieder zu sehen.

Verkauft habe ich an jenem Abend drei Exemplare. Das scheint wenig zu sein, aber immerhin. Steter Tropfen höhlt ja bekanntlich den Stein.

Als ich in jener Nacht den Dreigänger durch den Tann hinaufstieß zum Engelhof, wo ich im Dienst stand, war ich ein neugeborener Mensch. Hatte ich doch mit meiner Phantasiewelt, die ich stets geheimgehalten hatte vor fremden Luftaugen und nur durch das Ventil der Versform aufs trockene Papier hatte bringen können, zustimmendes Einverständnis gefunden bei Mitmenschen meiner näheren Umgebung, die mir gespannt gelauscht und am Schluß meiner Darbietung sogar applaudiert hatten. Ich war aufgenommen worden in jener Runde als Dichter und Sänger und Quaker, ich hatte eine Balzarena gefunden, die meine Botschaft verstand, ich hatte zum erstenmal in meinem Leben meine Lufteinsamkeit besiegt.

Ich habe damals meiner Mutter gedacht, als ich oben auf dem breiten Rücken des Berges ankam und das Firmament über mir aufglänzen sah, der hohen, ranken Gestalt von ehedem, des eingeschrumpften Hutzelweibes der späteren Jahre. Ich habe mich niedergekniet und einen nachtfeuchten Kiesel am Wegrand geküßt. Auch der Bottensteiner ist mir dortselbst in den Sinn gekommen, seine Hand auf meinem kahlen Knabenschädel, seine aufmunternden Worte: Kopf hoch, Junge! Ich habe beiden gedankt.

Am anderen Morgen habe ich wie stets meine Grabungsarbeit angetreten, in lehmverschmierten Klamotten, den Reifengummi vor den Knien. Es war ein relativ hoher Schacht, der indessen ebenfalls einen Knick aufwies. Offenbar stammte er vom selben Holunderkollegen wie jener auf dem Flückigerhof. Schon nach zwölf Metern grub ich in lichtloser Schwärze, begleitet vom zuverlässigen Karbid. Ich kroch auf allen Vieren, trieb das Stemmeisen in einen Spalt, spürte die Tropfen auf meinem Rücken. Aber irgendwie kniete ich aufrechter als früher, es schien eine Helligkeit um mich zu wabern, ein Glanz aus dem Innern des Berges, obschon nirgends zwei grüne Lichter auftauchten. Es war, als schimmerten Stein und Lehm, von innen heraus strahlend, ein zartes Licht werfend auf meine gekrümmte Gestalt.

Ich habe den Sommer hindurch bis in den Spätherbst hinein an die zwanzig Lesungen bestritten, in Mooslerau und Kirchlerau, in Schmiedrued, Schlossrued und Kirchrued, in Bottenwil und Schilten, selbst an der Aare unten in Auenstein, Biberstein und Gerzenstein. Immer mit Erfolg, wenn Sie dieses Eigenlob gestatten. Stets bin ich mit dem Dreigänger hingefahren, in Handschuhen, Schal und edlem Borsalino. Meist ist Alleinredaktor Schrag dazugestoßen, um vorgängig einige Worte über den Waldtäterboten zu sagen und nach dem Schlußapplaus Bücher zu verkaufen.

Ich darf mit befugtem Stolz darauf hinweisen, daß diese Veranstaltungen durchwegs gut frequentiert waren. Sie fanden allesamt in Wirtshäusern statt, Lindenstube, Pintenkeller, Bärensaal, und sprachen in erster Linie Frauen an. Vielleicht war das Thema, das ja im Titel meines Werkes eindeutig angekündigt wurde, für Männer zu abschreckend, war doch die Angst vor einwässernden Sirenen und Nymphen selbst in den durchhydrierten Seitentälern der Aare durchaus flächendeckend verbreitet. Tatsache war jedenfalls, daß sich äußerst selten ein Exemplar der männlichen Spezies in meine Lesungen verirrte. Und wenn, so verließ es bestimmt nach wenigen Minuten mit hochrotem Kopf den Saal.

Die Frauen indessen blieben stets bis zum Schluß sitzen. Sie hielten die Augen gesenkt, konzentriert meinem Vortrag lauschend. Ab und zu hob eine den Blick, ich sah ihr Wasserauge, aus dem ein durchsichtiger Tropfen quoll. Dann glitt das Taschentuch darüber, der Blick senkte sich wieder.

Ich bin kein einziges Mal mehr aufgefordert worden, Handschuhe und Schal auszuziehen, weder im Plenum noch beim anschließenden Hock im kleinen Kreise. Was ich sehr schätzte, ist mir doch das Interesse, das sich auf meine hydrogenetische Abartigkeit beschränkte, damals noch immer äußerst zuwider gewesen. Ich war schließlich meiner Dichtung wegen da und nicht wegen meiner Halswunde, die ich kompensatorisch in sehnsuchtsvolle Wortkunst sublimiert hatte, eine Leistung, die durchaus ihren Applaus wert war. Das haben meine Zuhörerinnen gewußt. Sie sind mir subtil begegnet, als wäre ich eine Art Zwitterblüte gewesen, eine Schwertlilie zum Beispiel, die Samen und Ei beziehungsweise Staubblätter und Fruchtknoten in sich selber trug und keiner Fremdbefruchtung bedurfte. Nur kurz riß manchmal eine Pupille auf, einen Wasserblick freigebend, der sich einen Moment lang an meinen Schal heftete, um sich sogleich wieder zu verschleiern. Wie Katzen saßen sie da, diese schön herausgeputzten Damen, leise schnurrend, die Krallen in seidigem Fell versteckt. Zum Abschied streckten sie mir ihre schmalen, kühlen Finger entgegen, um sie von meiner belederten Hand sachte drücken zu lassen. Kurzes Nicken, verträumter Augenaufschlag, dann entschwanden sie in die Nacht.

Da der Verkauf trotz all meiner Vorlesekunst einigermaßen zu wünschen übrigließ, entschloß sich Alleinredaktor Schrag zur Aktion Lauterer Quell, die er im hauseigenen Blatt groß propagierte. Absicht war, den von mir soeben freigelegten Engelhofbrunnen derart ins öffentliche Interesse zu rücken, daß er zum lohnenden Ausflugsziel für Sonntagsspaziergänger und Schulreisen wurde, wobei vor dem Schacht ein Stand aufgebaut war, auf dem mein Werk zum Verkauf auslag. Zuerst hat er mich überreden wollen, mich zuhinterst im Gang, nur beleuchtet vom Karbid, an einen Tisch zu setzen, Papier und Tintenfaß vor mir, barhäuptig, ohne Schal, mit bloßer Hand die Feder führend und öffentlich dichtend. Das würde, so hat er behauptet, eine unwiderstehliche Wirkung ausüben auf potentielle Kundschaft, die im matten Lichtschein Hals und Hand aufschimmern sehen würde. Dieses Ansinnen habe ich rundweg abgeschlagen, wäre ich mir doch dabei als ausgebeuteter Wörterprolet vorgekommen.

Schrag hat sich dann selber ans Werk gemacht. Er trieb auf einem Estrich ein altes Neptunkostüm auf samt bärtiger Fasnachtslarve, zog es an und stellte sich hinten im Schacht in eine Nische, einen brennenden Kerzenstumpf auf dem Haupte. Wenn nun eine Ausflüglerfamilie auftauchte oder eine Schulklasse, die sich mit der Taschenlampe vorsichtig der Quelle entgegentastete, trat Schrag hervor, grunzte böse und fuchtelte mit einem Dreizack herum, so daß alle vor Wasserschreck aufschrien. Dann verbeugte er sich höflich und führte die Gäste ans Ende des Ganges, wo das Wasser entsprang.

Ich selber hatte die Aufgabe, draußen vor dem Eingang in meiner Dichtertracht zu warten, die aus dem Schacht stolpernden Brunnengänger abzufangen und ihnen mein Werk aufzudrängen. Was des öfteren gelang, waren die totenbleichen Ausflügler doch derart erleichtert, dem Unhold in der Schwärze drin entkommen zu sein, daß sie ohne weiteres zum Geldbeutel griffen. Das hat dazu geführt, daß das Buch bereits vor dem ersten Schneefall vergriffen war.

Ich habe dann auf Anraten meines Gönners ein zweites Werk geschrieben, das oberwähnte lyrische Epos nämlich mit dem Titel »Das süße Auge der Nymphe«. Das geschah dortselbst auf dem Engelhof, wo ich überwintert habe. Ich habe es wiederum in der Küche verfaßt, stumm bestaunt von den Bauersleuten. Galt ich doch auf jenem Anwesen fortan als erfolgreicher Bestsellerautor, was mir manchen Vorteil verschaffte. So durfte ich mich über Nacht in einer der leerstehenden Gesindekammern auf eine Roßhaarmatratze hinbetten, was einem kommunen Brunnenbohrer nie und nimmer gestattet worden wäre.

Auch habe ich mit Lesungen und Buchantiemen mehrere Hunderter verdient, die ich teilweise für drei blauseidene Hemden und zwei fischgraue Flanellhosen ausgab, da die gestreiften Sonntagsröhren des verstorbenen Knechts die Innenseiten meiner Oberschenkel aufzuscheuern begannen. Auch ein Paar Amerikanerstiefel aus echtem Leder der Klapperschlange, den feigen Kojoten ein Graus und Schrecken!, habe ich auf dem Markt erstanden, die meinem Gang eine enghüftig auftrumpfende Note verliehen.

Mein neues lyrisches Werk hatte ich seit Monaten mit

mir herumgetragen, gehortet in meinem Sprachgedächtnis, das sich nach der Niederschrift der »Wasserfrau« während der Tage im Schacht und in den Nächten auf dem Stroh Tropfen für Tropfen und Wort für Wort wieder aufgefüllt hatte. Ich brauchte die Worte nur noch aufzuschreiben, sie lagen fertig da.

Es war ein Bericht über meine frühe Jugend, eine lyrische Vorstufe zu den vorliegenden Aufzeichnungen sozusagen, noch keineswegs vom analytischen Licht unserer gemeinsamen Seelenarbeit durchstrahlt, den wassergenetischen Ursprung meines Erdenlebens im Trüben belassend, da wohl geahnt, aber noch nicht erkannt, hingegen von Wasseremphase geradezu triefend, was dem Werk seinen einmaligen Tiefgang verlieh. Ziel- und Angelpunkt war der Tod der Mereth Neuenschwander unter dem Schwarzeis, wobei ich mich auch von Gottfried Kellers Wassernixengedicht mit dem Titel »Winternacht« inspirieren ließ, das mit den Versen endet: Ich vergeß' das dunkle Antlitz nie, immer, immer liegt es mir im Sinn.

Auch dieser Band erschien im Waldtäler Verlag, wiederum mit farbigem Deckblatt versehen, worauf eine grünäugige Nymphe, tot unter Eis liegend, abgebildet war, was mich erst sehr gestört hat, da Mereth braune Augen gehabt hatte. Schrag hat mich indessen belehrt, daß hierbei das Prinzip der Serie unbedingt zum Tragen kommen müsse, einmal grüne Augen, immer grüne Augen. Auch hat er vorgehabt, eine Aktion Klarer Teich zu starten, wobei er im Brunnweiher unten eine lebensgroße Frauenpuppe zu versenken gedachte, deren Augen bei jedem verkauften Exemplar meines Werkes am Verkaufsstande nebenan auf Knopfdruck grün aufleuchten sollten. Ein Plan, dem ich mich verweigert habe, vermeinte ich doch noch immer, Mereths kühlenden Mundhauch auf meiner Halswunde zu spüren.

Schrag hat dann das Interesse an meiner Person spürbar verloren. Wer eine Ware herstelle, hat er behauptet, der müsse sie auch verkaufen, sonst brauchte er sie gar nicht herzustellen. Wichtig sei es, die Verse den Leuten wie Pfeffer unter die Nase zu reiben, egal auf welche Weise, so daß diese gar nicht mehr anders könnten, als sie zur Kenntnis zu nehmen und zu kaufen. Alles andere sei Quatsch. Wenn ich nicht mitmachen wolle, so solle ich eben selber sorgen für Bücherabsatz.

Ich habe mich bemüht und einige Lesungen organisiert, deren Besuch indessen zu wünschen übrig ließ. Auch verkauft habe ich wenig, fehlten doch die einführenden Worte des begnadeten Lockknarrers Schrag.

Nach wenigen Monaten habe ich die Restauflage zu günstigen Bedingungen in Kommission übernommen und, von Hof zu Hof hausierend, über all die Jahre hinweg dortselbst bis aufs letzte Exemplar verkauft. Ein schöner Erfolg gewiß auch dies, der zeigte, daß ich durchaus meine Kundschaft hatte.

Die beiden Bände sind bis dato meine einzigen Dichtwerke geblieben, sieht man von vorliegenden Aufzeichnungen ab, die ich indessen keineswegs als Poesie bezeichnen möchte, höchstens als literarisch möglicherweise wertvolles Protokoll, geschrieben in hilfreicher Seelenberaterumgebung mit dem Zwecke, die eigene Flossenhaut zu retten. Der Grund meines damaligen Verstummens lag gewiß nicht nur im Rückzug des Alleinredaktors von der Verkaufsfront, sondern vor allem darin, daß ich ausgeschrieben war. Ich hatte gesagt, was ich zu sagen hatte.

Der Ruf des Brunnenpoeten indessen ist mir bis heute geblieben. Er ist mir lieb und teuer geworden wie eine weitgespannte Schwimmhaut, die mir geholfen hat, mich pekuniär stets über Wasser zu halten.

Nach der kurz bemessenen Zeit meines lyrischen Triumphierens, die ich keinesfalls missen möchte, hat sie mich doch mit meiner Wassergenese in auch gesellschaftlich und ökonomisch durchaus befruchtender Weise versöhnt, habe ich mich gezwungen gesehen, wieder in die Brunnen einzusteigen. Das Absatzgebiet für Wasserlyrik war dortselbst zu klein, um zu hundert Prozent mein Auskommen zu garantieren.

Ich verstaute Seidenhemden, Flanellhosen und Klapperschlangenstiefel im Koffer und zog wieder die alten Klamotten an. Nur den Borsalino behielt ich auf, zum Zeichen meiner Poetenwürde. Aufs neue stieß ich das Stemmeisen in den Fels, karrte Geröll heraus, schlief auf dem Stroh neben den Kühen, diesmal auf der Kalhöhe oben. Ein Hunderter Handgeld, das Essen in der Küche, Holunderschnaps nach Belieben, wie gehabt. Mir war das recht, meine Arbeit schien mir sinnvoll und nutzbringend zu sein.

Ich habe in all den Jahren in der Waldgegend insgesamt in 32 Schächten gearbeitet. Ich kannte sie alle, die schwarzen Löcher, die sachte ansteigend zur Quelle führten. Einige waren bloß über wenige Meter eingebrochen, und es war mir ein leichtes, sie zu öffnen. Andere waren auf der ganzen Länge eingedrückt vom Berg. Seit Jahrzehnten hatte sich niemand mehr hineingewagt, hatte man doch im ganzen Bezirk nie mehr etwas gehört von einem Wasserschmecker, der freiwillig diese Arbeit auf sich genommen hätte. So waren die Leute denn froh, wenn ich für wenig Geld hineinkroch und das Rinnsal befreite.

Besonders die Fabrikanten, die einen nach dem andern dieser unrentabel gewordenen Höfe aufkauften und sie zu luxuriösen Wochenendsitzen ausbauen ließen, machten sich offenbar eine Ehre daraus, den letzten Brunnenbohrer der Gegend zu beschäftigen. Nicht, daß sie des Quellwassers wirklich bedurft hätten, wurde doch als erstes jeweils auf Gemeindekosten die Trinkwasserversorgung hinaufgezogen. Aber sie schätzten es eben, allfällige Besucher in den eigenen Brunnenstollen führen zu können, an die zehn Meter in die Schwärze hinein, weiter getrauten sie sich nie, gebückt und zitternd vor Kälte. Von diesen Kunden habe ich jeweils zwei Hunderter Handgeld genommen.

Meine Vorgänger habe ich bald schon nach wenigen Metern an ihrer Arbeitsweise erkannt. Sie hatten alle ihre eigene Handschrift hinterlassen, und jeder hatte sein Bresten gehabt. Die Schächte mit dem leicht zunehmenden, ellipsenförmigen Linksdrall stammten vom Einäuger ab, der offenbar nicht in der Lage gewesen war, einen geraden Strich zu ziehen, was dazu geführt hatte, daß schon nach zehn Metern nur noch der halbe Ausgang zu sehen war. Die mit dem Zickzackkurs hatte der Stotterer gehackt, die mit dem Knick der Holunderbohrer. Auch ein Zwerg mußte unter diesen einsamen Gestalten gewesen sein, der sich mit knapp anderthalb Metern Scheitelhöhe begnügt hatte, was mir mehrmals den Hexenschuß ins Kreuz gejagt hat, so daß ich Dachsfett einreiben mußte. Aber alle hatten sie schließlich ihr Ziel gefunden, den sprudelnden Quell.

Auf der Kalhöhe war es auch, wo ich dem Kollegen meiner Jugend begegnet bin. Es war gleich zu Beginn meines Dienstes dortselbst, als ich eines Abends die Karrette hinausstieß, um sie neben dem Miststock zu entleeren. Da kam aus dem Stall ein gekrümmter Mann, beide Holme einer Mistbenne in Händen, die schwere Last hinkend über das Brett hinaufschiebend und oben gekonnt auskippend. Er ließ die Holme los, tastete in den Taschen des Melkerkittels herum, fand eine Zigarette und steckte sie an. Er nahm einen tiefen Zug, schaute nach Norden zu den dunklen Jurabergen hinüber, dann nach Westen zur untergehenden Sonne und stieß in ihre Richtung den Rauch aus. Wieder nahm er einen Zug, drehte sich um nach Osten, wo eben das runde Wassergestirn über den bewaldeten Horizont emporrollte, und blies den Rauch in dessen Richtung, mit runden Lippen, als hätte er es küssen wollen. Dann setzte er sich auf die Benne, sorgfältig die Asche abklopfend, und schaute zu mir herüber.

Ich trat hin zu ihm. Es war ein Mann meines Alters, mit kahlem Schädel, links ein zuckendes Augenlid.

Er hatte mich auf den ersten Blick erkannt, das sah ich gleich, aber nichts zuckte in seiner Miene außer dem Augenlid.

Hough! sagte er. Mein Bruder möge sich setzen und mit dem Häuptling das Wegtauchen der Sonnenkugel betrachten.

Ich setzte mich auf seine Karre, und langsam begannen wir, unsere Oberkörper vor- und rückwärtszuwiegen. Ich wartete darauf, seine drei Töne zu hören, das Klagelied der Apachen.

Winnetous Herz ist ohne Groll, sprach er. Sein Bruder Scharlih hat richtig gehandelt, als er ihn in jenem Creek, an dem der Wigwam stand, unter Wasser festgehalten hat. Wäre Winnetou damals ertrunken, so wäre ihm manche Marter erspart geblieben, und sein Geist würde über dem Wasser schweben. Jetzt ist er ein gebrochener Mann. Er kratzt die Kuhscheiße aus dem Mistgraben und schiebt die Benne aus und ein.

Die wilde Kraft des Bisons ist dahin, sagte ich, er steht im Stall und wird morgens und abends gemolken. Aber noch immer träumt er von der Weite der Prärie. Denkt mein Bruder auch so?

Jetzt wandte sich der Häuptling zu mir, und nicht mehr

nur sein linkes Lid zuckte, sondern auch sein Mundwinkel, bis ein breites Grinsen über sein Gesicht glitt.

Hough! sprach er, möge Old Shatterhand recht behalten. Winnetou erwartet ihn jeden Abend zur Zeit der untergehenden Sonne auf diesem Miststock, um mit ihm zu träumen und das Kamulett zu rauchen.

Das waren die einzigen Worte, die ich vom Wassersepp dortselbst vernahm. Ich sah ihn jeweils anläßlich der Mahlzeiten. Er saß stets zuunterst am langen Tisch und schwieg. Er sei eben stumm, der arme Teufel, erklärte die Bäuerin, und habe einen Augentick. Zudem hinke er schwer am linken Bein, das sie ihm in der Anstalt mehrfach gebrochen hätten, um es zu begradigen, was aber die ganze Sache nur noch schlimmer gemacht habe. Zudem leide er unter schwerer Klaustrophobie, wie der Arzt erklärt habe, und könne nur draußen in der Scheune schlafen, wo der Wind durchziehe. Anders bringe er kein Auge zu. Sie hätten ihm dort ein warmes Bett gerichtet, und so gehe es ganz gut. Immerhin erhielten sie pro Monat zwei Hunderter Pflegegeld von der Gemeinde für ihn, das sei doch auch etwas, und er arbeite nicht schlecht, wenn auch langsam. Nur fernsehsüchtig sei der arme Teufel, da helfe nichts. Jeden Abend müsse er ums Verrecken vor der Glotze hocken, bis ihm die Augen wackelten, und jeden Western mit Indianern und wilden Bisons begaffen, anders sei er nicht zur Ruhe zu bringen.

Ich bin jeweils am Abend zu ihm auf den Miststock gestiegen, um der untergehenden Sonne zuzuschauen. Das Kamulett habe ich nie mitgeraucht, wir haben uns bloß gewiegt. Bei Regen haben wir uns auf die Bank vor dem Stall gesetzt. Ein kurzes Verweilen, ein guter Freund.

Eine friedliche Zeit insgesamt waren diese Waldtälerjahre, sehr geehrter Herr Seelendoktor, geruhsam dahinplätschernd wie Uerke, Suhre und Wyna, eingebettet in alte Hochwaldgebräuche, die dem Ansturm der Gasfurzer und Arschkriecher erstaunlich lang standhielten. Waren doch diese Anhöhen nicht hoch genug, um lohnende Ausflugsziele zu bieten. Auch waren die Universitätsstädte und Metropolen zu weit entfernt, als daß die Gegend vom wachsenden Bevölkerungsdruck überrollt worden wäre.

Ich habe mich damals fast nicht von der Stelle gerührt, bin bloß von Hof zu Hof gehüpft, ein standorttreues Wassertier, auf stets gleicher Fährte langsam herumkriechend.

Einmal bin ich in mein Heimatstädtchen hinübergeradelt. Das war an einem verregneten Sommermorgen, nachdem mir Marianne Bohnenblust telefonisch hatte ausrichten lassen, mein Vater sei in einem Mansardenzimmer des inzwischen zu einer alternativen Genossenschaftsbeiz umgebauten Ochsen im Bette der Polin sanft entschlafen. Ich habe ein Seidenhemd angezogen und ein Paar Flanellhosen, bin in die Klapperschlangenstiefel geschlüpft und zur Abdankung gefahren. Vaters Asche lag in einer Urne hinter einer Scheibe. Ein Pfarrer hat geredet von der heiligen Kraft der Taufe, die den Täufling für alle Zeiten einwässere in Gottes Liebe und Gnade. Wir haben zu dritt zugehört, Marianne Bohnenblust, die Krakauerin und meine Wenigkeit. Die Polin hat mir anschließend des Bottensteiners Ehering übergeben, den ich dankbar entgegengenommen habe und noch heute besitze. Er hängt, wie Sie wissen, an einem Nagel über meiner Bettstatt hierselbst in der Friedmatt.

Nach der Beisetzung habe ich die beiden Frauen ins Café Fédéral eingeladen, was zu einer für mich ungewohnten Stunde geschah. War ich doch nie am späten Morgen eingekehrt, ich hatte hier stets am Abend gesessen. Die Wirtin hat sich über mein Auftauchen höchlich gefreut.

Sie hat mein Aussehen gelobt, man sehe, daß es mir gut gehe. Nur bleich sei ich ein bißchen wie ein Mond unter Wasser. Sie hat uns zu essen gebracht und eine Flasche Wein. Ich habe alles bezahlt, so wie es sich für einen Sohn beim Begräbnis des Vaters gehört.

Aufgefallen ist mir, daß die Krakauerin todtraurig zu sein schien. Sie hat sich dauernd das Augenwasser, das ihr über die gepuderten Wangen lief, wegtupfen müssen und hat kaum ein Wort gesagt, außer daß ihr der Bottensteiner noch kurz vor seinem Sterben einen Gruß an mich aufgetragen habe.

Diese ihre Traurigkeit war mir ein Beweis, daß mein Vater bis zuletzt ein liebendes Verhältnis zu ihr gepflegt hatte, was mich, seinen insgesamt doch eher erfolglosen Lebenslauf betreffend, doch einigermaßen beruhigt hat.

Ein paar Tage später hat mir Marianne Bohnenblust einen, wie sie es am Telefon nannte, Kondolenzbesuch abgestattet. Wir trafen uns in der Pintenwirtschaft unten, wo wir draußen im Garten Kaffee mit Träsch tranken. Ein lauschiger Abend, nicht mehr allzu heiß, mit angenehmem Lindenduft in den dunklen Blättern oben. Sie erkundigte sich nach meinen Plänen. Ich hätte keine, sagte ich.

Doch, meinte sie, du mußt dir ein Ziel stecken. Du kannst nicht ewig hier herumsuhlen.

Ich zuckte mit den Achseln. Was verstand denn sie von Suhlen und Wässern?

Du bist begabt, du mußt unbedingt weiterschreiben. An Stoff fehlt es dir ja nicht.

Ich schaute sie genau an, die grauen Augen hinter den Brillengläsern, die durchaus eigenwillig lächelten, das gekrauste Haar, das leichte Rouge auf den Wangen. Was meinte sie für einen Stoff?

Du könntest zum Beispiel über Trudi Hechel schreiben, sagte sie, wie du sie kennengelernt hast, wie es war unter Wasser. Deine Reue nachträglich, deine Furcht, es könnte sich so etwas wiederholen. Meinst du nicht, das wäre ein idealer Stoff für ein lyrisches Werk?

Ich erhob mich und wollte gleich weggehen. Aber sie ergriff meine Hand und zog mich auf den Stuhl zurück.

Bleib sitzen, sagte sie, vor mir brauchst du doch keine Angst zu haben. Ich will gewiß nicht abtauchen mit dir.

Sie hatte ihren Blick wieder unter Kontrolle. Kein Strahlen mehr, nur freundliches Zunicken, als könnte sie kein Wässerchen trüben.

Ich hätte flüchten müssen, ich weiß, wegrennen zum Dreigänger, mich in den Sattel schwingen und hinaufstampfen dem Hochwald entgegen, der im Abendlicht lag. Hatte ich doch in ihren Augen die schleichende Verführung bemerkt, den halb geöffneten, bereits sehr eigenwilligen Wasserblick. Aber ich blieb, ich fühlte mich sicher.

Sie erzählte einiges von ihren Mündeln, wie schwer die ihr das Leben machten, weil sie von Diebstahl und Schlägerei nicht lassen könnten und immerzu rückfällig würden nach ehrlich gefaßten Vorsätzen, das Schlechte zu lassen, das Gute zu tun. Sie zweifle daran, ob der Mensch überhaupt verbesserungsfähig sei und nicht für alle Zeiten stekkenbleibe im Sumpf seiner niederen Herkunft, stammten wir doch alle von den Kriechtieren ab, die an Land gekommen seien, um zu töten und zu fressen. Sie freue sich sehr auf ihre Rente, die ihr in wenigen Jahren sicher sei, dann hätte sie nichts mehr zu schaffen mit faulenzendem Saupack und Lausbuben.

Du bist mein Musterknabe, sagte sie, mit dir habe ich keine Schwierigkeiten.

Dann schlug sie vor, ein bißchen nach hinten zu gehen Richtung Waldrand, um abzukühlen von der Tageshitze.

Wir spazierten dem Bach entlang, an welchem die Schwertlilien blühten, Mündel und Beiständerin, ein altvertrautes Paar. Kein Falsch, kein Hehl, wir mochten uns beide, sie hatte mir mehrmals aus der Patsche geholfen. Und ich hatte sie nie enttäuscht.

Hinten ästen die beiden Rehe. Sie hoben die Köpfe, als sie unsere Witterung aufnahmen, setzten in weiten Sprüngen ins Laubwerk des Waldes hinein.

Wir erreichten die Bäume, unter denen es merkbar kühler wurde, und kamen zu einem Weiher, aus dem es quakte und schrie. Schilf und Binsen die Menge, Libellengeschwader und Zuckmücken, es sirrte und summte, es flötete und sang.

Wir setzten uns auf ein Stück freien Ufers. Sie nahm ohne weiteres meine Hand, zog den Handschuh weg und spreizte meine Finger. Langsam schob sie ihre Lippen darüber und begann, daran zu lutschen bis zu den Schwimmhäutchen hinunter. Ihre Füße lagen im Wasser, klobig und etwas wund an den Fersen, und zwischen den Zehen schien etwas allerliebst aufzuschimmern. Ich löste meine Hand aus ihrem Mund, kroch ins Wasser und küßte ihre Sohlen. Ich griff an ihre Knie, zog sacht ihre Schenkel ins Naß. Sie half nach, wie sie konnte, rutschte auf dem Rücken zu mir. Ihre Hände ergriffen meinen Hinterkopf und zogen ihn auf ihren Bauch. Ich blinzelte hinauf zu ihrem Gesicht. Dort sah ich zwei durchsichtige Tropfen aus ihren Augen drücken.

Dann flog oben zwischen den Bäumen ein Reiher vorbei, ich erkannte seine Silhouette. Ich kniete mich auf, und schlagartig erkannte ich die Lage.

Dort oben der Vogel, sagte ich.

Ein Reiher, der ist wunderschön.

Nein, der ist gefährlich, der frißt die Frösche.

Sie erhob sich, stand bis zu den Knien im Uferwasser, eine ältere, schöne Frau.

Ich muß verrückt sein, sagte sie, vom Affen gebissen. Ein Hitzschlag wohl.

Sie watete ans Ufer und schaute hinauf.

Jetzt ist er weg, dein Froschräuber. Beinahe wären wir zusammen abgetaucht. Ist das nicht verrückt?

Sie lachte herzlich, ihr lautes, ansteckendes Kichern, und ich konnte nicht anders und lachte mit.

Sie ergriff meinen Kopf, zog ihn herunter zu sich und legte ihren Mund auf meine Lippen. Ich spürte ihre Zunge, die hereindrängte und herumschwänzelte, so daß mir Hören und Sehen verging. Dann schaute sie mich neckisch an, ein grauer Krauskopf, der durchaus für allerhand ausgefallene Unterwasserabenteuer zu haben gewesen wäre. Es hat ihr bloß der Partner gefehlt.

So, sagte sie, jetzt möchte ich, daß du mich zu einem Kaffee einlädtst dort vorn in der Pinte.

Im allgemeinen indessen habe ich mich vor angeilenden Nymphomaninnen sicher gefühlt dort oben im Hochwald. War doch kein Fluß in der Nähe auf dem langgestreckten Bergrücken oben, nur ab und zu ein Moor von seichtem Wasserstand, in dem ein klammerndes Abtauchen kaum möglich gewesen wäre, die Luft blieb stets in rettender Nähe. Zu den Bachläufen bin ich nur selten hinuntergestiegen, und wenn, dann immer mit Vorsicht, um ja keinem Wasserweibe in die umarmenden Flossen zu schwimmen.

Das Teicherlebnis mit Marianne Bohnenblust war eine Ausnahme, die ich im übrigen mit der gebotenen Diskretion zu behandeln bitte. War doch diese Frau durchaus eine Vertrauensperson von mir, der gegenüber ich die mir sonst selbstverständlichen Vorsichtsmaßnahmen außer acht ließ, was sich ohne weiteres zum hydrophilen Unglück hätte auswachsen können, wäre nicht der Reiher über uns hingeflogen. Sie ist inzwischen verstorben, zerquetscht von einem Kieslaster, der sie auf ihrem Moped trotz ihres Sturzhelms zu Tode gedrückt hat. Eine exzellente Dame dies, die ich in bester Erinnerung habe.

Es hat zwar immer wieder Liebesbeziehungen hydrophiler Art gegeben in meinem Hochwaldleben dortselbst, die indessen von harmloser Art waren und deshalb hier nicht einzeln notiert werden müssen, will ich doch Ihre kostbare Zeit nicht übermäßig in Anspruch nehmen mit ausufernder Schilderung von hundskommuner Plantscherei und einwässernder Kußgeilheit.

Man muß wissen, daß vor allem die Ehefrauen der eingedörrten Luftfabrikanten, die jene Höfe nach und nach in Besitz nahmen, ihren Spaß an mir hatten. Hübsche Gestalten allesamt, meist um die vierzig, die Wasserneugier hinter forschem Auftreten verbergend. Sie kamen zu mir in die Schächte herein, wenige Meter nur, bis sie des Schutzes der tropfenden Dunkelheit gewiß waren. Sie riefen mir zu mit heller Stimme, ich solle bitte nach vorn kommen. Sie standen da, leicht gebückt unter der Wölbung der Stollen, in rotseidenen Kleidern und hellen Sandalen, schlotternd vor Kühle und Angst, und streckten mir ein Lachsbrot oder ein Stück Schwarzwäldertorte entgegen. Immer beharrten sie darauf, daß ich ihre Gabe an Ort und Stelle verzehrte, sie wollten nie mit mir hinaustreten ans Licht. Ihr Blick wanderte von meinen Händen zum Schal und wieder hinab zu den Händen. Dann kam die Frage, ob es mir nicht zu dunkel sei dort hinten, wo kein Lichtstrahl hinfalle und es stets nur tropfe. Ob ich nicht befürchte, fremde Augen aufschimmern zu sehen und Hände, die plötzlich aus dem Fels nach mir griffen, und was ich eigentlich zwischen meinen Fingern verberge? Ich spreizte die Hände und zeigte die Schwimmhäutchen, die sie stets entzückend fanden. Ob sie meine Hand berühren dürfe, fragte die eine, ob ich etwas dagegen hätte, die andere, wenn sie mit ihrer Zunge zwischen meine Finger glitte? Ich streckte meist gerne die Hand hin und spürte den Kuß. Dann kam die Einladung, in ihrer Wanne ein Bad zu nehmen.

Ich kannte sie alle, jene luxuriösen Badezimmer mit Unterwasserdusche und Quirl, mit flauschigem Bodenteppich und diskreter Karibenmusik, an der Wand ein Palmenstrand, die Lampe eine Muschel. Als Lustbiotope entworfen von wassersüchtigen Innenarchitekten für klammernde Ehepaare, nach wenigen Wochen schon trockengelegt, da die Wasserlust fehlte. Bis eines Tages der Brunnenmacher kam, sich wässernd hineinlegte und Schwimmhaut und Zehe hinausstreckte.

Ich habe manchen Frauenbauch abgefüßelt dortselbst in jenen Feuchtbiotopen, mit größtem Vergnügen, das darf ich behaupten, ohne meinen Gastgeberinnen zu nahe zu treten. Ich habe als Gegenleistung Küsse auf Zehe und Schwimmhaut erhalten. Und manchmal wurde ich sogar auf den Mund geküßt. Nur die Halswunde kam nie in Betracht, die war ihnen zu unheimlich.

Ich habe mich diesen Balzspielen stets unbeschwert hingeben können, wußte ich doch, daß jedes tiefere Abtauchen hierselbst unmöglich gewesen wäre, selbst dann, wenn eine der Luftdamen plötzlich ihre Zunge in meine Wunde gesenkt hätte.

Sie haben sich allesamt äußerst nobel benommen. Reserviert und gesittet, wenn der Ehemann da war, als kennten sie mich gar nicht. Zuvorkommend und herzlich, wenn wir nach dem Bade ein Glas Champagner tranken. In keinem Fall ist eine aufdringlich geworden, wenn ich keine Lust hatte zur gemeinsamen Einwässerung.

Gegen Schluß hin meines langjährigen Aufenthaltes dortselbst, als ich fast alle Schächte geöffnet hatte und mir die Arbeit auszugehen drohte, ist noch einmal Alleinredaktor Schrag an mich herangetreten. Er habe den alten Klosterhof auf dem Rütihubel oben käuflich erworben mit der Absicht, dortselbst einen Erlebnispark einzurichten mit allerlei Haustieren, Ziegen, Ponies, Lamas und so, mit alten Werkzeugen und Produktionsweisen, Spinnrad und Webstuhl und so, und selbstverständlich müsse auch noch der große Brunnen des Hofes geöffnet werden, woselbst er eine Bar samt Dancing einzurichten gedenke. Zu diesem Behufe müsse der an sich schon sehr breite und hohe Stollen zehn Meter tief massiv ausgeschachtet werden, so daß eine richtige Höhle entstehe, in der getrunken und getanzt werden könne. Diese ganze Gegend brauche einen richtigen Tritt in den Arsch, einen Pfupf, damit sie endlich auf Vordermann getrimmt werden könne, und er selbst sei bereit, diesen Kick zu bringen, weil niemand anders den Mumm habe dazu. Ich selber sei der Mann fürs Grobe, behauptete er. Ich solle gleich einsteigen und erst mal den Gang bis hinten zur Quelle freilegen.

Schon am nächsten Morgen habe ich den Dreigänger zum Rütihubel hinaufgeschoben, den längsten und höchsten jener Hügelzüge, dessen Rücken breitflächig gerodet war, um dem Klosterhof genügend Weide- und Ackerfläche zu bieten. Das Haus selbst stammte aus dem Mittelalter, aus Sandstein gebaut bis unters Dach, mit gotisch zugespitzten Fensterbögen an der Südfront und großen Stallungen samt Scheune und Tenne. Seit Jahrzehnten unbewohnt, die Dachsparren an mehreren Stellen eingebrochen, die Scheiben zersplittert. Es war Frühling, die Brennesseln stießen hellgrün aus den Ritzen. Am Waldrand drüben graste ein Hirschpaar, der Bock mit stumpfem Bast.

Ich bezog den ehemaligen Kälberverschlag im Stall gleich neben dem Wohnhaus, wo ein Strohballen lag, den ich aufschnitt und zur Bettstatt aufschüttete. Dann suchte ich Stemmeisen, Schaufel und Karrette, was alles vorhanden war, und machte mich an die Arbeit.

Der Stollen, zwanzig Meter hinter dem Hof in den letzten Aufschwung des Hügels hineingehauen, war von bester Qualität. Der Sandstein fest und sicher, der Eingang intakt, zwei Meter im Geviert. Hier waren weder Einäuger noch Stotterer, Holunderbohrer und Zwerg am Werk gewesen, das sah ich sofort. Die Seitenwände glattgespitzt, mit Liebesherzen samt Pfeilen und Initialen versehen, hineingekratzt von allerlei Jungvolk, dem der Hof wohl als Liebesnest gedient hatte, die Decke sauber herausgemeißelt. Ein schmales Rinnsal zu Füßen, in dem Feuersalamander herumkrochen. Ich trug sie hinaus unter den Holunderbusch, der gleich neben dem Eingang wuchs, um sie mit dem Rad der Karrette nicht zu zerquetschen.

Der Gang war erst nach zwanzig Metern eingebrochen. Schwere Trümmer, sperrig und hart wie Granit. Ich setzte den Meißel an und hämmerte, kroch auf dem Reifengummi hinein in den Spalt, hebelte mit dem Stemmeisen gegen einen Block, der plötzlich losfuhr und mich beinahe erschlagen hätte, aber ich war schneller. Ich arbeitete konzentriert und genau, denn dies hier war ein Meister gewesen, der den Schacht gezogen hatte, und ich wollte ihm in keiner Weise nachstehen.

Die erste Woche bin ich immer oben geblieben und habe mich vom mitgebrachten Speck und Brot ernährt. Gewässert habe ich mich im Trog vor dem Stall, der immer noch ausreichend gespeist wurde über die Holzröhre, die aus dem Stollen führte. Geschlafen habe ich hervorragend. Nur einmal hat mich ein Tier geweckt. Es muß kurz nach Mitternacht gewesen sein, ich erkannte das am abnehmenden Mond, der zwischen den leeren Dachsparren hereinschien, als mich eine schnüffelnde Nase an den Hals stieß. Ich öffnete die Augen und rührte mich nicht. Ein großer Vierbeiner mit rund leuchtenden Augen stand neben mir, mich sorgsam beäugend, ob er in mir einen Gespielen gefunden hätte. Ich hockte mich auf, und er erhob sich auf die Hinterbeine. Es war ein Dachs, ich sah die Streifen auf seiner Nase. Er wartete ziemlich lange, bis er sich abdrehte und weiterhumpelte.

Er hat im Keller unten gewohnt, wir sind uns mehrmals über den Weg gelaufen. Geschnüffelt hat er nie mehr an mir.

Eine gute Zeit war das dort oben für mich. War ich doch dabei, mein Meisterstück abzuliefern. Auch habe ich mich auf jener einsamen Höhe munter und frisch gefühlt. Kein Nebel Tag und Nacht, ein gutes, zuverlässiges Gestein, der viereckige Ausgang auch nach dreißig Metern noch glasklar vor den Augen. Am Abend bei schönem Wetter saß ich vor dem Haus und sah der hinabrollenden Sonne zu.

Einmal ist der Wildhüter heraufgekommen und hat sich zu mir in den Berg begeben. Ein grauhaariger, gescheiter Mann, der von Plänen erzählt hat, hier oben ein Naturreservat einzurichten für Salamander und Iltis, für Birkhuhn und Haselmaus. Man sei am Verhandeln mit dem Waldtälerboten, die Chancen stünden nicht schlecht. Wir haben uns gut verstanden, da auch ich einiges wußte von besagten Tieren. Zudem hatte er meine »Wasserfrau« gelesen, wie er lobend erwähnte. Nur als ich vom Hirschpaar berichtete, hat er den Kopf geschüttelt und gemeint, das müsse ich wohl geträumt haben, diese Tiere kämen hier so wenig vor wie grüne Augen im Teich.

Am Sonntag bin ich über den Hügelzug südwärts geradelt zur Bergwirtschaft, wo ich einige Gläser Träsch zu mir nahm und die Sicht auf den strahlenden Alpenfirn genoß. Von links nach rechts nur weiße Spitzen, davor die sanft ausrollenden Hügel, rechts unten der glänzende Bach. Schön war das in der Tat. Ich notiere das, ohne meine Heimat groß rühmen zu wollen, hat sie mir doch auch viel Saures gegeben. Ich kaufte Nachschub an Speck und Brot und fuhr beim hereinbrechenden Abend wieder zurück, um mich in den Kälberverschlag zu legen.

Nach Pfingsten kamen die ersten Schulklassen herauf samt Lehrpersonal, Müttern und Anverwandten. Sie besuchten mich alle im Brunnen drin, dessen helle Größe einladend wirkte, bestaunten mich mit ängstlichen Augen, was das für ein merkwürdiger Bergmann sei mit Seidenschal und Borsalino auf dem Kopf. Sie bissen in Salametti und Äpfel und berichteten, nachdem sie Zutrauen gefaßt hatten, vom Erlebnispark, der im Waldtäler propagiert werde. Das sei großartig und toll, eine Disco auf dem Rütihubel samt Minigolf, Bar und Scooterbahn. Dann wisse man endlich, wo man das Wochenende verbringen könne.

Ich verrichtete erst ruhig meine Arbeit weiter, bis ich merkte, daß mich die Kinder angafften wie eine Märchengestalt, Böhlimann, Rübezahl oder so. Dann beschloß ich mitzuspielen, habe ich doch Kinder immer gemocht, obschon ich nie eigene hatte. Ich legte das Stemmeisen weg, stellte mich in Positur, trat plötzlich einen Schritt vor, grunzte böse, wie weiland Schrag als Neptun, und spreizte die Finger, so daß meine Schwimmhäutchen im Schein des Karbids hell aufleuchteten.

Der Erfolg war durchschlagend. Ein Riesengeschrei, eine Flucht dem Ausgang zu. Dann blieben sie stehen, beäugten mich aus sicherer Distanz, bis die kühnsten nähertraten, um zu sehen, ob ich wirklich echt sei. Ich lachte herzlich, griff wieder zum Stemmeisen und arbeitete weiter.

Das war meine erste Performance als Froschmann, und sie hat sich herumgesprochen. Ich habe die Nummer seitdem immer zeigen müssen, wenn Besuch da war, für jede Klasse einmal. Mir hat das nichts ausgemacht, und die Kinder hatten ihren nervkitzelnden Wasserschreck.

Einmal an einem Sommermorgen, als wieder ein Haufen Kinder mit Anhang den Stollen besetzt hielt und auf meinen Auftritt wartete, roch ich einen feinen Duft nach Algen. Ich erschrak, ließ mir aber nichts anmerken, sondern stellte mich in Positur, um sogleich loszuspringen. Da fiel mein Blick auf eine schmale Gestalt direkt vor mir. Kurzes, graues Haar, engliegende Augen, ein Glitzern am linken Ohrläppchen. Ich starrte sie an, und ich sah, daß sie mich erkannt hatte. Ich murmelte eine Entschuldigung, verbeugte mich überflüssigerweise, griff zum Stemmeisen und trieb es in den Berg. Ich hörte, wie die enttäuschten Kinder nach einer Weile abzogen, dem hellen Ausgang zu.

Ich kauerte mich hin, zitterte plötzlich vor nasser Kühle, vor Bergmüdigkeit auch, vor aberwitziger Hoffnung. Ich sah, wie die letzten Kinder aus dem hellen Viereck verschwanden. Nur noch der leere Gang lag vor mir, der hinausführte an Sonne und Luft, schimmernd im Lichte, das spärlich auf Wände und Boden fiel.

Ich blieb reglos in der Hocke, bis endlich eine Gestalt im Viereck erschien, schmal und aufrecht, mit sicheren, entschlossenen Schritten, deren Widerhall von der Decke an mein Ohr schlug. Sie kam, ohne zu zögern, durch den Gang auf mich zu. Ich roch ihren Duft schon von weitem, sah ihre senkrechten Pupillen aufschimmern, ihr kurzes Haar, ihre Schlüsselbeine. Ich erhob mich und spürte ihren Hauch im Gesicht. Sie knüpfte meinen Schal auf, beugte den Kopf und senkte behutsam die Zunge in meine Wunde. Ich nahm ihr Ohrläppchen zwischen die Lippen, küßte die verkrusteten, kaum mehr sichtbaren Schuppen, leckte sie blank.

So blieben wir lange stehen, tief im Berg drin, beleuchtet vom Karbid in der Nachtschwärze, bis sie sagte: Die Kinder. Sie warten.

Sie löste sich von mir, drehte sich weg mit einem schmalen Lächeln. Wieder der Widerhall der Schritte, bis sie aus dem Viereck verschwand.

Sie ist am selben Abend zurückgekommen, ich habe ihr Motorrad knattern gehört und bin hinausgetreten. Sie fuhr heran auf einer alten BSA, hielt vor dem Haus und linste herüber. Ich ging zu ihr hin, wir umarmten uns, es war, als ob wir uns zeitlebens gekannt hätten. Sie hatte Lachs mitgebracht und einen Butterzopf, Milchkaffee in der Thermosflasche. Wir aßen und tranken auf der Bank vor dem Haus, den Schneefirn vor Augen, der im Licht der untergehenden Sonne aufleuchtete, dann erlosch, bis er grau in den stahlschwarzen Himmel ragte. Sie hat bei mir im Kälberverschlag übernachtet.

Trudi Hechel war Lehrerin geworden, nach mehreren vergeblichen Versuchen, ihrem Leben eine sinnvolle Aufgabe zu geben, wie sie erzählte. Sie leitete eine Gesamtschule im Dorf unten, Lausmädchen und Saububen die Menge. Ledig geblieben, weil sie nie den richtigen Mann gefunden hatte. Wohnhaft in einem Bauernhaus am gestauten Bach, in dem sie manchmal zur frühen Morgenstunde ein Bad nahm. In den Mußestunden herumfahrend mit dem Motorrad die steilsten Tobel hinauf. Sie kannte sie alle, wie sie behauptete, die Runsen und Risse in den Flanken der Hügel, die versteckten Weiher und Moore, die Schluchten und Höhlen. Sie habe meine »Wasserfrau« gelesen, die ihr gut gefallen habe, und dabei sei ihr unser gemeinsames Abtauchen in den Sinn gekommen.

Überhaupt habe sie oft an mich gedacht, besonders nachts bei Nebel und Regen, wenn die Nässe von jedem Zweig getropft habe. An meinen versteckten Blick, meinen Hals mit der Wunde, an die träumende Tiefe der Aare. Es wäre ihr im Grunde egal gewesen, wäre sie damals ertrunken, ein Abgang auf dem Höhepunkt sei allemal besser als ein langsames Dahinsiechen bis ins Greisenalter hinein. Sie nehme mir überhaupt nichts übel, in keiner Weise, sei sie es doch gewesen, die mich ins Wasser gebeten habe. Auch hätte ich ja zwei Jahre auf der Festung gesessen. Sie habe oft hinaufgeschaut zu den vergitterten Fenstern und sich gefragt, wie es mir wohl ergehe dort oben. Sie habe mich nie besucht, weil sie sich verkrochen habe in Wäldern und Schluchten, um den Reportern zu entgehen, die sie dauernd hätten ablichten wollen. Sie hätte sich nur noch mit Kopftuch auf die Straße gewagt, das sie bis über den Mund gezogen habe wie eine Muslimin, um ihr Gesicht zu verstecken. Sie habe mehrmals gebadet pro Tag, um den Algenduft aus ihrer Haut zu bringen, bis sie gemerkt habe, daß dieser von innen herausdrücke und nicht wegzuwaschen sei.

Sie habe mehrmals Männer gehabt, habe es mit diesem und jenem versucht, es sei nie schön gewesen, weil immer zu trocken. Aber jetzt gehe es ihr gut, sie sei froh, mich noch einmal getroffen zu haben in ihrem Leben und mir dies alles erzählen zu können.

Sie hat mich jeden zweiten Abend besucht und dortselbst an meinem Leibe übernachtet. Sie hat sich erkundigt nach meinem Vorleben und Fragen, meine Herkunft betreffend, gestellt. Ich wollte anfangs nicht darauf eingehen, war ich es doch nicht gewohnt, von mir zu erzählen. Sie aber hat nachgebohrt und mich provoziert mit irreführenden Behauptungen über meine Herkunft, aus dem Wasser sei ich gehüpft, aus irgendwelchem Tümpel der Altachen. Ich bin ihr auf den Leim gekrochen, habe meine Mutter verteidigt und auch den Bottensteiner und zu erzählen begonnen. Ich habe in ihrer Anwesenheit zum erstenmal von Fridolin und der alten Marie geredet, vom Amazonas und von der Lagune, von der Patin und den Grasfröschen, von Winnetou auch und dem Wigwam am Creek, und zwar so, daß ich keiner Überhöhung durch Versfuß und Reim bedurft hätte. Nur von den Wassermädchen sagte ich nichts.

Sie hat dies gemerkt und gemeint, sie verstehe mein Schweigen über Frauen durchaus. Hätte sie doch von allerlei verunglücktem Abtauchen gehört. Bestimmt hätte ich indessen meine Liebesbeziehungen gehabt, das sei gar nicht anders möglich. Ich sei nun einmal ein Frauentyp, damit müsse ich leben. Und zwar sei es so, daß ich etwas hätte an mir, was das Weibergeschlecht schon von weitem herausfordere, bevor ich überhaupt etwas ahnen könnte davon. Ich würde bereits an der Angel hängen, wenn ich noch frei herumzuschwimmen vermeinte. Das sei bei ihr auch so gewesen. Habe sie doch schon bei ihrem ersten

Blick auf meinen Schal gewußt, daß sie dereinst mit mir abtauchen würde.

Auf diese Provokation bin ich nicht eingegangen. Ich habe weitergeschwiegen, was sie akzeptiert hat.

Nie haben wir uns gestritten, kein einziges Mal verletzt. Stets sind wir behutsam gewesen zueinander, und ihr Ohrläppchen hat nach wenigen Tagen schon aufgeglänzt wie strahlendes Silber.

Auf diesen Umstand möchte ich noch einmal mit allem Nachdruck hinweisen. Bin ich doch niemals in meinem Leben ein Untier gewesen, ein blinder Wüterich, ein Jack the Ripper, der die Frauen aufschlitzte. Auch wenn die sensationsgeile Menge samt Staatsanwaltschaft dies noch so gern in meine Wenigkeit hineininterpretieren würde, ich kann nicht dienen damit!

Wir waren verliebt ineinander wie Sonne und Tag, wie Nacht und Wassergestirn. Sie war die einzige Person in meinem Lebenslauf bis zu meiner Einlieferung hierselbst, der ich die Örtlichkeit von Mutters Grab verraten habe. Ich habe ihr deren Ehering überreicht, was sie sichtlich gefreut hat. Sie hat ihn gleich an ihren Finger gesteckt zum Zeichen, daß sie meine Frau war. Er hat ihr wie angegossen gepaßt.

Gegen den Herbst zu, als ich bereits an die sechzig Meter tief im Berg drin stand, ist Schrag in seinem Jeep zu mir hochgefahren, um mir einen Vertrag unter die Nase zu halten. Er brauche einen Brunnenwart, sagte er, der eine gewisse Ausstrahlung besitze und Leute anzuziehen vermöge. Und da ich in der ganzen Waldgegend dank meiner Performance als Froschmann bereits bestens eingeführt sei, wolle er mich festnageln mit guter Löhnung. Nebenbei könnte ich dann noch die Rolle des Diskjokkeys im Dancing Krötenlaich übernehmen, das spätestens im Frühjahr eröffnet würde, wobei zu meinen Pflichten auch das regelmäßige Erschrecken der tanzenden Jugend durch grunzenden Überfall aus der Schwärze des Schachtes heraus und durch stroboskopisches Aufblitzenlassen der Schwimmhäutchen gehörte.

Obschon mich dieses Angebot überaus gefreut hat – ging ich doch langsam einem Alter entgegen, in dem man sichere Löhnung zu schätzen weiß, wessen Sie sich, sehr geehrter Herr Seelendoktor, bestimmt bestens bewußt sind –, habe ich mir Bedenkzeit erbeten. Ich hatte keineswegs vor, meine Tage als festangestellter Unterhaltungsprolet zu beschließen. Auch war mir das Hüpfen von Hof zu Hof zur zweiten Natur geworden.

Bald darauf ist ein Lastwagen hochgefahren mit einem Baucontainer auf der Brücke. Ihm folgten zwei Bulldozer, die den Kiesweg in eine schmierige Lehmpiste verwandelt haben. In Kürze war der ganze Hof eine Baustelle. Der Holunderbusch vor dem Brunneneingang kam weg, die Preßluftbohrer fraßen sich in den Stein. Der Keller, wo der Dachs gewohnt hatte, wurde ausgeschachtet und betoniert – wasserdicht und zentralgeheizt, wie gehabt –, Scheune und Tenn weggerissen, der Baumgarten planiert. Keine Rede mehr von Naturreservat, nichts von Birkhuhn und Haselmaus, nur scheppernde Bohrer und zerquetschende Ketten.

A ls eines Morgens der erste Reif auf den Wiesen lag und Gras und Halm im Licht der Dämmerung matt erglänzten, bat mich Trudi Hechel, zu ihr hinunter ins Dorf zu ziehen und in ihrem Haus Wohnung zu nehmen. Es werde ihr zu kalt hier oben im Stroh. Sie habe die ganze

Nacht trotz meiner Umarmung geschlottert, ein wärmender Ofen sei ich wirklich nicht zu nennen. Zudem werde bald der erste Schnee fallen und die Höhe nur noch mit Vierradantrieb und Ketten erreichbar sein. Sie sehne sich nach der warmen Stube, und ich könne ja zu Fuß hochsteigen oder mit den Bauarbeitern mitfahren.

Ich schaute sie genau an und sah eine sichere Ruhe in ihrem Gesicht, die Gewißheit, für beide das Richtige zu wollen.

Und der Bach? fragte ich.

Sie lächelte mich an mit ihren schmalen Augen, denen ich kaum mehr zu entrinnen vermochte, und schüttelte in gänzlicher Unschuld den Kopf.

Aber nein, was denkst du denn? Wir sind doch beide in einem Alter, in dem man nicht mehr abtauchen will.

Sie kickte den Motor an und fuhr davon. Ich sah ihr zu, wie sie im Wald drüben verschwand.

Ich ging gleich in den Kälberverschlag, packte meinen Koffer, klemmte ihn auf den Dreigänger und machte mich auf den Weg nach Norden. Ich fuhr den ganzen Morgen hindurch, erst über den Hügelrücken, der im Licht der Sonne lag, dann durch den Tann zum Bach hinunter, durch Dörfer mit neuerbauten Garagen und Mehrzweckhallen. Ich kam unter der vernebelten Gasfurzerbahn hindurch, über die schwere Lastwagen rollten mit eingeschalteten Scheinwerfern, und erreichte gegen Mittag die Aarestadt. Ich überquerte die Brücke, ohne anzuhalten, und schob das Rad hinauf zum Jurajoch, das im strahlenden Herbstlicht lag. Dort setzte ich mich ans Straßenbord und schaute zurück in die Richtung, aus der ich geflohen war. Rechts oben die weißen Kalkzinnen der Wasserfluh, darunter die Viehweiden mit Hasel- und Birkenhecken, vor mir das Nebelmeer, aus dem dunkle Hügelrücken auftauchten. Ich erkannte den Rütihubel genau, sah den dunklen Fleck des Klosterhofes. Dahinter der Schneefirn, der in den blauseidenen Himmel ragte.

Ich hatte richtig gehandelt, des war ich gewiß. Hätte doch neben unserer gemeinsamen Wohnung im Dorf unten stets der gestaute Bach geplätschert, ein Tiefwasser bestimmt, das uns früher oder später in klammernder Umarmung auf seinen Grund hinabgezogen hätte, von wo Trudi Hechel nicht mehr lebend aufgetaucht wäre. Wir liebten uns zu sehr, als daß sie mich noch einmal mit einem warnenden Tritt zur Luftbesinnung hätte bringen können. War sie doch mit Sicherheit eine Wasserfrau, die das letale Abtauchen geradezu provoziert hätte. Wobei mir anschließend nichts anderes mehr übriggeblieben wäre, als mich am Halse aufzuhängen.

Ich sah das alles glasklar vor mir, als ich an jenem warmbeschienenen Rain hockte, und ich spürte, wie Salztropfen unter meinen Lidern hervordrangen. Ich war endgültig verdammt zum Alleinsein.

Auf der Schafmatt oben habe ich einen Stall bezogen, vor dem ein Brunnentrog stand, worin ich mich gewässert habe. Ein roh ausgehauener Lärchenstamm, in dessen Höhlung ich lag wie in einem Grab. Es war ein hartes, sperriges Kalkwasser, das meine Wunde durchfloß. Ich habe dortselbst mehrmals hyperhydriert und mich nur dank meiner jahrzehntelangen Erfahrung vor der endgültigen Einwässerung retten können. Was mir gewiß egal gewesen wäre, aber mein Lebenswille hat sich durchgesetzt. Ich bin immer wieder mit letzter Kraft hinausgekrochen, um im Stall in begütigende Starre zu sinken.

Gegessen habe ich Äpfel und Runkeln, die ich mir auf den abgeernteten Feldern im Tal unten gesucht habe. Wenig nur, ich brauchte nicht viel, ich war wohlgenährt hier oben eingetroffen. Auf Tiere habe ich nicht geachtet, ich war in keiner Weise kameradschaftlich gestimmt. Möglicherweise hat mich ab und zu ein Fuchs angestupst oder ein Iltis, ich habe nie reagiert. Nur wenn ich von weitem die Stimmen der rotbesockten Wandersleute vernahm, die über jenen Berg hingingen, bin ich aufgeschreckt und habe mich in der nahen Schlucht verkrochen.

Kurz vor Weihnachten haben Kälte und Schneefall eingesetzt, mehrere Tage nur weißes Geflocke und Wind. Ich lag im Dämmer auf dem Streulager, eingerollt wie eine Raupe, die sich verpuppen will, den Kopf zwischen den Armen verborgen. Ich sah es aufleuchten aus grünen Augen und senkrecht gestellten Pupillen, ich bemerkte etwas wie Flossen und Zungen, die über meine Wunde glitten, ich vermeinte, den Duft von Algen zu wittern. Wenn ich aufwachte, heulte draußen der Sturm. Ich hörte mein Herz schlagen, langsam, und ich spürte das Eis zwischen den Fingern wachsen, das bei jeder Bewegung knisternd aufbrach, die aufsteigende Kälte in Füßen und Beinen, den Windhauch, der durch die Ritzen der Hütte über mich hinstrich. Dann dämmerte ich wieder ein.

Eines Nachts, als ich auftauchte aus der zunehmenden Starre, dunkel wie Tiefwasser, durchsichtig wie Schwarzeis, war mir, als wäre ich nahe am Tode. Es war nur Stille um mich. Kein Wind mehr, kein Zerren am Dach. Ich bewegte die Finger und hörte es knacken. Ich steckte sie in den Mund, ich lutschte daran und brach das Eis weg, bis meine Zunge die Schwimmhäutchen berührte. Mühsam erhob ich mich auf alle viere, kroch zur Tür und riß sie auf.

Draußen lag der Schnee meterhoch, festgepreßt vom Sturm. Ich zog mich am Türpfosten auf die Beine und kletterte hinaus. Windstille, die Hochebene schimmernd wie grauer Samt. Oben die funkelnden Sterne. Der Brunnen knietief zugeweht, kein Plätschern, kein Tropfen.

Ich trat in die Hütte zurück und packte den Koffer. Dann schulterte ich den Dreigänger, stieg hinaus und machte mich auf den Weg zum Joch hinunter. Mehrmals brach ich in verwehte Wächten ein, kroch wieder heraus, Rad und Koffer vor mich herschiebend, rutschte abwärts dem Paß entgegen. Ich spürte mein Herz klopfen, rasend schnell, das Blut pulsierte bis in die Zehen.

Die Straße war zwar schneebedeckt, aber frisch gepflügt. Ein Personenwagen glitt vorüber, als ich sie erreicht hatte, scharf an einer Wächte vorbeischlingernd, mit aufheulendem Motor.

Ich rollte langsam zu Tal, nordwärts dem Rhein entgegen, durch schwarze Tannenwälder hinab in ein Dorf. Beim ersten Hof hielt ich an, stellte den Dreigänger an die Stallwand, entledigte mich des Mantels und kroch in den betonierten Brunnentrog, der bloß an seinem Ende ein Stück Eis trug. Ich dämmerte gleich weg.

Ein rauher Lappen, der über mein Gesicht glitt, weckte mich. Ich öffnete die Augen und sah ein Maul, das zu mir ins Wasser getunkt war, eine kräftige Zunge, die an meinem Schal zu zerren begann. Ich erkannte abgekaute, gelbe Zähne, die helle Schnauze einer Kuh. Ich erhob mich sogleich, denn ich fühlte mich wesentlich besser, das Wässern hatte mir gutgetan. Ich sah sechs Kühe am Trog stehen, die mich dunkeläugig anglotzten. Sie waren zur Tränke gekommen und staunten über den fremden Wassergast.

Ich stieg hinaus und betrat den Stall. Ein junger, untersetzter Mann schob die Gabel durch den Mistgraben, stieß die Zinken in einen Dunghaufen und lud diesen auf die Karrette. Dann hob er den Blick und schaute mich an. Ich zeigte auf den leeren Kälberverschlag, in dem frisches Stroh lag. Er kratzte sich eine Weile am Hals und nickte.

Meinetwegen, sagte er, wenn es denn sein muß.

Ich legte mich hin, hörte draußen einen Lastwagen vorbeifahren und die Kühe hereintrotten, jede an ihren Platz. Dann trat der Bauer an den Verschlag und betrachtete mich. Ich hatte die Augen noch immer offen, sah ihn wie durch einen Wasserschleier im Gang stehen. Er ging hinaus und erschien gleich wieder mit einer Flasche.

Trink, sagte er, das wird dir einfeuern.

Ich setzte an und trank. Es war Holunder von bester Qualität. Dann schlief ich ein.

Eines Abends, es mußten mehrere Tage vergangen sein, war doch der Schnee draußen geschmolzen und ich selber bis aufs Skelett abgemagert, wurde ich zum Abendessen in die Küche gebeten. Kartoffeln und Milchkaffee, das Flakkern im Herd. Drei Kinder mit triefender Nase, die Mutter mit Gliederzerren, die Großmutter mit schmerzendem Bein, der Großvater mit Gichtfingern – das Wasser, das Wasser!

Wer ich sei, wurde gefragt, woher ich komme, wohin ich wolle.

Ich käme aus der Altachen, sagte ich, sei Brunnenmacher und suchte eine Stelle.

Ein Wassermann also?

Ja, sagte ich.

Das treffe sich gut, sie brauchten dringend einen wie mich. Sei doch der Hof nordseitig gelegen und von verborgenen Rinnsalen richtiggehend unterwandert, die ausstrahlten nach oben und die Wassersucht in die Glieder der Menschen einpflanzten. Daher die Triefnasen, das Gliederzerren, die Gicht. Gut wäre es, den genauen Weg dieser Rinnsale zu kennen, damit man eine Drainage le-

gen, das Bett an eine andere Wand verschieben und so den
wässernden Strahlen entgehen könnte. Seit Jahr und Tag
sei indessen kein Wasserschmecker mehr aufgetaucht, der
dies Hand- und Rutenwerk richtig beherrscht hätte. Falls
ich mich darauf verstünde, könnte man ohne weiteres über
einen längeren Verbleib hierselbst reden.

Anderntags machte ich mich an die Arbeit, belauert
von den Kindern, die behaupteten, so sei es falsch, man
brauchte dazu eine Rute. Erst als ich die Finger spreizte
und die Schwimmhäutchen aufleuchten ließ, waren sie
überzeugt, daß es so auch gehe.

Ich habe die Adern auf einem Stück Karton aufgezeich-
net und dem Bauern gezeigt, wo er einen Graben ziehen
mußte, um sie abzuleiten in die Wiesen hinein. Er hat sich
bedankt und gemeint, ein paar Tage könne ich schon noch
bleiben, dann aber müßte ich weiterziehen, sie hätten
kaum für sich selber genug. Es sei übrigens im Amtsblatt
die Stelle eines Weiherwartes in einem nahen Grenzdorf
ausgeschrieben gewesen, das wäre doch etwas für mich.

Am nächsten Sonntagmorgen bin ich losgefahren, ge-
kleidet in meine beste Montur samt Klapperschlan-
genstiefeln, um einen guten Eindruck zu machen. Die
Straße war aper, nur an den gegen Norden gerichteten
Waldrändern lagen Schneereste. Eine laue Luft, die Sonne
schien, aus einer Wässermatte hörte ich es knarren. Ich
rollte talabwärts durch helle Dörfer, kreuzte die Gasfurzerbahn und erreichte den Rhein. Er führte Hochwasser,
braune Wogen, von der Schneeschmelze genährt. Ein breiter Strom, der in mir die Sehnsucht nach dem Meer er-
weckte. Ich dachte an die Kiesel auf seinem Grund, die

langsam abwärts geschoben wurden, an die Aale, die sich hinabwanden bis in den tiefen Atlantik. Aber ich tauchte nicht ab, ich war entschlossen, mich fortan vor Bächen und Flüssen zu hüten.

Das Meer habe ich in meinem Leben nie zu Gesicht bekommen. Was mich ab und zu gewurmt hat, habe ich es mir doch stets als die Balzarena schlechthin vorgestellt, dem alles Unken und Gequake ursprünglich entsprang.

Ich erreichte die Universitätsstadt und besuchte die Pfalz mit dem roten Münster, von wo ich in den Schwarzwald hineinschaute und flußabwärts in die Rheinebene hinunter. Ein gesegneter Ort durchaus, dieser Knick im Strom, der dem Tiefland das Tor zur weiten Welt öffnet.

Kurz nach Mittag radelte ich gegen Osten der Wiese entlang, ein heiteres Flüßchen, dem ja bekanntlich mein Kollege Hebel die schönsten Wasserhexameter in Schwarzwälder Idiom gewidmet hat – lesen Sie, lesen Sie! –, und erreichte das Grenzdorf, wo ich mich in der Sängerstube mit Professor Forrer verabredet hatte.

Ein gemütliches Gasthaus, gut besetzt von tafelnden Gästen, die in merkwürdig schnarrendem Dialekt draufflosknarrten und quakten und dem Namen der Wirtschaft alle Ehre machten. Professor Forrer saß hinten in der Ecke. Er winkte mir gleich, als ich hereinkam, hatte ich ihm doch am Telefon erklärt, ich würde in Schlangenstiefeln und Borsalino auftreten. Forrer war ein drahtiger, grauhaariger Dürrbeiner, der indessen sein Herz auf dem rechten Wasserfleck hatte, wessen ich mich bald versichern konnte. Vor sich auf dem Tisch hatte er meine beiden Lyrikbände liegen.

Er begrüßte mich freundlich und meinte, er habe sich vor unserem Treffen noch über meine Literatur kundig gemacht, die er mit großem Vergnügen gelesen habe, zeuge sie doch von profunder Wasserliebe – und dies aus berufenem Professorenmunde, hört, hört! Er selber sei Mikrobiologe an hiesiger Universität und betreibe die Pflege der lokalen Feuchtpopulation nur als Hobby. Immerhin habe er vor einigen Jahren den Entschluß gefaßt, dem absterbelnden Wassergetier zur Seite zu stehen, sei dieses doch äußerst bedroht von Autos und Abwassergiften, wobei noch keineswegs entschieden sei, ob selbige Bedrohung endgültig gestoppt oder nur während einer kurzen Zeitspanne aufgehalten werden könne. Sein Ziel sei es jedenfalls, was da kreuche und fleuche wenigstens in die nächste Generation hinüberzuretten, die dann vielleicht vernünftiger umgehen würde damit.

Schon vor mehr als einem Jahrzehnt habe der Gemeinderat beschlossen, der Tier- und Pflanzenwelt ein Refugium zu sichern. Als idealer Standort habe sich das Autal angeboten, grenze dieses doch an keine befahrene Straße. Auch sei es im Norden vom Wald besäumt und im Süden von einem sonnenbeschienenen Steilhang. Nachdem die ersten Anpflanzungen vorgenommen worden seien, habe die Natur ein übriges getan. Heute präsentiere sich dem Besucher ein vollständig eingewachsenes und bevölkertes Biotop.

Benötigt werde nun noch ein wasserkundiger Mann, der für relativ wenig Löhnung – sparen und knausern, das sei im Moment die verdammte, verfluchte Losung des Gemeinderats – die Aufgabe übernähme, die Weiherlandschaft zu hegen und zu pflegen und vor ungebetenen Gästen zu behüten. Insbesondere denke er dabei an fremdländische Schmuckschildkröten, die immer wieder wegen falsch verstandener Tierliebe ausgesetzt würden, und an den gefräßigen Sonnenbarsch, einen blaugrünen, mit orangeroten Flecken gesprenkelten Räuber, der den Tod jeder einheimischen Teichfauna bedeute.

Im weiteren sei unbedingt den Nachtbuben zu wehren, den verdammten, verfluchten Lausejungen, die nichts Besseres wüßten, als bei Vollmond einzusteigen, die Lurche zu greifen und, aufgespießt an Haselstecken, über dem offenen Feuer zu braten. Ein alter Brauch, gewiß, vormals landauf, landab durchaus die Regel, in heutiger Zeit der aussterbenden Amphibien indessen aufs schwerste zu ahnden. Auch Liebespaare seien schon abgetaucht ins Flachwasserbecken, mit ihren Schlingbewegungen den nährenden Schlamm aufwühlend, was als humanerotischer Unsinn höchsten Grades betrachtet werden müsse.

Wir tranken zusammen Kaffee aus edelstem Porzellan, mit Zucker und Rahm, ich war mit allem einverstanden. Die Löhnung, die er mir vorschlug, war für meine Verhältnisse fürstlich zu nennen. An eine Rente sei angesichts meines doch schon ziemlich fortgeschrittenen Alters nicht zu denken, meinte er. Hingegen werde mir in einem Häuschen der anliegenden Schrebergärten ein Wohnrecht auf Lebenszeit gewährt.

Wir spazierten nach hinten, er hat mir alles gezeigt. Ein raffiniertes System verschiedener Becken in der Tat, in dem jeder Pflanze eine Nische zugewiesen war. Tannenwedel neben Fieberklee, astiger Igelkolben neben gelber Iris. Pfeilkraut, Froschlöffel und Ehrenpreis. Etwas abgesetzt der Teichschachtelhalm, dann Seebinse und breitblättriger Rohrkolben. In einem Nebentümpel Wasserpest, Froschbiß und Sumpfrose, nebenan Krebsschere, Wasserfeder und Sumpfblutauge. Die ganze, mir bekannte Flora war da, systematisch geordnet, in kleinen Überlebensgruppen gehortet und gehütet, aber munter drauflos-wachsend, als gälte es, das ganze Biotop zu überwuchern.

Auch von allerlei Wasser- und Luftgetier war die Gegend bevölkert. Ich sah auf Anhieb die Wasserraubspinne und den Taumelkäfer, den Hüpferling und die Wasserassel, den Wasserskorpion und die Stabwanze. Zu meiner Freude habe ich unten auf dem Grund auch Stichling und Bitterling geortet. In der Luft ein Singen und Flöten, hervorgerufen von den wärmenden Strahlen der Frühlingssonne.

Hangwärts war ein Wuhr eingerichtet, über das der Wasserhaushalt geregelt wurde. Beeindruckend das Ganze durchaus als Überlebenshilfe für kleinste Populationen. Aber wenn ich an die Altachen dachte, wo all dies in fast tropisch zu nennendem Übermaße gewuchert, geknarrt und geflötet hatte, so beschlich mich eine leise Wehmut.

Die mir zugewiesene Hütte stand wenige Dutzend Meter bergwärts. Ein einräumiger Holzbau mit Kochnische und Toilette samt Sickergrube. Ein Kachelofen werde im Laufe des Sommers noch eingebaut werden, versicherte mir Professor Forrer. Auf meinen Einwand, das sei keineswegs nötig, ist er nicht eingegangen.

Ich bin also Weiherwart geworden in jenem Grenzdorf, ich habe, das darf ich reinen Gewissens behaupten, die Stelle sieben Jahre lang mit bestem Wissen und Können zu aller Zufriedenheit ausgefüllt. War ich doch schon nach wenigen Monaten ein allseits bestens bekanntes Dorforiginal, Pinguin genannt.

Man muß wissen, daß die Autäler Weiher ein in der ganzen Gegend außerordentlich beliebtes Ausflugsziel waren. Da das Dorf dicht an der Grenze zum Schwarzwald hin lag, war vom Bevölkerungsdruck von der Universitätsstadt her nur wenig zu verspüren. Zog es die Neuankömmlinge doch eher in die Täler Richtung Tiefland hinein. So war die Gemeinde einigermaßen rustikal geblieben, was allerdings auch mit den horrenden Grundstückspreisen hierselbst zusammenhing. Die Bevölkerung liebte es, bei gutem Wetter über Land zu gehen, die Schönheiten der Natur zu genießen und das Biotop zu besuchen. Junge Liebespaare, auf einer Bank dem Geflöte des Teichrohrsängers lauschend. Alte Ehefrauen, ihren eingedörrten Lebenspartner im Rollstuhl vorsichtig über die Kieswege schiebend. Ganze Horden aus Kindergärten und Schulen, die unter der kundigen Führung der Lehrkräfte scheu ins Wasser starrten, als hätte dort der Wassermann persönlich gewohnt.

Sie haben Stockente und Teichhuhn mit Brotresten gefüttert, was durchaus erlaubt war. Sie haben sich zu meiner Verwunderung strikte an die Wege gehalten und höchst selten einen Stein ins Wasser geworfen. Sie sind an meinem Häuschen vorbeigeschlichen, als wären sie Hänsel und Gretel und ich der böse Hexer gewesen. Dies war für sie ein Ausflug in den Urwald, ins Paradies, wo richtige Ringelnattern lebten, die Wasserspitzmaus, der abtauchende Eisvogel. Nur haben sie nie etwas gesehen von diesen Tieren, da ihnen der geduldige Wasserblick fehlte.

Um sie zu unterhalten und ein bißchen Betrieb und Stimmung zu machen, eingedenk Schrags Ausführungen betreffs der Herstellung und des Verkaufs von Waren, habe ich mir im Brockenhaus Frack und gestreifte Sonntagshose geholt, habe dies angezogen und mich in die Binsen gelegt, reglos und still, ohne die kleinsten Wellen zu schlagen. Wenn die Kinder da waren, bin ich langsam aus meinem Versteck hervorgeglitten, sachte füßelnd. Schon bald hörte ich die ersten Schreckensrufe, dann ein Riesengeschrei. Sie hatten die dunkel im Wasser treibende Gestalt erkannt, sie deuteten hin, sie kreischten. Ich zog meine Runden, ohne aufzutauchen, trieb wie ein großer Unterwasservogel durch Laichkraut und Tausendblatt, mit flatternden Rockschößen. Und plötzlich hörte ich den mehrstimmigen Ruf: Hey, hey, Penguinman!

Ich habe mit dieser Vorstellung viel Freude bereitet und Leute angelockt, die sonst nicht ins Autal gekommen wären. Selbstverständlich habe ich stets darauf geachtet, die Unterwasserwelt damit nicht zu stören oder gar in Aufruhr zu bringen, was mir ohne weiteres gelungen ist. Hat mich doch die ganze Population schon bald als ihr zugehörig akzeptiert, als zwar großes, seltsames Wassertier, von dem jedoch keine Gefahr ausging, weil ich weder Käfer noch Fische verschluckt habe.

Auch bin ich mir niemals als Unterhaltungsprolet vorgekommen. Ich habe mich nur dann in die Binsen begeben, wenn ich Lust hatte dazu.

Gegen den Herbst hin haben diese meine Darbietungen allerdings Anlaß gegeben zu hitzigen Diskussionen im Dorf. Sie hätten einen Weiherwart angestellt, hieß es von verschiedenen Seiten, vor allem von der grünen Gruppierung, die hierselbst im Aufwinde war, und keinen Wasserakrobaten, der die Teichruhe störe. Das seien billige Schlangenfängermethoden, deren sich der Schwarzfrack bediene. Man brauche sich ja nur einmal seine Stiefel anzusehen, dann wisse man, was das für ein Naturfreund sei. Echt Klapperschlange! Als ob dieses arme Reptil nicht auch vom Aussterben bedroht wäre. Und wie könne es der Pinguin denn überhaupt schaffen, so lange unter Wasser zu bleiben? Ob das wirklich alles mit rechten Dingen zugehe?

Professor Forrer hat mir geraten, dem Dorffrieden zuliebe mit meinem öffentlichen Abtauchen aufzuhören und die Stiefel nicht mehr zu tragen. Ich bin beidem ohne weiteres nachgekommen, bin ich doch von Natur aus ein umgänglicher Mensch. Nur der Übername ist mir geblieben.

Nachts bei Vollmond, wenn die Nachtbuben heranschlichen, habe ich allerdings hin und wieder eine kleine

Schau abgezogen. Ich habe sie immer kommen gehört in meiner Hütte, das Wassergehör ist überaus scharf und erfaßt jedes Rauschen im Schilf, und habe mich alsbald ins Wasser begeben. Wenn dann die gierigen Knabenhände nach den Lurchen griffen, bin ich direkt vor ihnen aufgetaucht, um meine Schwimmhäutchen zu spreizen und böse zu grunzen. Worauf die jugendlichen Frevler das Weite suchten.

Mit der Arbeit bin ich ohne weiteres zurechtgekommen. Die paar Sonnenbarsche und Schmuckschildkröten hatte ich mir im Nu geschnappt. Ich habe sie den Kindern mitgegeben. Der ausufernden Überwucherung von Algen und Kraut habe ich mit Bedacht gewehrt, lag das doch auch in meinem eigenen Wässerinteresse.

Ich habe eine gute Zeit verlebt und wäre mit Sicherheit in allen Ehren alt geworden dortselbst, wäre nicht das Unglück geschehen. Ich war geachtet und, nachdem ich die Stiefel im Koffer verstaut hatte, allseits beliebt. Auch pekuniär war es mir bis anhin noch nie so gut gegangen, bezog ich doch neben meiner fürstlichen Löhnung noch manchen Gratisholunder in der Sängerstube vorn, wo ich ab und zu einkehrte. Eine fröhliche Trinkstube mit munterem Stammtisch, an dem rheinischer Witz und Schwarzwälder Ulk die buntesten Teichblüten trieben. Ich habe trotz meiner desolat zu nennenden Grundstimmung des öftern mitgelacht über die gepfefferten Sprüche, hatten doch alle diese Stammschwestern und Spaßbrüder ein loses, freches Mundwerk, das sie ohne Unterlaß knarren und schnarren ließen.

Nur wenn ich heimging spätabends ins Autal hinein

und an den dunkel schimmernden Weihern vorbeikam, habe ich an Trudi Hechel gedacht. An ihr kurzes Haar, ihre ruhige, sichere Stimme, ihre schmalen Pupillen, ihr aufglänzendes Ohr. Bei Kaltmond ging es noch an. Dann lag oft ein dünner Eisschleier über dem Wasser, den ich erst eintreten mußte, um abtauchen zu können. Auch lag dann der Dämmer in mir, der jede Sehnsucht eintrübte und erstickte.

Im Frühjahr hingegen, wenn es unkte und quakte aus dem Röhricht heraus, hat mich oft die Wassergier gepackt, und ich bin die ganze Nacht unten geblieben.

Ich habe manchmal daran gedacht, zu ihr hinzufahren über das Jurajoch ins Tiefland hinüber. Besaß sie doch noch immer den Ring meiner Mutter. Es wäre bloß für eine Nacht gewesen, um ihre Stimme zu genießen, ihre Zunge, die eintauchte in meine Wunde. Auch hätte ich liebend gern ihre Ohrschuppen verspürt zwischen meinen Lippen. Ich habe mich indessen weiterhin ferngehalten von ihr, wohl wissend, daß das klammernde Abtauchen drohte.

Von angeilenden Wasserweibern habe ich im Autal nicht viel bemerkt. Manchmal blitzte die Pupille einer weiblichen Lehrkraft kurz auf, wenn sie mit ihren Kindern an mir vorbeischritt und ihr Blick auf den Schal fiel. Wenn aber ihr Auge an meiner Wenigkeit hinabglitt und meine doch schon arg gekrümmte Gestalt sah, zog sich ein Schleier darüber.

Auch am Stammtisch in der Sängerstube habe ich ab und zu ein Wasserauge aufleuchten sehen, nur kurz, aber eindeutig, um sogleich wieder zu erlöschen. War ich doch bloß der Pinguin, das dorfbekannte Teichoriginal.

Ich habe angefangen, an den Wochenenden mit dem Dreigänger Ausflüge zu unternehmen in den Schwarzwald hinein Richtung Belchen. Eine wunderschöne Wassergegend dies, der Fluß stets neben der Straße, mit kleineren Tümpeln und Hochmooren zuhauf. Und vom Gipfel aus der Blick über den Jura hin auf den aufleuchtenden Alpenfirn.

Des öftern bin ich auch in die nahe Stadt gefahren, um mich in hiesiger Universitätsbibliothek meinen hydrologischen Studien hinzugeben. Wobei ich oberwähnte Passage aus der Feder des Hohenheimers entdeckt habe nebst anderer antiker und mittelalterlicher Wassermythologie. Zeugt doch die hierselbst gehortete Büchersammlung von umfassendem, durchaus hydrophil zu nennendem Humanismus.

Einmal, an einem dieser unausweichlichen Frühsommertage, als es unkte und quakte aus den Teichen, bin ich in den Hardwald am Rhein gefahren, um in der Gartenwirtschaft dortselbst einen Kaffee mit Träsch zu trinken. Ein tiefblauer Himmel, frisches Laub in den Bäumen oben, vor mir der Fluß, der grün dahintrieb. Rechts von mir an einem langen Tisch saß eine Hochzeitsgesellschaft, schon ziemlich angeheitert. Es wurden Witze erzählt, die Frauen kreischten, die Männer grölten. Links von mir ein Liebespaar, das sich schweigend an den Händen hielt. Direkt vor mir eine ältere Dame, die mir den Rücken zukehrte.

Als ich ausgetrunken hatte, erhob ich mich und wollte zum Dreigänger gehen, der an einem Baum gegen den Fluß hin stand. Da wandte die Dame ihr Gesicht zu mir und schaute mich an.

Kennst du mich nicht mehr? fragte sie.

Ich trat zu ihr und betrachtete sie genau. Graues Haar, das an einigen Stellen rötlich schimmerte. Runde Brillengläser, die ihre Augen wie Blauwasser aufleuchten ließen. Ein hochgeknöpftes Kleid, leichte Sandalen.

Komm her, sagte sie, setz dich her zu mir.

Ich zögerte, wollte weitergehen zum rettenden Dreigänger hin. Da glänzte ihr Wasserauge auf.

Ich blieb und setzte mich wortlos. Sie hob ihre abgearbeiteten Hände, öffnete den Kragen und drehte den Kopf zur Seite, so daß ich ihren Hals sah. Darauf lag ein handgroßer, kaum sichtbarer Fleck.

Susi Häggi, sagte ich.

Sie nickte, und wir schauten schweigend auf den Fluß hinaus. Langsam, fast nachlässig schüttelte sie die Sandale vom rechten Fuß und legte die Sohle an meinen Schenkel. Dann begann sie zu erzählen von ihrem Leben. Sie hatte zwei erwachsene Töchter, war geschieden, wohnte in einem der Juradörfer hinten und arbeitete in einer Betriebskantine. Sie war mit einer Freundin hergefahren, die in der Stadt eine Besorgung zu machen hatte und sie wieder abholen würde, aber eine Stunde hätten wir schon noch Zeit, um am Rhein zu spazieren.

Wir erhoben uns und gingen flußabwärts. Sie trug die Sandalen in der einen Hand, die andere hatte sie mir eingehängt, zutraulich wie eine Katze.

Das gefalle ihr, sagte sie, dieses barfüßige Gehen, besonders am Wasser, dessen Kühle aufsteige bis in die Knie. Das habe sie schon früher gern gemacht, besonders auf dem Kopfsteinpflaster unseres gemeinsamen Heimatstädtchens bei Regen.

Unterhalb des Stauwerks blieb sie stehen, nahm die Brille ab und legte sie auf den Boden.

Jetzt will ich deine Wunde küssen, sagte sie, ein einziges Mal nur. Hab keine Angst, bitte.

Mit ruhiger, sicherer Bewegung nahm sie den Borsalino von meinem Kopf, ließ ihn fallen und knüpfte meinen Schal auf. Sanft legte sie die Lippen auf meine Wunde und senkte ihre Zunge hinein, so daß es durch meinen Körper rieselte. Ich legte zwei Finger auf ihren Halsfleck. Er war unausweichlich schön, durchsichtig gemasert wie von feinem Wellengang, und ich beugte den Kopf und küßte ihn.

So standen wir am Fluß, uns sorgfältig liebkosend, bis sie die Lippen löste von mir und lachte.

Siehst du, sagte sie, es geht immer noch, auch wenn wir beide alt sind. Nimm mich jetzt ins Wasser bitte.

Sie führte mich hinunter zu den Uferwellen, mit einem zarten Triumphlächeln um den Mund. Sie ergriff meinen Hinterkopf mit erstaunlich weichen Händen, drückte ihren Bauch an mich, hauchte mir Kühle ins Gesicht aus halboffenem Munde und ließ sich fallen mit mir, so daß wir eintauchten und wegtrieben. Sie hing an mir wie ein Laichkraut, mich mit den Beinen sacht umschlingend und hinabziehend, bis ich nicht mehr anders konnte und sie umklammerte.

Ich habe sie nicht umbringen wollen. Das schwöre ich bei meiner Menschenmutter, die mich aus dem Wasser geholt und zu Hause aufgezogen hat. Ich behaupte, Susi Häggi hat den Tod selbst gesucht, das Eindämmern im Wasser, hängend an meinem Leib, dem Kiesgrund des Rheins entlangtreibend, das rollende Geräusch des Geschiebes in den Ohren. Sonst hätte sie mich zwischen die Beine getreten, als es Zeit war für sie, an die Luft zu kommen, um ihre Lunge mit frischem Atem zu füllen. Sie hat das unterlassen, mit festem Willen, das habe ich trotz meiner Wasseremphase gespürt. Sie wollte segeln zwischen Oberfläche und Grund, einschweben in das Wasserreich des Todes, bis sie leblos in meinen Armen lag. Und obschon sie mich benutzt, ja mißbraucht hat für ihr Entschwinden und mich dadurch in eine üble Lage gebracht hat, bezeuge ich hiermit meine Hochachtung vor dieser Frau.

Ich hatte größte Mühe, ihren Körper beim Rheinhafen unten zu länden und die Leiter hochzutragen aufs Kai. War ich doch selbst zu Tode erschöpft und gänzlich verzweifelt, was sich im Versuch geäußert hat, mich mittels einer dortselbst hängenden Eisenkette zu erwürgen. Sie haben mich heruntergeholt, als noch Leben in mir war, und in die Notfallstation eingeliefert. Ich habe eine Woche lang mit dem Tode gerungen, dann war ich gerettet. Das alles ist aktenkundig, wie auch alles Weitere bis hin zu meiner Verbringung in die Friedmatt hierselbst, in Ihre seelen- und lebensrettende Obhut.

Das Ergebnis unserer gemeinsamen Seelenarbeit bitte ich geheimzuhalten. Wer würde denn in der heutigen Zeit der schieren Luftakrobatik eine solche Genese für möglich halten? Mögen sie doch an ihre lächerlichen Formeln glauben und meinetwegen durch den luftleeren Raum zur Venus fliegen, die widerlichen Stelzengänger und Aerokomantschen, Wasser werden sie keines finden.

Für meine Herkunft kann ich nichts. Die Folgen dieser meiner Herkunft versuche ich, mit allem Anstand zu tragen.

Ich erinnere mich noch genau an jenen Frühsommertag, als ich als kleine Larve im Tümpel lag, in den mich meine leibliche Mutter gelegt hatte. Ich vermute, daß dieser Tümpel zu klein gewesen wäre, um mein Erwachsenwerden zu garantieren. Ich wäre wie Tausende, ja Millionen meiner Geschwister wegen Austrocknung des Biotops umgekommen, hätte mich nicht eine Menschenfrau herausgefischt.

Ich sehe noch heute die hohe Gestalt mit dem breitrandigen Strohhut über mir, die sich niederbeugt und mich, der ich fliehen will, aber nicht fliehen kann, da mir die Extremitäten noch fehlen, in der hohlen Hand heraushebt. Hab keine Angst, sagt sie, bitte.

Sie hat mich nach Hause genommen und in einem mit Wasser gefüllten Glas ausgesetzt. Es war mir nicht wohl in diesem Glas, aber immerhin war ich im Wasser.

Später, als Arm- und Beinansätze aus meinem Körper stießen, verspürte ich den Drang nach Ortsveränderung. Es gelang mir, aus dem Glas auf den Küchentisch zu hüpfen.

Schau an, sagte der Mann, der am Tisch saß, es war der Bottensteiner, der Roßkopf ist zum Lurch geworden. Schlag es tot, das Gekreuch.

Nein, sagte die Frau, ich nehme ihn morgen ins Wasser.

In der Nacht habe ich mich auf den Weg gemacht zu dieser Frau. Ich fand ihre Wärme. Sie lag unter Decken neben dem Mann, und ich bin in sie hineingekrochen.

So wurde meine Mutter schwanger. Sie hat mich ausgetragen und als Menschenjungen geboren. Nur eine kiemenartige Öffnung ist mir am Hals geblieben.

Ich schließe diese meine Aufzeichnungen, sehr geehrter Herr Seelendoktor, mit dem eindeutigen Hinweis darauf, daß ich dieser Menschenfrau, die mich behütet hat, solange es ging, trotz allem, was ich verbrochen habe, von ganzem Herzen dankbar bin.